百年文学主流 ★ 小说大系

总主编 张清华 翟文铖

本册主编 黄瀚

暴风雨的一天

觉醒与新生

抗战时期的"左翼"小说

山东城市出版传媒集团·济南出版社

图书在版编目（CIP）数据

暴风雨的一天 / 丘东平等著. — 济南：济南出版社，
2022.1
（百年文学主流小说大系 / 张清华，翟文铖主编）
ISBN 978-7-5488-4939-1

Ⅰ.①暴… Ⅱ.①丘… Ⅲ.①中篇小说—小说集—
中国—当代②短篇小说—小说集—中国—当代 Ⅳ.
①I247.7

中国版本图书馆 CIP 数据核字（2022）第 001731 号

百年文学主流小说大系·暴风雨的一天
本册主编：黄瀚

责任编辑：宋涛 孙愿
装帧设计：牛钧

出版发行：济南出版社
编辑热线：0531-82772895
地址：山东省济南市二环南路 1 号
印刷：济南新科印务有限公司
版次：2022 年 1 月第 1 版
印次：2022 年 1 月第 1 次印刷
成品尺寸：148mm×210mm 1/32
印张：8
字数：178 千字
印数：1—5000 册

定价：56.00 元

总序

自从 1918 年 5 月 15 日 4 卷 5 号的《新青年》上刊载了现代中国第一篇白话小说《狂人日记》至今，新文学已走过了百余年历史。百年以来，新文学始终与现代中国社会历史的风云变迁相互交织激荡，从启蒙到救亡，从民族解放到社会变革，所有重大的事件、历史的转折，还有这一切背后的精神流变，都在文学中留下了生动的印记。

因此，本套丛书的出版目的，即是要通过对经典作品的系统梳理，完整而形象地再现这一过程，展示其历史与精神景观。每篇作品都承载着一段民族记忆：或是一个历史的瞬间，或是一个生活的小景，或是一朵思想的火花，或是一道情感的涟漪，但这一切都与大历史的变迁息息相关，都与社会进步的洪流汇通呼应。

为了尽量完整地呈现这种历史感，我们按照时间线索，依循文学史演变的轨迹，选择了若干重大的现象，它们或属文学流派，或是文学运动，总之都是百年新文学中最接近于社会主流运动的部分，故称之为"百年文学主流"。这一名称，得自丹麦文学史家勃兰兑斯的《十九世纪文学主流》的启示，同时也贴合着百年新文学的实际。

这套丛书的定位是普及本，阅读对象首先是普通读者、文学爱好者，包括广大学生读者，其次才面向专业研究人员。因此，主题内容上的积极健康是我们选编持守的一个基本标准。选文尽力容纳每个时代最具代表性的作品，因为它们更多承载着时代的主导价值和进步的精神追求，且能让我们以最直观的方式感受到历史跳动的脉搏。

除了上述要求外，最能体现本丛书编选特色的，是我们还特别关注作品的艺术性和可读性。尽管是"主流"，但绝不意味着对于艺术标准的忽略。同样是某一时期的作品，我们会尽量选取那些艺术上更为成熟和讲究的，如孙犁的《铁木前传》、宗璞的《红豆》、王蒙的《组织部来了个年轻人》这些脍炙人口的名篇；甚至还有一些特别富有艺术探索倾向的作品，像魏金枝的《制服》、萧红的《手》、端木蕻良的《爷爷为什么不吃高粱米粥》、萧平的《三月雪》等，都采用了儿童的叙事视角，通过对视野的限制和陌生化处理，使叙述显得更富有诗意。

正是因为对艺术标准的注重，这套丛书还选入了一些相对"另类"的篇目，在其他普及本中难得一见。如洪灵菲的《在木筏上》、曾克的《女神枪手冯凤英》、秦兆阳的《秋娥》、徐怀中的《十五棵向日葵》、海默的《深山里的菊花》等等，不一而足。这些作品要么在人物与故事上更加新奇，要么在风格上更为独特和陌生，总之都会给读者带来更新鲜的体验。

长篇小说是"百年文学主流"中的砥柱之作，但篇幅所限，无法像中短篇那样尽行选入，只能在今后该丛书的其他分类卷次中一一展现。

丛书以历史的流变和风格的趋近为划编依据，分为以下10卷：

《天下太平》　　普罗文学与"左联"小说

《没有祖国的孩子》　"东北作家群"小说

《暴风雨的一天》　抗战时期的"左翼"小说

《喜事》　　解放区的翻身小说

《一颗未出膛的枪弹》　解放区的战争小说

《喜鹊登枝》　　"十七年"的合作化小说

《十五棵向日葵》　"十七年"的革命历史小说

《明镜台》　　"十七年"的探索小说

《第十个弹孔》　新时期的反思小说

《阵痛》　　新时期的改革小说

　　将"东北作家群"独立编为一卷，是有特别的考虑。早在九一八事变以后，东北作家群已开始了四处漂泊的生活，创作出大量以悲情怀乡与抗日救亡为主题的作品，这应该是中国最早的"抗战文学"了。这个作家群后来与"左翼"作家非常贴近，萧军、萧红等深受鲁迅影响，亦是人所共知的事，因此，他们又被视为"左翼"创作的重要力量。将他们单列出来，除了因为其作品数量庞大，当然也是为了凸显该作家群的渊源与风格的独特性。

　　另外还需交代的，是每卷前面有一个编选序言，简要说明了该卷所涉作品的总体倾向、艺术特点、文学史地位等。每篇作品均配有一个简要的导读，分"关于作家"和"关于作品"两个部分。"关于作家"是一个作家小传，介绍作家的生平和创作简历；"关于作品"则主要介绍所选作品的思想艺术价值。所有导读文字，力图做到学术性和通俗性的结合，以让中学生和普通读者能够读懂。

至于文本版本的选定，原则上原始版本（初刊本或初版本）优先，亦选用"新文学大系"等权威选本中的文本，还有作者本人声明的定本或其他善本。每卷的字数大体均衡，约为 16～18 万字。此外，为保持作品原貌，使读者更易对写作时代的特点和笔触的风格产生深刻理解，对其中与现代用法不尽一致的字词暂做保留。

本丛书的编选者，或在高校任教，或在研究机构任职，或在国内外修读博士，但都是专门从事中国现当代文学专业研究的学者。依照本套丛书的选编顺序，编者们的具体分工如下：第一卷和第二卷由周蕾负责编撰，第三卷由黄瀚负责编撰，第四卷和第七卷由翟文铖负责编撰，第五卷由施冰冰负责编撰，第六卷由张高峰负责编撰，第八卷由刘诗宇负责编撰，第九卷由薛红云负责编撰，第十卷由陈泽宇负责编撰。

成书之际，适逢建党百年。百年风云舒卷，百年洪流激荡，百年文学亦堪称硕果累累。作为这一"主流"的一个汇集，一个展示，足以令人心潮澎湃。愿此书能够给亲爱的读者们带来一份慰藉，一份喜悦。

张清华　翟文铖

2021 年 6 月 8 日，于北京师范大学京师学堂

序

　　抗日战争唤起了中华民族的民族觉醒。在民族存亡的关键时刻，不同流派的作家摒弃前嫌，共赴国难。作家们或投笔从戎，或以笔为枪，反思民族劣根性，创作出大量表现军民抗日斗争与战时生活的作品。特殊的历史环境，要求文学担负起民族救亡的责任与使命，这决定着作家的创作心理、题材选择和艺术表现手法，也决定着这一时期的文学审美倾向。本书的作品编选，考虑到抗战不同阶段多样审美风格的覆盖，力图展现抗战时期主流小说的创作实绩。

　　抗日民族统一战线形成后，国民党军队组织正面战场抗战，中国共产党主要领导敌后战场的抗战任务。抗战初期，出于宣传动员的需要，文学创作呈现出昂扬激愤的英雄主义基调。丘东平的小说《暴风雨的一天》即是这种文学创作趋向的一个代表。随着抗日战争进入相持阶段，人们逐渐从速胜论鼓起的昂扬乐观情绪中冷静沉淀下来，开始正视战争的艰巨性与持久性，转向对阻碍抗战胜利的民族痼疾和现实因素的追问思索。深入抗战前线的丘东平，切身体验到中国军队抗战的激烈战况及国民党军队存在的问题，他的小说创作不乏对正面战场问题的省思。表现不同战场战况的抗战小说，回响着救亡图存的历史强音。

除了前线烽火的炽盛激越，抗战后方的战时生活是众多作家关注的对象。张天翼的小说《华威先生》对"包而不办"的抗战官僚的讽刺轰动文坛，引发抗战题材小说是否应该进行对问题的暴露与讽刺的争论。得到茅盾等著名文学理论家的支持后，暴露与讽刺成为作家们追问现实的重要方式。张天翼的小说《谭九先生的工作》塑造出利用抗战活动争名夺利的地方乡绅形象；《"新生"》则将目光投向在庸长抗战生活中消磨爱国情怀与个人意志的知识分子。黄药眠的小说《陈国瑞先生的一群》讽刺了尸位素餐的战时官僚的腐化堕落生活。同样怀着对腐败残暴者的愤恨，靳以的小说《众神》以天堂写人世，嘲讽官僚奸商投机钻营、鱼肉百姓反倒风光无限的怪状。

多重黑暗势力的腐蚀与渗透，造成中国民众无可逃避的深重苦难。以"七月派"为代表的国统区"左翼"作家着力挖掘中国民众遭受奴役的精神创伤及其潜藏的主观战斗精神。路翎在这一时期爆发出惊人的创作力，他的小说对历史深度和心理深度的掘进，达到很高的艺术水准。《饥饿的郭素娥》是路翎中篇小说代表作。忍受着身体、物质、精神的三重饥饿，郭素娥孤注一掷地抵抗命运，却被夫权、地方势力与地痞流氓联合迫害致死。路翎小说极力渲染人物在绝境之中爆发的生命强力，这在《在铁链中》亦有体现。不堪屈辱的何德祥老人对何姑婆的虐待，扭结成人物"精神奴役的创伤"。如此压抑沉闷的病态反抗，着实令读者感到窒息，需要找到反抗的出路。

抗日战争是中国人民饱经苦难的历史，也是中华民族浴火重生的过程。腐蚀与饥饿、低徊与奋进、觉醒与新生，共同锻造出抗战时期"左翼"小说丰富多彩的艺术样貌和卓越非凡的艺术品质。我们怀着对历史及作家作品的敬意，努力萃取体现伟大时代民族精神史的杰作，以飨读者。考虑不周之处，敬请方家指正。

编　者

目录

暴风雨的一天

丘东平

【关于作家】

丘东平（1910—1941），原名丘谭月，号席珍，笔名东平，广东海丰人。1926年加入共产主义青年团，从事革命宣传工作。"左联"时期，曾协助陈望道编辑刊物《太白》，并发表《通讯员》等作品。1935年冬赴日本，回国后活跃于抗战前线。1938至1939年，他的创作进入高潮，陆续发表《我们在那里打了败仗》《第七连》等多篇轰动文坛的阵地特写和小说。1941年在江苏盐城反"扫荡"中牺牲，其遗作被胡风编入《东平短篇小说集》。

【关于作品】

《暴风雨的一天》讲述了一个母亲在暴风雨中寻找孩子的故事。作者先是用雄健有力的笔法描绘出暴风雨来临时的狂暴场面：从峰峦到原野再到村庄，暴风雨的肆虐牵动着屋里一位老母亲的心。母亲担忧的是儿子马松燊参加了地方抗日武装，暴风雨的席卷会使儿子失去蔽身之地。挂念儿子的老母亲勇敢地离开屋子，走进暴风雨里寻找儿子，却在暴风雨的侵袭中丧身。老母亲的坚毅惊动了躲进屋里避风雨的村里人，她的死亡唤醒了村民。村民们纷纷走出屋子，不顾暴风雨寻遍山野，终于发现了马松桑。而此时的马松桑已经成长为一名刚强的战士，在暴风雨中站岗放哨。

　　这篇小说讲述的故事颇具象征意味。当战争风暴来袭之时，普通民众如同开篇的老母亲和村民一般，对战争和侵略者产生恐惧心理，只是企图自保。然而，母亲对孩子的爱促使她不顾自身安危，冒着风雨寻找反抗暴力的儿子。身处暴风雨中，母亲发觉侵略者并非那么可怕。她死前的呓嚅将个人情感推及民众，唤醒民众团结起来反抗侵略的意识。而在战争的磨砺下，马松桑所代表的时代新人已然诞生。这篇小说模仿高尔基的《海燕》，用革命浪漫主义手法渲染暴风雨的恐怖与反抗者的无畏，采取躲进屋子与走进暴风雨、已觉醒的母亲与正觉醒的村民、受保护的松桑和保护他人的松桑等几组对比，塑造出受到战争洗礼的中国民众形象。小说语言粗犷奇绝，场景描绘与人物塑造有着木刻画般的力与美，体现着抗战初期的美学特质。

　　暴风雨迅急地驰过了北面高山的峰峦，用一种惊人的，巨粗的力摇撼着山腰上的岩石和树林，使它们发出绝望的呼叫，仿佛知道它将要残暴地把它们带走，越过百里外的高空，然后无情地掷落下来，教它们在无可挽救的灾难中寸寸地断裂而解体……暴风雨——它为了飞行，过于急骤而气喘，仿佛疲惫了，隐匿了，在低落的禾田和原野上面，像诡诈的蛇似的爬行着，期待失去的力底恢复，时而突然地壮大了起来，在一种无可抵御的暴力底行使中，为了胜利而发出惊叹和怒鸣，用悲哀的调子在歌赞强健、美丽的自己……

暴风雨迅急地驰过了北面的颤抖而失色的原野，用它底全力在袭击那为繁茂的树林所环抱的村子底四周。

在马松燊底屋子的近边，有一株两丈多高的松树倒下了，和地上相触而折断的丫枝带着新泥土直射地到半空里去，在半空里卷旋着，像一群鸽子似的互相追逐，然后一齐地被击落下来——暴风雨，在它无限制的力的行使中似乎还蕴蓄着不能排解的悲愤，为了胜利而发出惊叹和怒鸣，用悲哀的调子在歌赞强健、美丽的自己……

马松燊底母亲，那六十多岁的老太婆用她晕蒙的眼睛在注视这大自然底可怕的变动，哭泣而叹息，使自己坠入深沉的忧愁。

"好了！好大的风雨，不要再来了！松燊在外面要受不住了！"她喃喃地说着，颤巍巍地跪下来，又开始做着祷告：

"要是风雨再大些，松燊那孩子会不会莽撞地就走回来呢？唉，我实在担心，松燊一定找不到一个藏身的地方，那么他就要被迫走回来了！菩萨可怜我吧，我屡次告诫他，他总是不听话，要壮大着胆子呵，如果风雨再大些，也不要走回来！"

马松燊今天很早就出去了。他是一个壮健、勇敢的孩子，小小的年纪，已经参加了芒山地方底农民所组成的队伍，执行着对日本侵略疯狗的残酷无情的战斗。芒山镇和这里相距不过七里多远，从那边开出的日本军随时可以出现在村人们的面前，村人们像一群兔子，随时有被猎取或击杀的危险，在这里，有三个时间表示了最高的恐怖：黄昏和清晓——这都是敌人袭击村子，捕捉农民的好机会；而最严重的是暴风雨中，当所有的人在山谷与原野之间失去了隐身的处所，不能不缩回到自己的屋子里的时候。

暴风雨像从地壳里喷出的山洪，一阵猛烈似一阵，禾苗和田野都布列着它底疾速地驰骤而过的足印。远远地，围绕在这村子四周的群山似乎互相碰触起来了，隐隐地发出痛苦、低扼的嗓音，仿佛从千万人的嗓子里发出的歌声，为了痛苦的忍耐而使歌声突然地向高处升起，直入云霄，刚强沉毅，企图在最牢固的障碍上面发出暴烈的回应，然后停息下来，让人们用最大的虔诚在追慕这歌声的余韵，把暴风雨失去的力重新唤醒，继续它底为了胜利而发出的惊叹和怒鸣……

马松燊的屋子底墙根紧张而颤抖，近边的高大的柏树，在暴风雨底袭击中痉挛而俯伏，用它底树梢帚子似的在屋顶上拼命地做着扫动，屋顶的瓦片跟着暴风雨底飞舞而升腾了。马松燊底母亲庆幸马松燊那孩子有着在外面和暴风雨相对抗的好胆量，然而当她稍为嫩弱下来的时候，她却为了马松燊那孩子在暴风里底吹打中还不能不露身在野外这事而沉入了阴暗的幻梦……她仿佛瞧见马松燊突然在山腰上倒下来了，为了暴风雨底暴烈的叫声过于升高，石头和马松燊底身体做着交绊，在山腰上默默无声地滚动着。她知道，在这样的情景中，马松燊底灵魂像一只失群的孤单的燕子，暴风雨要夺去他底生机，又从而无情地鞭打他，蹂躏他，教他永远地不能救出痛苦的自己……

马松燊底母亲像一只熊，她蜷伏在灰暗的屋角里，用晕蒙的眼睛凝视着从屋顶的漏隙里打下来的雨水，屋里全都潮湿了，地上底孔隙成了无数的水池，急骤的雨水继续从屋顶喷射下来，借着天空底秽浊的光亮的照映，透明的雨点犹如那带了脆弱的火末在夜间飞散的萤虫。

……现在，松燊那孩子也许忍熬不住了！老太婆心里想：要是他这下子就走回来，怎么办呢！日本兵就要神出鬼没地开到了！他还能逃走吗？他为了修补一张凳子，在砍木头的时候冷不防把左脚的拇趾砍伤了，以后每一次逃走都要滴出血来！这样的大风雨的时候，要是还不懂得忍耐，那就糟了！

但是这当儿，她又清楚地瞧见着，这也许是真的，暴风雨重重地震撼着她底灵魂，使她坠入了更深的忧虑。马松燊在山腰上跌倒了，为了暴风雨底暴烈的声音过于升高，石头和马松燊底身体做着交绊，在山腰上默默无声地滚动着……

马松燊底母亲悲切地坚决地无视了暴风雨底袭击，从她的屋子里挣扎出来。她开始觉察了自己底愚昧。这风雨太猖狂了，这是一条暴涨而澎湃的风雨的大河，她觉察了自己刚才所做的祷告是错误的。敌军也许还没有在这时候冒着暴风雨从芒山开出的勇气，松燊那孩子应该走回家里来，为着好好地防护他自己。

不久之后，马松燊的母亲底出现惊动了所有全村的人。这里全村的人们本来应该和马松燊一样离开了屋子，远避到山谷或野原里，然而他们都走回来了，为了抵不住那猛烈的暴风雨。现在他们正从各人底屋子里爬出来，带着惊异的目光，把那老太婆包围着；那老太婆像一只给击碎了肋骨的狗似的躺倒了，在一条小沟渠的旁边躺倒了，暴风雨猛烈地在她底身上鞭打着，她也不在乎。她仿佛正用了期待死亡的虔诚在寻求最后一瞬的安宁。她底衣服全湿了，银白色的头发满结着砂石和烂泥。这是一个奇迹，在所有的生物都向着自己底巢穴躲藏的暴风雨中，只有那赢弱不堪的老太婆独自出现！

"哦，你们都回来了！你们都安稳地躲在自己的屋子里了！可是松燊呢？松燊没有母亲的吗？松燊是不要的吗？……你们好安稳呀！"

她做着对一切的仇敌寻求报复的神情，用令人战栗的严峻的声音质问着。然而她底声音低微下来了，她底身上突然地起了可怕的变动，她脓白色的双眼，睁得又圆又大，对那疯狂了的紫黑色的天空紧紧地凝视着。

人们骚乱起来了，他们把老太婆底尸身搁开不管，在暴风雨底鞭打中，为着寻回失去的马松燊而动员了他们底全体。

暴风雨继续不停地用它底巨粗而惊人的力震撼着大地。他们寻遍了山谷、田野、树林，他们终于发见了，那马松燊。壮健、勇敢的孩子，今日正担任了南路的哨位，一点也不错，他绝不曾在山腰上跌倒下来，还是壮健地、勇敢地在活着。在村子底南面，在一个高耸的阴绿色的小丘底巅峰上，马松燊底黑灰色的影子像一块插在田塍上的小小的界石，在暴风雨底袭击中屹然不动地站立着，时而在迅急地掠过的烟云中隐没了，时而全身毕现，把他无视暴风雨的短小的雄姿泰然地完全显露……

一九三七，十，十二，济南。

华威先生

张天翼

【关于作家】

张天翼（1906—1985），学名张元定，字汉弟，号一之。祖籍湖南湘乡，生于南京。1926年考入北京大学预科班，同年在《晨报副刊》上发表散文《黑的颤动》，始用笔名"张天翼"。1929年在鲁迅、郁达夫主编的《奔流》杂志发表短篇小说《三天半的梦》。1931年加入中国左翼作家联盟。抗战爆发后，在上海、长沙等地从事创作，并参加文艺界救亡活动。新中国成立后，历任中央文学研究所副主任、中国作协书记处书记、《人民文学》主编等职务。主要作品有童话《大林和小林》《罗文应的故事》《宝葫芦的秘密》，小说《包氏父子》《华威先生》等。

【关于作品】

《华威先生》用漫画式笔法勾勒出一个抗战时期虚伪庸俗、尸位素餐的文化官僚形象。华威先生表面上为抗战事务奔波劳碌，不停地参加各种抗敌会议，忙得连其夫人都觉得"他真苦死了"；

实际上他蜻蜓点水式地参加会议，并非关注民族危亡，关心的只是抗敌事务的领导权问题。首先，作者通过几个片段速写，呈现华威先生参会的日常画面。不管钻进什么样的会场，华威先生总要兜售"一个领导中心"的论调。其次，作者擅于抓住几个富有特征的细节，让他在自相矛盾的行为举止中暴露真实性格。比如，他坐在会场冷角落，自称"不能当主席"，伪装得谦逊客气，实则他抽着雪茄嚷嚷着打断主席发言，表明他并不把主席放在眼里；他对下级说话常"伸出个食指"顶着对方胸脯，一旦进入位高权重者会集的场合，则堆满笑容、点头致意，甚至"伸了伸舌头，好像闯了祸怕挨骂似的"。再次，小说语言简洁明快，诙谐犀利，三言两语就把人物性格展现得淋漓尽致。

"华威先生"的称谓耐人寻味，"华"可代指中华，"威"有（耍）威风之意。这也难怪日本《改造》杂志译载这篇作品时，诬蔑中国抗战工作者昏聩无能，借以鼓舞他们的"士气"。这则事件引发国统区和香港文艺界关于抗战题材小说是否应该暴露与讽刺的争论。林焕平、茅盾等人纷纷撰文，肯定暴露与讽刺的艺术价值。"抗战的现实是光明与黑暗的交错"（茅盾《论加强批评工作》），这篇小说在抗日民族统一战线形成背景下对"包而不办"官僚的讽刺，对争夺抗战领导权问题的暴露，带有某种历史的先觉。作者从中提炼出的华威先生形象，超脱于时代背景，至今仍有隽永意味。

转弯抹角算起来——他算是我的一个亲戚。我叫他"华威先生"。他觉得这种称呼不大好。

"嗳，你真是！"他说，"为什么一定要个'先生'呢。你应当叫我'威弟'。再不然叫'阿威'。"

把这件事交涉过了之后，他立刻戴上了帽子：

"我们改日再谈好不好？我总想畅畅快快跟你谈一次——唉，可总是没有时间。今天刘主任起草了一个县长公余工作方案，硬叫我参加意见，叫我替他修改。三点钟又还有一个集会。"

这里他摇摇头，没奈何地苦笑了一下。他声明他并不怕吃苦：在抗战时期大家都应当苦一点。不过——时间总要够支配呀。

"王委员又打了三个电报来，硬要请我到汉口去一趟。这里全省文化界抗敌总会又成立了，一切抗战工作都要领导起来才行。我怎么跑得开呢，我的天！"

于是匆匆忙忙跟我握了握手，跨上他的包车。

他永远挟着他的公文皮包。并且永远带着他那根老粗老粗的黑油油的手杖。左手无名指上戴着他的结婚戒指。拿着雪茄的时候就叫这根无名指微微地弯着，而小指翘得高高的，构成一朵兰花的图样。

这个城市里的黄包车谁都不作兴跑，一脚一脚挺踏实地踱着，好像饭后千步似的。可是包车例外：叮当，叮当，叮当——一下子就抢到了前面。黄包车立刻就得往左边躲开，小推车马上打斜。担子很快地就让到路边。行人赶紧就避到两旁的店铺里去。

包车踏铃不断地响着。钢丝在闪着亮。还来不及看清楚——它就跑得老远老远的了。像闪电一样地快。

而——据这里有几位抗战工作者的上层分子的统计，跑得顶快的是那位华威先生的包车。

他的时间很要紧。他说过——

"我恨不得取消晚上睡觉的制度。我还希望一天不止二十四小时。抗战工作实在太多了。"

接着掏出表来看一看，他那一脸丰满的肌肉立刻紧张了起来。眉毛皱着，嘴唇使劲撮着，好像他在把全身的精力都要收敛到脸上似的。他立刻就走：他要到难民救济会去开会。

照例——会场里的人全到齐了坐在那里等着他。他在门口下车的时候总得顺便把踏铃踏它一下：叮。

同志们彼此看看：唔，华威先生到会了。有几位透了一口气。有几位可就拉长了脸瞧着会场门口。有一位甚至要准备决斗似的——抓着拳头瞪着眼。

华威先生的态度很庄严，用种从容的步子走进去，他先前那副忙劲儿好像被他自己的庄严态度消解掉了。他在门口稍停了一会儿让大家好把他看个清楚，仿佛要唤起同志们的一种信任心，仿佛要给同志一种担保——什么困难的大事也都可以放下心来。他并且还点点头。他眼睛并不对着谁，只看着天花板。他是在对整个集体打招呼。

会场里很静。会议就要开始。有谁在那里翻着什么纸张，窸窸窣窣的。

华威先生很客气地坐到一个冷角落里，离主席位子顶远的一角。他不大肯当主席。

"我不能当主席。"他拿着一支雪茄烟打手势，"工人抗战工作协会的指导部今天开常会。通俗文艺研究的会议也是今天。伤兵工作团也要去的，等一下。你们知道我时间不够支配：只容许我只在这里讨论十分钟。我不能当主席。我想推举刘同志当主席。"

说了就在嘴角上闪起一丝微笑，轻轻地拍几下手板。

主席报告的时候，华威先生不断地在那里括洋火点他的烟。把表放在面前，时不时像计算什么似的看着它。

"我提议！"他大声说，"我们的时间是很宝贵的：我希望主席尽可能报告得简单一点。我希望主席能够在两分钟之内报告完。"

他括了两分钟洋火之后，猛地站了起来，对那正在哇啦哇啦的主席摆摆手：

"好了，好了。虽然主席没有报告完，我已经明白了。我现在还要去赴别的会，让我先发表一点想见。"

停了一停。抽两口雪茄，扫了大家一眼。

"我的意见很简单，只有两点。"他舐舐嘴唇，"第一点，就是——每个工作人员不能够怠工。而是相反，要加紧工作。这一点不必多说，你们都是很努力的青年，你们都能热心工作。我很感谢你们。但是还有一点——你们要时时刻刻不能忘记，那就是我要说的第二点。"

他又抽了两口烟，嘴里吐出来的可只有热气。这就又括了一根洋火。

"这第二点呢就是：青年工作人员要认定一个领导中心。你们只有在这一个领导中心的领导之下，抗战工作才能够展开。青年是努力的，是热心的，但是因为理解不够，工作经验不够，常常容易犯错误。要是上面没有一个领导中心，往往要弄得不可收拾。"

瞧瞧所有的脸色，他脸上的肌肉耸动了一下——表示一种微笑。他往下说：

"你们都是青年同志，所以我说得很坦白，很不客气。大家都要做抗战工作，没有什么客气可讲。我想你们诸位青年同志一定会接受我的意见。我很感激你们。好了，抱歉得很，我要先走一步。"

把帽子一戴，把皮包一挟，瞧着天花板点点头，挺着肚子走了出去。

到门口可又想起了一件什么事。他把当主席的同志拽开，小声儿谈了几句：

"你们工作——有什么困难没有？"他问。

"我刚才报告提到了这一点，我们……"

华威先生伸出个食指顶着主席的胸脯：

"唔，唔，唔。我知道我知道。我没有多余的时间来谈这件事。以后——你们凡是想到的工作计划，你们可以到我家里去找我商量。"

坐在主席旁边的那个长头发青年注意地看着他们，现在可忍不住插嘴了：

"星期三我们到华先生家里去过三次，华先生不在家……"

那位华先生冷冷地瞅他一眼，带着鼻音哼了一句——"唔，我有别的事。"又对主席低声说下去：

"要是我不在家，你们跟密司黄接头也可以。密司黄知道我的意见，她可以告诉你们。"

密司黄就是他的太太。他对第三者说起她来，总是这么称呼她的。

他交代过了这才真的走开。这就到了通俗文艺研究会的会场。他发现别人已经在那里开会，正有一个人在那里发表意见。他坐了下来，点着了雪茄，不高兴地拍了三下手板。

"主席！"他叫，"我因为今天另外还有一个集会，我不能等到终席。我现在有点意见，想要先提出来。"

于是他发表了两点意见：第一，他告诉大家——在座的人都是当地的文化人，文化人的工作是很重要的，应当加紧地做去。第二，文化人应当认清一个领导中心，文化人在文抗会的领导中心的领导之下团结起来，统一起来。

五点三刻他到了文化界抗敌总会的会议室。

这回他脸上堆上了笑容，并且对每一个人点头。

"对不住得很，对不住得很：迟到了三刻钟。"

主席对他微笑一下，他还笑着伸了伸舌头，好像闯了祸怕挨骂似的。他四面瞧瞧形势，就拣在一个小胡子的旁边坐下来。

他带着很机密很严重的脸色——小声儿问那个小胡子：

"昨晚你喝醉了没有？"

"还好，不过头有点子晕。你呢？"

"我啊——我不该喝了那三杯猛酒，"他严肃地说，"尤其是汾酒，我不能猛喝。刘主任硬要我干掉——嗨，一回家就睡倒了。密司黄说要跟刘主任去算账呢：要质问他为什么要把我灌醉。你看！"

一谈了这些，他赶紧打开皮包，拿出一张纸条——写几个字递给了主席。

"请你稍为等一等。"主席打断了一个正在发言的人的话，"华威先生还有别的事情要走。现在他有点意见：要求先让他发表。"

华威先生点点头站了起来。

"主席！"腰板微微地一弯，"各位先生！"腰板微微地一弯，"兄弟首先要请求各位原谅：我到会迟了一点，而又要提前退席。……"

随后他说出了他的意见。他声明——这文化界抗敌总会的常务理事会，是一切救亡工作的领导机关，应该时时刻刻起领导中心作用。

"群众是复杂的。工作又很多。我们要是不能起领导作用，那就很危险，很危险。事实上，此地各方面的工作也非有个领导中心不可。我们的担子真是太重了，但是我们不怕怎样的艰苦，也要把这担子担起来。"

他反复地说明了领导中心作用的重要，这就戴起帽子去赴一个宴会。他每天都这么忙着。要到刘主任那里去联络。要到各学校去演讲。要到各团体去开会。而且每天——不是别人请他吃饭，就是他请人吃饭。

华威太太每次遇到我，总是代替华威先生诉苦。

"唉，他真是苦死了！工作这么多，连吃饭的工夫都没有。"

"他不可以少管一点，专门去做某一种工作么？"我问。

"怎么行呢？许多工作都要他去领导呀。"

可是有一次，华威先生简直吃了一大惊。妇女界有些人组织了一个战时保婴会，竟没有去找他！

他开始打听，调查。他设法把一个负责人找来。

"我知道你们委员会已经选出来了。我想还可以多添加几个。由我们文化界抗敌总会派人来参加。"

他看见对方在那里踌躇，他把下巴挂了下来：

"问题是在这一点：你们委员是不是能够真正领导这工作。你能不能够对我担保——你们会内没有汉奸，没有不良分子？你能不能担保——你们以后工作不至于错误，不至于怠工？你能不能担保，你能不能？你能够担保的话，那我要请你写个书面的东西，给我们文抗会常务理事会。以后万一——如果你们的工作出了毛病，那你就要负责。"

接着他又声明：这并不是他自己的意思。他不过是一个执行者。这里他食指点点对方胸脯：

"如果我刚才说的那些你们办不到，那不是就成非法团体了么？"

这么谈判了两次，华威先生当了战时保婴会的委员。于是在委员会开会的时候，华威先生挟着皮包去坐这么五分钟，发表了一两点意见就跨上了包车。

有一天他请我吃晚饭。他说因为家乡带来了一块腊肉。

我到他家里的时候，他正在那里对两个学生样的人发脾气。他们都挂着文化界抗敌总会的徽章。

"你昨天为什么不去，为什么不去？"他吼着，"我叫你拖几个人去的。但是我在台上一开始演讲，一看——连你都没有去听！我真不懂你们干了些什么！"

"昨天——我去出席日本问题座谈会的。"

华威先生猛地跳起来了：

"什么！什么！日本问题座谈会？怎么我不知道，怎么不告诉我？"

"我们那天部务会议决议了的。我来找过华先生，华先生又是不在家——"

"好啊，你们秘密行动！"他瞪着眼，"你老实告诉我——这个座谈会到底是什么背景，你老实告诉我！"

对方似乎也动了火：

"什么背景呢，都是中华民族！部务会议议决的，怎么是秘密行动呢。……华先生又不到会去，开会也不终席，来找又找不到……我们总不能把部里的工作停顿起来。"

……

"混蛋！"他咬着牙，嘴唇在颤抖着，"你们小心！你们，哼，你们！你们！……"他倒到了沙发上，嘴巴痛苦地抽得歪着，"妈的！这个这个——你们青年！……"

五分钟之后他抬起头来，害怕地四面看一看，那两个客人已经走了。他叹一口长气，对我说：

"唉，你看你看！现在的青年怎么办，现在的青年！"

这晚他没命地喝了许多酒，嘴里嘶嘶地骂着那些小伙子。他打碎了一只茶杯。密司黄扶着他上了床，他忽然打个寒噤说：

"明天十点钟有个集会……"

二十七年二月

谭九先生的工作

张天翼

【关于作品】

《谭九先生的工作》塑造了一个利用组织抗战活动争名夺利的乡绅形象。谭九先生大学毕业后留在家乡过起收租日子。国难当头，他想的不是为同胞减轻困难，而是囤粮居奇，待价而沽。抗战动员期间，他四处活动，拉拢亲信，想要形成以自己为中心的地方势力。他的叔叔谭十一太公在地方事务中具有影响力，他便对叔叔心怀怨愤。由于听信谣言，从抽丁事务揩油的计划破灭，他便四处诬蔑十一太公以公谋私。在抗战需要团结开明士绅之际，他打着国族主义旗号"大义灭亲"，实则为攫取权力而排挤他人。十一太公在防空演习、慰劳出征军人家属等事务上确实办了不少实事，谭九先生却一心想着成立空壳抗敌大会，确保自身地位。待别人行动起来救国，他自感权力旁落，便露出狰狞面目破坏抗敌活动。

张天翼在对"华威先生"般的文化官僚做出嘲讽之后，继续暴露抗日救亡运动中存在的问题，对"谭九先生"这样打着爱国名号谋取私利的势利乡绅、小知识分子进行辛辣讽刺。与《华威先生》相比，这篇小说更多描写谭九的心理活动。如果说情节、动作描写能够为人物迅速造型，那么心理描写则为人物增添了血肉。这篇小说首次刊发在《文艺新地》1938年第1期，作者做出大幅度修改后才将其收入《速写三篇》。修改后的版本将谭九形象塑造得更为立体，与华威先生形象拉开更大距离。

那天谭九先生要出门的时候，打发长工到小学堂里把王老师请了来，搓搓手交代了一些事：

"好得很，好得很，我们这镇上的抗战工作也做起来了。我们还有好多事情要办：等我回来再商量吧。我倒有个统盘计划在我肚子里。"

于是他用粗粗的短手指把股部弹了两下，微笑起来。

照例在这时候，谭九太太就站在茶堂屋门口，很大方地问客人几句话：

"王老师，我们细毛牙子在你们学堂里还听话不？呃，王老师，你们学堂里听见消息没有？——仗打得一个什么形了？"

男主人皱了皱眉，很不高兴地打断她：

"消息？打仗的消息——我不是天天都告诉你的啊？分明晓得还要问！"

他抽完一袋水烟，也不管太太还站不站在门口，就跟王老师谈起工作来。他这回嗓子放得很低，把一张方脸凑过去，紧瞧着对方那副近视眼镜。那位客人可低着头，视线盯着谭九先生那只装着水烟的手——食指上突起了一个石灰指甲的那只。

唔，这镇上要做的工作真太多，可是这镇上的知识分子又那么少。大学毕了业——还肯住在这里替地方上做点子事的，只有他谭九先生一个。他自从得了一张法学院的文凭之后，就在家里一直住到如今。而他还打算住下去。他不像人家那样要远走高飞，丢下家乡的工作不管。现在你看，譬如说吧，要在这里多找几个真正头脑子明白的爱国分子——嗯，就着实不容易。

这里他叹了一口气。不过他又赶紧声明，他并不悲观。他觉得事在人为：

"所以——总而言之等我回来再讲。我顶多——明日子后日子就回，唔，顶多后日。"

可是他去了四天，五天，一直到今天早晨才回到镇上。

"王老师来找我过没有？"他一回家就问。

"来过两趟。"太太拿个铜面盆替他打热水，头也不回地说，"王家坪的王二老官也来过两趟：他要问我们籴谷。"

"冲他娘的梦！——籴谷！"

"真是冲梦！人家收来三百担租——不囤一囤，就这样轻易粜给你呀？如今这个仗一下子打不完工，谷子囤下去不涨到十块八块我就不信！"

做丈夫的横了她一眼，顶讨厌女人在他面前逞聪明。她懂得什么打仗不打仗，什么谷价涨不涨！她从他那里捡去了一两句，倒还在他门口来叽里呱啦！他恶狠狠地问：

"你怎么回复他的，那个王二老官？"

那位太太很得意地挺了挺脖子：

"我啊？——我回他一个绝：没得谷！哼，他还出到三块半哩。真是的！我们又不是蠢宝，肯这样烂便宜粜出去！我讲我讲——"

"好了好了！"他吼，"我的茶呢我的茶呢？人家忙得要死，吃了茶就要有事去，你倒在这里七嘴八舌！"

这就赶紧捞起袖子，赶紧动手洗脸。事情实在太多。人家都正在那里巴巴地等着他。他很快地在面盆里吸一口水漱漱口，马上就把力士香皂打到毛巾上，使劲擦了起来。一面在嘴里埋怨着：

"真是要命！这么大一个镇——你要多找出几个有头脑有眼光的，真是难上加难。你一不到场，听他们去搅，就搅得一块烂板板。他们横直负不得责任，凡事都要落到你肩靶高头。……真是该死，他们还算是知识分子哩！"

外面街上的吵声也显得很忙乱，好像为了要时时刻刻提警他谭九先生似的。卖毛栗的小姑娘很性急地在那里喊。可是手推车似乎还嫌她不够劲，"空隆空隆"一阵盖过了她的声音，连屋子都震得抖起来。这里还隐隐地夹着学校里孩子们的歌声，听去那拍子也格外来得快些。

谭九先生一摔了手巾，就往屋里走。院子里那些鸡都"咽咽咽"地叫着逃开去。巴在地下的绿苍蝇也吃惊地飞开，在阳光里掠过——划一道弧形的金线。

"他们靠势等得性急死了。"他对自己说。

一面他想象他们怎样忙得苍蝇一样，窜到这里，窜到那里，可又没有一点头绪。他几乎要笑出声音来。可是他觉得他如今不必马上去找王老师，倒是该等王老师他们自己找上门来。他这就踏进他的书房。

"九嫂，九嫂。"他喊太太，"快些把茶端到这里来！"

他到墙上挂着的插信袋跟前，把这封信抽出来看看，又抽出

20

了那封。接着又走到那座竹书架跟前，匆匆忙忙检查了一下：那里还是整整齐齐堆着他从前学院里用的讲义。那部厚厚的"六法"，还有那几册《湘军志》的残本，都依旧夹在那中间。不过顶上添了两个月饼盒子——他没有注意是什么时候谁放的了。书架后面一些老鼠发出窸窸窣窣的声音。

随后他空着手回到桌子边，躺到那张宝庆皮椅上，左腿搁上了搁手——荡呀荡的。

"莫忙。一切的工作都得好好计划一下。"他啜一口茶，大声咂咂嘴。他想这里得成立一个抗敌大会。镇里镇外的人，都忙得蚂蚁似的，跑来跑去，一个个到他家里来接头。他们开口闭口总是——

"谭会长，这个路径要请你老人家的示下。……"

于是他——仍旧要躺在这张宝庆皮椅上，冲天竖起一根食指，有条有理地指示一切事宜。

到了那个时候，家里的人当然也就够忙的。在厨屋里烧开水，一盖碗一盖碗的热茶端着往他书房里送，往茶堂屋里送。要是有个把抗敌大会的委员或是部长来了，谭九嫂还得亲自从瓷缸里掏出黄瓜皮南瓜皮之类来摆碟子。……

"嗯！"他想到这里就把脑袋一摇，好像他头上有个苍蝇什么，要把它豁掉似的，"接头的地方——那还不如放在那家小学里好。"

他要具体想一下——大家忙着的到底是些什么事，可就模糊起来了。

不过演说总是免不掉的，他自己的话。将来有什么事要跟省里接洽——那当然也是他谭九先生的事。他得拿出一张名片去见省里的一位委员兼厅长，于是那位厅长就得很客气地跟他谈着抗战问题，还说不定会问到他关于民众动员的问题，唔，民众动员是很困难的。唔，真困难。

他嘴巴不知不觉动了两动。他连自己都不知道为什么——他总想象那位厅长是个戴眼镜的。

在这书房里一直坐到吃中饭的时候。有时候他忽然有个冲动——想要写点儿什么，把纸铺到了桌上，那支小楷羊毫可始终没给搬动。他打桌上拿过《辞源》来随手翻翻。然后又把那册黄历看了好一会儿。

王老师他们为什么不来找他呢？难道倒是应该由他到他们那里去报到么？难道叫他上衙门一样，跑到那家小学里去问候他们么？

他为了要报复一下，饭后就出去走了一下午的人家，偏偏不去找王老师他们。连他那个死对头谭十一太公家里，他都也去过，那位太公虽然是他的亲叔叔，可是他晓得他是个老混蛋。

每逢看见一个熟人，谭九先生就总是谈起抗敌工作：

"这工作非做不可：这是我向来的主义。"

一面想着王老师到他家里找他不到，而一切工作都动不起手来，而跳脚发急，他就快活得心都发痒了。

回到了家里，他也不问有客来过没有。反正不用你开口，九嫂就会自动地从头至尾——告诉你今天来过一些什么人，她对答了一些什么话，一些又聪明又能干的话。

然而这回太太没有开口。只在那里打开柜子找她的头昏膏药。

第二天早晨一醒来，就听见太太在屋子里扫地，细毛牙子带着鼻涕在希里呼哝的。

"细毛牙子，细毛牙子！"他叫，"你上学的时候对王老师讲一声，讲我回来了，请他来一下子。"

马上他又觉得不妥。要是他们竟不买账，不来呢？

"哦，我去好了。你告诉他——我今日子有事要跟他谈。听见没有？"

这天太阳不很好。天上糊着一层灰白色的——云不像云，雾不像雾，很叫人疑心到这不是一个好日子。到处仿佛都在冒着水蒸气，又热又闷。蚊子大概以为是傍晚时候，"嘤嘤嘤"地在屋子里飞着。

谭九先生踌躇了好一会儿，不知道出门要穿什么衣才好。他把黄历拿到手里，可又不敢翻开来。虽然他绝对不迷信，有些事可总不大放心。要是一看——他今天要干的事正是遭了忌，那他到底还是出去不出去呢？

可是他用偷偷摸摸的手势打开来，装作无意的样子往上面瞟了一眼：那"宜"字下面印上了一大串。他于是怪他自己多事了：

"真是！何必查呢？唔，一个人信了禁忌——反倒碍手碍脚。"

他出门的时候，觉得很轻快。他先到湘源商店里去打一个转，这铺子是他外甥刘长松开的。

"莫泡茶莫泡茶！我没有工夫久坐。"他很忙地摆摆手，"呃长松，你来，我有话跟你打讲。"

刘长松一面叫长松嫂拿烟端茶，一面驼着个背往他谭九舅舅跟前走去，仿佛怕屋梁会碰着他的脑顶似的。

那位九舅舅很谨慎地向四面看了一看，然后摊开左手，用一根右手食指在那掌心里指点着：

"昨日子我跟你讲起的那个路径——我想决计要派你一个工作。抗敌大会一成立起来，事情是一定有你当的。你是我的人；

我总照拂你就是，你放心。况且你呢——唔，初中毕了一个业，论程度——论程度——此所以——总而言之你也可以算是一个知识分子。……"

长松嫂端出一盖碗茶来，忍不住要问：

"九舅舅，你老人家看了报没有？上海那路打得怎样了？"

"上海那路——唔。"谭九先生打了莫名其妙的手势，点了点头，又把视线回到了刘长松脸上，"我们镇上自然也要做工作，此所以——我自然少不了你。横竖他们也不过是些师范生，你当他们是什么好角色啵！……我啊，是这样：你们推我出来，那我就不客气，我就要用我的亲信来做事，'举贤不避亲'。这是我向来的主义。你看早年文正公，他老人家——"

这里他接过长松嫂敬他的一支纸烟来，点上了火。他好像给烟熏得有点不好受似的，轻轻皱着眉，雯了雯眼睛。于是又用手指在桌上敲着，极其庄重地谈了起来。

不错，当年文正公也是在家乡工作。他老人家是个翰林公，就等于如今一个大学毕业生。此所以地方上一办团练，当然就要推他老人家出来主持。不过——谭九先生一说到这里，忽然把声音放低了：

"论资格的话，自然没得第二个人。不过——不过——他老人家手底下要是没得几个人，那也揽不出来。天下的事情都是这样一个理。"

他稍为点了点头，架势要走，可是又想起了一件事：

"总而言之——你的工作我一定派你一个，不成问题。不过你千万莫讲出去哪，晓得吧，千万！"

这么一交代了个清楚之后，他就头也不回地摇摇摆摆出去了，转一个弯，到了清风阁茶店。他挺着脖子站在那里，眯着一双眼，往这些茶客里找一个什么人。

等到他发觉茶店老板在这里恭恭敬敬向他打招呼，他就使头部稍为动了一下：

"梅十刨子不在这里？"

"他老人家在里头打'跑和子'。九先生进去看下子不？"

九先生咕噜了一句什么。可是到底把梅十刨子找到了。他把人家拖到屋角落里，小声儿说：

"昨日子连没找得你到手。呃，梁家大屋给抽中了那个老二——他究竟怎么样？他要不要找替身了？"

"你还问哩！"梅十刨子忿不平地溅着唾沫星子，"这个买卖早就给你们贵府十一太公抢去了。"

"十一太公！他找的哪个？"

"他介绍了麻牙子去顶。梁家大屋出了六十只花边。"

谭九先生咬咬嘴唇：

"这老而不死的家伙！麻牙子要他来介绍？趁我没在屋里的时候——哼！……十一老官得了几个花边，这回，你看？"

他这就不免要埋怨梅十刨子——真也太大意了。梅十刨子跟梁家大屋这么密来密往，而麻牙子又向来是听他谭九先生的话的。怎么他一不在家，就让那个老头儿做了手脚去呢。

"真是要命叫！什么事都非亲自出场不可！"

那个梅十刨子可不大服气：

"哪个叫你一出门就是六十年！你要得不想回来，人家还不趁势做了这笔生意去？"

"莫号，莫号！"谭九先生向旁边瞟了一眼，"哪个要得不想回来？我是去收租……"

"收租——唵，收租收到李家大嫂床高头去了吧?"

谭九先生赶紧打断了对方的话:

"莫扯白了。人家跟你讲正经路……"

"还讲个屁！——连收场锣都打过了。"

于是谭九先生冷笑着点了点头:

"好得很，好得很！我们的抗敌工作——头一个就要举发抽丁舞弊，冒名顶替的案子！十胡子你也该上劲些:我有许多工作要叫你做的。不过目前——唔，务必要严守秘密。严，守，秘，密，记着这四个字。"

把对方的脸盯了一会儿，就打个手势结束了这场话:

"唔，就这么办。"

他匆匆忙忙又回到外面的茶座里，对那些茶客谈了一点消息。他知道得很多。例如敌国的面积有多大，火山有多少，大地震每隔多少年就得发生一次:他全部有个数。他预言这回敌国又得来一个山崩地裂，大火三月不息。他看看大家的面部表情，就加了一句——

"这真是天报应——要讲句迷信的话。"

还有呢，英国跟法国已经派出了军舰，帮我们进攻敌国，要把他们的京城打个屎烂。只是他还没有打听出到底战斗舰是多少，巡洋舰是多少。

这么耐心耐意讲述过了，他这就反复地叮咛人家:

"这都是军事上的秘密，乱讲不得的。顶好一个字也莫露出去。"

茶店里——这里那里都有人低着嗓子议论起来，好像蜜蜂样地嗡嗡，还夹着嘶嘶的声音。那位谭九先生倒满不在乎地抽起他的水烟，一面不住地用手在身上掸灰。只是有时候偶然搭一两句嘴：

"唵，所以啰，所以啰。这就叫作踹平三岛哟。"

为了怕那些隔得远一点的茶座上没听清这些消息，他赶紧放下水烟袋塞过去了。

他是十一点半钟到那个学校里去的。一进门就看见有两个生客——都挂着什么机关里的证章，站在院子里跟王老师和徐校长他们很客气地拉拉扯扯，看样子大概是学校里要留这两个客人吃中饭。

"这是什么人？"谭九先生想。

不过他还是带着很忙的样子走进去，而且把脚步踏得格外响些，好叫人家发觉而先对他打招呼。

等这步功夫一做圆满了，他马上就向王老师打个手势引他过来。

"谭先生来得正好。"那位王老师倒先开口，"这里正想做点子有益抗战的事情，要请谭先生参加的。"

这位谭先生可吃了惊：

"怎么？你们已经就筹备起来了啊？"

他刚才那种忙迫劲儿——如今就一下子凝成了冰似的，叫他感到了一阵冷气。

王老师指指那两个生客：

"那两位先生是民众教育馆的，跟我们讨论过……"

"唉，糟了！怎样这样性急呢？"谭九先生很着急地打断了对方的话，"我简直没听见讲起。真是意想不到！……唔，到底筹备一些什么工作呢?"

王老师一面把谭九先生让到那一间办公室里去,一面告诉他这是怎么回事。原来民众教育馆派人到这里学校来接头,想要在这镇上举行一次防空演习,对大家讲点战时常识,另外还要办点东西慰劳出征军人家属。

"预备演一次戏。"王老师很平板地往下说,"县教育局跟县立乡师都会有人来参加。"

每逢王老师说一句,谭九先生就轻轻摇一次头。这里他就又像是应着又像是叹息,在鼻孔里响了一声——

"嗯——"

可是这时候王老师似乎发现他的同事们已经把那两位民教馆的客人留住了,就又说:

"我介绍谭先生跟那两位见见,好不好?"

"莫忙,莫忙!"他右手一扬,"呃,我试问你:搅了这一阵,只有这点点子工作啊?另外总该还有一点子吧?"

"倒也没有什么了。只还想出两份壁报,推定这位陈先生负责编辑。"

谭九先生不放心地看看那位陈先生——一个二十来岁的小伙子,穿一身旧学生装,正坐在一张桌边画着什么表格,一听见有人提到他,就起一起身,带着副忸怩样子向谭九先生打个招呼。看来也不是个什么行脚。

沉默了一会儿之后,谭九先生用大拇指摸摸食指上的石灰指甲,嘴里咽下了一口唾涎:

"但是这些路径——呃,这些工作——由哪个来领衔呢?"

别人似乎一时明白不了他的意思,他就又换了一个讲法:"这些工作是哪个编派的呢?"

"大前天,民教馆的人邀我们去商量了一回,就是这么大致决定了。"

"嗨,这就太——太那个了!"谭九先生又摇摇头,叹了一口气,"你想呢,民教馆那几位并不是我们镇上的,他们只是个客人,怎么倒要他们来做主呢? 这岂不是滑天下之大稽——啊? 讲出去真要笑死外国人。我们镇上当真就没得个人了?"

"镇上有许多人参加,令叔也来的。"

谭九先生猛地跳了起来。

"什么! 十一太公也参加!"他急得直顿脚,"唉,拐了场! 拐了场!"

"怎么?"

"他是土豪劣绅呀,他是!"

那位陈先生看了看王老师,动动嘴刚要开口,谭九先生可轻蔑地瞅了他一眼,赶紧抢着说了起来。声音提得很高,屋子里"嗡嗡"地起了回声:

"我们固然是要全民抗战,男女老少都要合作——不错,自然要合作。这个路径我向来最主张,我早就极端赞成的,你去问梅老十就晓得。我见一个就讲一个:如今你跟我要联合起来打倒日本,我想你也晓得这是我整个的主义。然而——然而——嗯,土豪劣绅! 那不行! 十一老官是我的叔叔,照家族主义讲来,我本该拥护他。但是我是个讲国族主义的,想必你也不反对这个主义。我要爱国,为得——为得——要——要要——要抗战! 那我那我——大义灭亲! 唵,不客气!"

"呃,谭先生。"王老师晃了晃手,好像有点窘了的样子,

"呃，呃。"

"我反对！我反对!"

王老师把眼镜取下来揩了揩又戴上去。他讲起话来总是板板的。他说十一太公帮了不少的忙：亲自去对这里商会的人解释防空演习的意思，劝大家到那天要依交通管制。他老先生还答允出面来募捐，好在慰劳出征军人家属的时候多办点东西。

"他老先生是很热心的。"

"哼，热心!"谭九先生精疲力倦了似的坐下来，摇着脑袋。

不知道是因为空气不好还是怎么，他觉得有点发闷，不知不觉嘘了一口长气。屋子里似乎越来越暗，叫他忽然感到自己是在一个什么陌生地方，连王老师也成了个陌生人，于是他又嘘一口气。他想要站起来走动走动。他觉得这里的空气变得重甸甸地压到他身上了。

他想，十一老官一出场，就连老王也都倒了过去，他谭九先生的人越搅越少……

"我反对!"他嚷，"我反对！我反对!"

院子里那批先生们——什么时候已经都走进了办公室，他竟没有留意。这屋子里就起了高高低低的话声，还夹着王老师的嗓音，而那个小伙子陈先生也帮着说一两句。他们都在这里设法使谭九先生息怒。

"不是！不是!"谭九先生格外起劲了点，调门儿也给打高了许多，"我绝不是为私。我是看见抗敌工作要紧，老实话。如今竟把腐化分子都扯进来做工作了——没得一眼屎新知识，头脑又顽固得要死，这这——唉！我怎么能赞成呢，试问！讲句不怕丢丑的话，我们家叔实在——"

他痛心地叹了一口长气。

经大家劝了几句，那位徐校长还留他在学校里吃饭，他才渐渐平静下来。上桌的时候他还跟民教馆的两位先生让了好一会座，一面又招呼徐校长：

"怎么？还打了酒？唉，真是！"

这才轻快了起来，有说有笑的了。他还很熟练地运用了学校里的"二人三箸制"——他是常常在这里吃饭的。他谈起用公共筷子的卫生，呷了一口酒之后，又谈到地方上的迷信。他冲着民教馆那两位先生发议论，他认为一般人做什么事都要看日子，真是可笑。

"那就——你跟我如今要做抗敌工作，又怎样看日子呢？黄历上还没有这些新名词：'宜开会'，或者'宜工作'……"

说了就打哈哈，连脸都涨得通红。他看看人家响应得不怎么够劲，这就补充了几句正经话：

"黄历呀——简直猫屁不通。什么——什么——'雀入大水为蛤'，这怎么解呢？雀子到了水里，怎么会变蛤呢？唔，你跟我用科学的眼光看起来，无论如何是不通的。"

然而他可并没有忘记工作。下午趁没有上课之前，他又跟王老师谈了一谈。他用右手食指在空中指点着，叫人家不要上谭十一太公的当：那个老头表面上是为公，实地里是为私。在这次抽调壮丁的那件事上，他老先生竟暗中找些人去冒名顶替，从中揩油水哩。这里谭九先生虽然把声调放得很平静，可是他打了一个斩钉截铁的手势——主张赶快成立一个抗敌大会，来调查这些勾当。他从王老师手里接过一支哈德门来，点上了火，又说：

"这个大会是个法团，跟县政府自必是平行的，唔，彼此用公函。至于省里——至于省里——隶属倒也不隶属，不过我们宁肯客气些，送省里的公事怕要用个呈文才合适，你看呢？极不堪也该搅个咨呈，你说是不？"

对方老是看着他那个正在指点着的石灰指甲，大概是在那里想答辞。

"哦，真的！"谭九先生用力地拍一下烟灰，"大会里总要选出几个委员来。还要分部工作，一部总也要一个部长。我们该把这个人选问题商量一下子。这倒是个第一要紧的路径：人选马虎不得。你看如何？"

王老师搔了搔头皮，似乎他根本没有想到这个问题上面去，一下子不好怎样搭嘴。

"那么——"谭九先生轻蔑地瞅了他一眼，"那么跟大家商量一下看吧。"

可是他们好像都不大热心，只让谭九先生一个人哇啦哇啦，谁也不来附议。连上课的铃子都似乎在那里叫"我——不管！我——不管！"孩子们都噼里啪啦跑到教室，连他的细毛牙子在内，叽叽呱呱嚷着，好像在议论他谭九先生多事似的。

他觉得这庙宇改成的校舍总有点什么别扭。听说这里从前有个香火老头①吊死过，如今就连先生们的脸上都有点阴森森的，并且显得死板——再也莫想说得动。

"这批不识抬举的家伙！"他肚子里说。

一看见王老师夹了一大叠作文簿要去上课，他一手把别人拽住：

---

①香火老头：寺庙里的杂役工。

"老王，老王，你们要给我一个最后答复——到底你们依不依我的意见。要是要是——唉，如果你们不依我的，那我就只好不探不问了。到那个时候你们莫怪我消极。"

他紧瞧着别人的脸。看来王老师一时绝不会有圆满的答复，他于是很慷慨地加了一句：

"这样子吧：你们去考虑考虑，明后日答复我，嗯？"

王老师刚要脱身，可又被他拖住。

"呃，我问你，那个陈——陈他——那个陈先生——他程度还要得不？他是个什么出身？"

"他是省立一师的。"

"哦，一个师范生！"他想了一想，"他编壁报——唔，壁报固然是一个小工作，没什么了不得的事做，不过倒也马虎不得，你话是不？此所以——此所以——呃，他到底还行不？总莫闹笑话才好，顶起码的话。老王你要看住下子，唵？"

街上有好几处都贴上了壁报：录了一些报纸上的消息，还有关于防空的文字和图画。那位徐校长跟谭十一太公还联名请了一回客，商量防空演习以及慰劳出征军人家属和演戏的事。

谭九先生也接到了一份请柬，可是他没有去。

"如今还不是我出山的时候。这些小工作等十一太公去唱好了。我懒得去搅！"

他躺在宝庆皮椅上，随手拖一本《湘军志》来翻翻。他偏不去跟他们见面，看他们能做出什么个什么事！

"嗯，真是古怪！"他一个人嘟哝着，"连土豪劣绅也来做抗敌工作了。"

太太正在替细毛牙子上袜底，似乎巴不得有机会说句把话，就停了手抬起脸来，小声儿问：

"怎么，又要闹打土豪劣绅了啊？"

丈夫把手里的书一摔，皱紧了眉：

"你晓得个屁！"

他嘘了一口气，用手摸摸脸，眼睛老盯着门口那张黄纸朱笔写的倒贴着的"茶"字——这正是他自己的亲笔，不过那天故意写得粗些，叫人看来就不像是他的字。

"真没得搅首，连十一太公也来合作了。"

太太把眉毛一扬，十一太公——那她早就看穿了那个老家伙的。怪只怪她丈夫怎么不放厉害点儿。哼，看吧，如今地方上的人有事多半去找十一太公，不来请教谭九。这简直是抢人的买卖！于是她把下唇一披，摸不清她到底是鄙薄十一太公，还是嫌谭九先生不中用。

随后她放低了声音：

"新屋里的刘老官在十一太公那里枭到了谷子了哪：三块二。你看十一老官蠢呀不蠢——就这样枭给他！"

"等他去枭！干我的屁事！"

可是太太总忍不住要谈点新闻：

"梁家大屋里二牙子已经编了队，明日子就要开到省城去了。"

"怎么？他不是已经找到了个替身？"

"哼，还讲替身哩！"她把针在自己头发上抹了两抹，"哪个要他去找十一太公嘛。偏生十一太公不探这些闲事，碰个大钉子。二牙子还不是要去当兵？"

"活该！"

他站了起来，走到书架面前，又趱到插信袋的地方，然后踱出去，反着两手站在黄土阶沿上，心不在焉地瞧着那些鸡啄食。他吐了一口唾沫。他为了要捺住他那一肚子的无名火气，就决计来想一点别的事。

那些知识分子怎么不来找他呢——他想。他们全都去拥护那个土豪劣绅去了么？

"活该！等他们去瞎搅好了。"他嘴抿得紧紧地冷笑着，"梁家大屋二牙子已经吃了他的亏，老王他们也会——嗯！"

这回的防空演习一定做不通的。演戏呢，也一定会弄得一塌糊涂，台底下的人都喝着倒彩，一个个把茶壶茶杯摔上台去。"嗤！嗤！""咚！……"

唉，糟得很。

"他们都是些粗人。一个不来神还要打架。唔，从此以后——十一老官的名誉也扫了地，你看吧。"

他又吐了一口唾沫。刚刚打算拿支纸楣子到火笼里去点火，可是忽然又想要出去一趟。

"九嫂，把那驼绒夹袍讨出来，快些！"

他换衣服的时候，无意似的把黄历翻开来看了一眼。五分钟之后——他一到了清风阁，就把梅十刨子的水烟袋捧了起来。

"呃，十胡子，"他盯着烟斗抽烟，眼成了斗鸡眼，"梁家大屋那个老二——并没找麻牙子替他噢？"

"是嘛。麻牙子替他舅舅担货去了，他怎么会替人去当兵？"

"怎么那天你讲……"

"没那个事，没那个事！"梅十刨子瞅他一眼，仿佛怪他无中生有似的，"呃，讲个正经话。你讲的那个什么大会——到底怎样了？你答允替我搅个委员，你又连不上劲。"

谭九先生正吹着了纸煤要抽烟，这里"噗"地一下把它吹熄：

"不替你搅的不是人！我还想要你主持一个部：你跟我这边的人，总要搅点名堂到手。别个来搅，那就——哼，总叫你放不得心。"

并且他已经想得很周到，他打算叫梅十刨子来主持那调查敌货的那一部工作：这个路径常常有罚款收进来，他绝不能叫一不相干的人去管这有银钱出入的事。

"不过如今他们这些搅法——我是根本反对的。我也懒得去探他们的事。你还是稍为稳住下子再讲：横竖等下子就有你跟我的日子。暂时你跟我看着吧，他们这下子要不搅个稀糟我就不信！"

一面说，一面不放心地看看四面，声音也放低了些。不过别的茶客们还是听得见，他们一个个凑过脑袋来。

"怎么？"一个人问，"出了什么落壳？"

大家都静静地等他回答。所有的视线一齐到了他那张方脸上。他没那回事似的坐下来，微笑了一下：

"没什么事哪。"

停了一会儿，他发觉他们对这个问题不大关心，没有谁再盯着问他下去，他就失望地想：

"嗨，这里的民众真落伍！"

"落壳总会要出几个的，你看吧！"——这回他把声音提高了点儿，脑袋在空中画了个圈。接着装上一斗烟，用粗粗的手指在烟袋嘴上抹了一抹递给梅十刨子，这就坐下来掸掸衣上的纸灰。"讲起来呢，又像是破坏人家名誉。而其实——其实——他们都是假公济私。有几个真爱国的，我试问你？"

他听见茶客里有人提起演戏的事，他就笑了一笑：

"这不过是文明戏，你当是什么好戏班子嘞。没得一点看首，尽是些扯白屁的家伙。还是莫去看的好。"

想了一想，又一连摇了好几次头——"看不得，看不得。"他瞧了瞧梅十刨子，又看看这个，看看那个。等了会儿，仍旧没有谁盯着他问，他就自动说明出来，脸色也变得极其严肃了：

"大家要留神些。他们这回有阴谋，唔。地方上会给他们搅得稀糟。"

"什么阴谋？"有人问。

这回可把一个个茶桌上的人都吸了过来。原有的叽叽嘈嘈的话声——像一阵风掠过稻田远去了似的平息了。一对一对眼睛，透过屋子里的烟和热气，冲着这边闪光。

谭九先生移移屁股坐正，拼命装出一副平淡的样子：

"还有什么讲的？左右不过是搅钱的阴谋。捐了地方上的款子好上他们的荷包。"

"这回没派捐呀。"有谁岔嘴。

"好，好，那你放放心心去看戏就是。"谭九先生冷笑着，"你也不想——他们无缘无故怎么要唱文明戏。他们都是蠢宝，是不是？他们自己打荷包里拿出钱，贴了老本，专诚唱一台戏来请你看看，他们就这样跟你要好，是不是？"

说着大笑起来。可是一会儿就收了笑容：

"唔，你去看戏啰。你一走进了那里，人家带两个枪兵来，当场派捐，叫你写二十担谷。你不写不行，唔。你想跑也跑不脱，门口有枪兵守着。"

有谁叹了一口气，跟着来的是低声的议论。还有那个杨大猛子竟在跟人争辩着什么，隐隐约约还听见"谭九""谭九"的。而旁边那桌响起了一位老太爷带痰的话声：他老人家向来最反对学校，要是没有学校就不至于闹出这许多名堂来。

谭九先生马上转过脸去：

"落实讲，这倒并不怪学堂立不得。我们细毛牙子——明年我想叫他退学，到城里上学去。"

于是他站起来，很快地扫了大家一眼。他认为这是个教育问题，不过他现在没有工夫细谈。他掸掸身上，对梅十刨子打个眼色，咕噜了一句——"真落伍！"这就走到杨大猛子那张桌边坐下，谈了十来分钟，很忙地走开了。

这时候他脸色变得很难看。刚才杨大猛子告诉他的那些话，使他心头好像压着一块石板一样。原来王老师跟十一太公他们——竟议论到地囤谷子的人。这分明是跟他谭九先生下不去。他们还要在壁报上谈这些事哩。

"好得很，好得很！"谭九先生紧紧咬着下唇，咬得泛了白色，"哼，他们竟讲起老子的空话来！"

街上的行人跟手推车照常挤着喊着，他们仿佛故意拦着他的路，叫他走不顺畅。那些叫声似乎变成了固体的东西，没命地往他耳朵里射。他粗手粗脚推开前面的担子，又把一个老太婆撞得跌跌摇摇的，他一个劲儿往北冲。他有一种喝醉了酒的感觉，脚下踏着的好像并不是石板路，只是一片热辣辣的什么东西——一个不留神就得爆炸开来的。

他连自己也不知道怎么一来到了那学校里，路上的熟人跟他打招呼，他也没有瞧见。

"好哇好哇！"他咬着牙狞笑着，"人家忙得要死的在这里做工作，你们倒在背后攻击人家！"

王老师正忙着帮陈先生弄壁报，拿笔蘸着红墨水在报纸上打记号，无名指上沾上了许多红的。他诧异地瞧着这位来客，眼镜里那双小眼睛也张大了：

"攻击什么？"

谭九先生脸上发了热。他相信他自己会昏过去。他两手在暗地下抓紧着拳，连舌子都打起结来：

"你们——你们——嗯！你们——"

那个姓陈的小伙子听见声音走了进来，一面用个纸团子在擦手指。谭九先生瞟了他一眼，又瞪着王老师，嘴角一抽一抽地在那里动。

"莫装作这样子！"他叫，"我问你，你们讲过没有——什么谷子不谷子的…… 人家有没有谷子干你们的屁事，要你们来讲！……你们是什么东西，我问你！你们是什么东西！"

"什么谷子？你说什么？"

"哼，装呆！你们是不是讲过——什么囤不囤谷子……"

倒是那位陈先生想了起来：

"哦，是的！我们看见报上有一篇文章——讲战时粮食统制问题的，想在壁报上转载一下。这篇文章顺带谈到粮统制可以防止囤积居奇，哪个攻击了谭先生呢？"

谭九先生退了一步。他咬着牙叫了一声"杂种！"就往外冲。到了门外他才想起还有些话没发泄干净。他打转身的时候拼命忍住他的狂怒，声音给弄得哆嗦着：

"好得很！你们倒来这一手！人家推诚布公跟你们一起讨论，忙又忙得要死，哪个晓得——哪个晓得——你们背后破坏我！……嗯，我不怕，我不怕！你们无非要使起大家来反对我，好得很！我等着！我倒要看看你们的手段看！……噢，你们当我是个蠢宝啊？其实我都晓得，都晓得！你们要排挤我，是不是？好，看哪个狠！"

他不等别人有开口的机会，一掉脸就走。一面从牙缝里挤出了嘶嘶的声音：

"哼，人家处置自己的谷子也要讲空话！娘卖肠子的！——你们配叫作知识分子！"

于是他回家躺到宝庆皮椅上，把左腿搁上了搁手。

"我不合作，我不合作！"他斩钉截铁地说，"我的茶呢，我的茶呢？真不晓得你过些什么日子——到这个时候还没得开水！"

太太在太阳穴上贴着头昏膏药，眼睛也蒙蒙的，好像没睡足觉。可是她头脑还很精明，什么事都记得清清楚楚。

"刚才长松来过。"她一个字一个字地报告着，"他讲你答允他有个什么工作，他特为来问个讯……"

谭九先生咆哮起来：

"冲他娘的梦！——工作！娘卖肠子的这个瘟地方！——简直没有揽首，顽固腐化得到了这个化境！……哪个再问起这句话的——我要结结实实捶他一顿！"

作于一九三七年十一月

『新生』

张天翼

【关于作品】

在小说《"新生"》中，张天翼将讽刺锋芒投向文学艺术界。李逸漠先生原被称作"最纯粹的艺术家"，他能写出精美的散文，懂得金石字画，具有相当高的艺术造诣。抗日战争的爆发，打破了他养尊处优的生活，他流亡到一个偏僻的小地方，放下"身段"做起了中学教师。应当说，李逸漠确实为侵略战争的不义感到愤怒，继而想要起身为抗战做出一番贡献的。然而，庸长无聊的抗战生活消磨着他的意志。他起先还跟忠厚务实的老朋友潘校长交往，与之酒后倾诉衷肠，慢慢就感到潘校长一天天忙于事务而缺少闲情逸致的无聊。他坚持为艺术而艺术的观念，偶尔为抗战做做宣传画，仿佛拉低了自己的艺术身段似的。他只好借酒消愁，打发偏于一隅清苦无聊的日子。诸如潘校长、陈先生般务实工作的人是得不到他的欣赏的。他无法接受抗战生活的枯燥乏味，他需要滋养诗酒人生的雅兴，也就与有着艺术修养却甘做亡国奴的章老先生走得更近。章老先生迂腐卑琐，他对抗战的汉奸论调令

41

李逸漠反感。李逸漠想要驳斥章老先生，申明抗日救亡的大义，但终究流于空想，无所事事，甚至在沉湎享乐之时对章老先生的论调有几分认同。

小说塑造出李逸漠这样一个"多余人"形象。他不像潘、陈二人务实笃行，也并非如章老先生那样奴颜媚骨，他空有爱国情怀，却无法付诸实践，在庸长抗战生活中过得浑浑噩噩。如此"新生"，细腻地写出了抗战相持阶段一部分知识分子的生活状态，折射出作者对抗战现实的多重批判。

那位李先生刚到这中学校来找潘校长的时候，许多教员和学生都吃了一惊：怎么，这就是那位作家兼艺术家的李逸漠先生么？

他那件重甸甸的中装大衣，他那两口重甸甸的小皮箱，都是灰扑扑的样子。他身子又高又瘦，脸子有点黑。他大概有两个星期没有刮脸：下巴上竖出了一根根的胡梗子，一个四十来岁的人竟看得上有五十的年纪。连他那副近视眼镜——都显得给风尘沾黄了，好像那些整年不揸的玻璃窗一样。

你要是读过他几篇精致的小品文，你要是知道有一个刊物上称他作"最纯粹的艺术家"，那你一定会觉得——他这副外貌跟他那些作品是怎么也调和不起来的。

然而李逸漠先生用种很感慨的口气告诉了潘校长：

"以前种种譬如昨日死。老潘，我做了一个南柯大梦，如今可醒来了。我真要感谢日本强盗：要没有他的炮声震醒了我，我还在那里做隐士哩。"

谈到他家乡将失陷时候的情形，谈到他流亡出来的情形，他就说得很快，突出的颧骨上有点发红。有时候他忽然打住，好像一下记不起来似的。接着身子不安地动了一下，又性急地说了下去。老潘知道逸漠有满肚子的愤怒。可是老潘觉得他这老朋友平常修养得太和平，太不会使性子，现在要发脾气都不知道怎么发法，看来只是表现了急躁。

李逸漠在敌人离家乡只有六七十里的时候，带着他太太和女儿跑了出来。他平素每年能收七百担租谷，今年可完了。他把她们母女俩安顿在岳家——在浙江南部一个什么乡下。他一个人跑到这里来找老朋友。

"陪太太隐在乡下有什么意思呢。我是决定了的：我要到这后方来做点工作。我要开始我的——我的新生！"

他知道这里高中部出了四小时图画课的缺，就答允担任了这一门课：他认为他应当附带找这么一个职业。

"啊呀，"老潘一半开玩笑一半认真地微笑着，"你居然肯在我们这学校里代课，我真觉得有点惶恐的样子。……"

可是逸漠先生庄严地站了起来：

"笑话！……现在的逸漠不是过去的逸漠。过去的逸漠在那里学陶潜，而现在的逸漠呢——是墨翟。我要工作，我要吃苦。千千万万的人都在那里受苦受难，而我——而我——事实上当中学教员也算不了苦。我连小学教员都肯当！"

于是老潘把校园里那间疗养室拨出来——请逸漠先生住进去。于是逸漠先生开始了他的新的生活。他参加这学校里的一个文艺团体做指导。并且替他们办的一个小周刊写了点文章。他还打算画些画，有宣传意义的画。

"我们应当向所有的人宣传。"他很性急地对学生们说，手指莫名其妙地乱动着，"我们要告诉全世界——我们中国怎样的正直，宽大，和平。而敌人呢——兽性，残忍。我们不单是为我们国家的存亡而奋斗，并且是为人类的庄严而奋斗。"

他不安地在图画教室里走来走去，好像要寻什么东西似的。他全身的力气全都聚在他那只右手上。一把抓着拳头，一会儿又放开。他脸上有点发热。鼻尖子那里有种很奇怪的感觉，仿佛预示他要出眼泪的样子。

几个学生都紧瞧着他。他扫了他们一眼：他视线一碰到他们的每一双眼睛——他觉得似乎竟撞出了一种响声。于是他躲避似的走到窗子跟前，对外面看了四五分钟。

这里的天气总是这么恶劣：黑云凝成了一块铅板似的压在你头上。校园里的枯树枝上缀着些乌鸦，在冷风里面摇晃着。现在还不到五点钟，屋子里已经很黑了。可是天空里还透出了一线青灰色的冷光，瞧着叫人忍不住要打寒噤。

忽然他想到他的家乡：他每逢工作得疲倦了，总得在他书斋的窗边站这么一会，看看那个精致的小园子。他记得那个金鱼池里的青苔——就是到了冬天都也碧绿的。

"那棵蜡梅总已经开了花吧。"他对自己说。

他怕人家会看穿他的心事似的——向旁边一个学生瞟了一眼，马上又叉着手来校正自己的思想。他很冷静地告诉自己：在这么一个苦难的大时代里，谁也不能够再贪图他过去那种舒服的生活，谁也不能关起门过他的清幽日子了。

而这里呢，完全是一种新环境。

可是他没声没息地嘘了一口长气。连他自己都不知道怎么回事——他总感到这新环境仿佛缺乏了一点儿什么东西。他觉得他受到了一种什么压迫，叫他的身心都活泼不起来。连他现在这满肚子人类的愤怒——也不是那种火热的愤怒，而变成了一种阴森森的东西，变成了一种跟忧郁掺和起来的东西。……

为了要避开这些不快的感觉，他故意去想些别的事。

"真的，为什么一定要把四点钟课全部排在星期三下午呢？"

后面有哪个学生"嘶"的一声：不知道是发笑，还是擤鼻涕。他吃了一惊，慢慢转过来。脸上带着一种不好意思的表情，好像一个自爱的孩子刚刚哭过，又在生客面前露了脸似的。

他搭讪着问：

"你们对于——呃，你们在课外画不画图画的？"

几个学生互相看看，笑了一笑。

"你们二三年级的画图是选修。"逸漠先生有点不大高兴地说，"你们既然选了这门课，当然你们对于艺术是有点兴味的。不过我总希望你们多去画点宣传画贴到外面去，唤醒一般民众。只要画得人家看得懂就行，即使技术很幼稚也不要紧：横竖现在是——现在不是我们谈艺术的时候。现在艺术是没有用的。"

那几个学生又互相看看，大概在那里交换眼色。随后一个剪和尚头的学生把屁股稍为掀掀，来代替了起立：

"李先生，那么那些宣传画呢？——是不是艺术？"

"这不是艺术！"李先生带几分激动地答。

"是不是一切的宣传画都不是艺术？"

做先生的有点可怜那个学生。唉，连这也要问！不过他还是耐心耐意解释了一回，宣传品就是宣传品，绝不是艺术，他还再三再四地说明：目前我们所需要的——只是鼓励国人的东西，唤醒国人的东西。他用右手在空中斫着，渐渐地越说越快起来。

"我们以眼还眼，以牙还牙！敌人用大炮来轰我们，我们也用大炮去回答他们！现在顶伟大的是前线的抗战军人，而顶没有用的就是我们这些所谓艺术家。我们应当赶快暂时抛弃艺术，来做点每个中国人该做的工作……"

"李先生。"——这回那个和尚头索性连身子都不欠一欠了：只坐在画架前面干叫，"那么柯勒惠支的那些连环图画，苏联的许多木刻——都是有宣传意义的，那些东西算不算艺术呢？"

"这又是鲁迅的信徒！"李逸漠想。

他们师生互相盯着。一阵难堪的沉默。屋顶上有乌鸦飞过，"哇"的一声，好像它老早就在旁边偷听，现在可忍不住爆出了这么一声喊似的。

逸漠先生猜到他自己脸色上一定有点什么异样的反应，因为有一个学生发出了一声轻笑，而且向窗外瞅了一瞅。于是这位当先生的也拼命摆出一副微笑来，表示满不在乎。可是一开口——自己也觉得声调不太自然：

"关于这个问题，这个这个——唔，这是一时说不清楚的。这个这个——一个美学上的问题。艺术之所以成为艺术……讲起来复杂得很。……你不妨在下课之后来找我，我慢慢地帮你弄明白。"

然而那个和尚头一直没来找过他。只是每逢星期三下午，总有几张漫画送给他看。那些问题呢——可绝口不提起了。

一般学生也都不大跟他接近：似乎是把他当作个大人物而不敢麻烦他，又似乎是看他不起。有时候有个把学生来请他替那个小刊物写文章，请教他要怎么编排才好看。他们总是一谈完了事务就走掉的。

他走过有学生的地方，常常听见后面有人说：

"这就是李逸漠。"——不知道到底是表示惊异，还是一种讽刺。

他们倒似乎很喜欢那位陈先生，那位教物理和数学的先生。那是个小个儿，脸上有几颗麻点。他管的事情很杂：又是什么座谈会，又是什么读书会，每星期六晚上还要到民众教育馆去讲一小时战时常识。他发表的那些文章也是多方面的——一会儿是谈达姆弹之类的通俗文字，一会儿又来一篇敌国的经济危机。他看见了逸漠先生，总是很恭敬地点点头。

老潘有好几次对逸漠先生谈起他：

"教员里面精神最好的是陈先生。人又热心，又虚心。他于社会科学很有修养……你愿意跟他谈谈么？"

"我想那位陈先生大概很苦的：他生活枯燥得很。"他停了会儿，嘴角上浮起了一抹微笑，"你大概很喜欢那种人吧：你们在生活上正是同调哩。"

真的。老潘在这张校长椅子上——一坐就是十九年。近来他干脆把家眷送到乡下，成天到晚都待在学校里，过着他的刻板日子。仿佛也只有这么一种生活才配得上这些灰色的校舍，才配得这灰色的天似的，住在教职员宿舍里的七八位同事——全都是这么一副劲儿。

有一个星期六傍晚，逸漠先生到底忍不住了。他像梦游病样地走进校长室。

"老潘，你们这里简直有种古怪病。已经传染到我身上来了。这就是单调症。再不然就叫它灰色症。……我真闷得慌……我们出去吃点酒吧。"

"好吧。"那个静静地点一点头,"不过我是不敢喝酒的:我有心脏病。……要不要再找个人陪陪你呢? ——呃,找陈先生来好不好?"

"他会喝酒啊?"

校长先生苦笑着摇摇头,然后带着几分抱歉的脸色说:

"我们这学校里——哼,恐怕只有章老先生会喝几杯。……"

"就找他来吧,如何? 他这个人有没有一点风趣?"

"风趣?"老潘笑了起来,"八个大字:语言无味,面目可憎。"

接着又用一种校长的口气谈到那位章老先生。那位老先生也许是个饱学之士,一笔字也写得挺好,可是绝对不是一个好国文教员。他严厉禁止学生用白话作文。有一次一个学生作文上有"目的"两个字,他老先生就大发脾气,在那两个字上打了一个大叉。

老潘摊开两只手在膝头上敲着:

"请你看看! ——这样的师长,但是他在这里教了十六年! 每年暑假你都不能解他的聘:这里有一位大绅士替他撑腰。这就是我们的神圣教育界! 老实说,这里教育界的情形还算是好的哩。你有什么办法呢? ——除非你根本不打算在社会上做点事。你要做事你就得迁就,低头,忍气! ……"

李逸漠打了个呵欠,拿一根烟来点着,带一种怜悯的眼色看了老潘一眼。

"那位老先生够得上说百分之百的腐朽。"老潘可还要补充一句,"一跟他谈到时事,谈到抗战呢——他,简直就是汉奸理论!"

这晚一对朋友在一个馆子里坐了两个多钟头,逸漠先生一个人喝了一斤黄酒。他不断地端起那把锡壶对自己杯子里洒着,不断地啜着，他那张瘦脸越来越苍白了。

那一个担心他怕喝得太多的时候，他一把抓住了酒壶：

"老潘我告诉你一个故事。有一个酒徒对人说：'热酒伤我的肺，冷酒伤我的肝，而不吃酒呢——伤我的心。我宁愿伤肺伤肝，而不愿伤我的心。'这个人真是最会生活的。……你们不会喝酒——我真替你们悲哀。"

于是他大声啜了一口，还咂了咂嘴，很舒服的样子把身子往椅背上一靠。一双眼睛很幸福地眯着，不过眼眶有点发红，叫人疑心他刚才哭过了的。

"起先我没有打算要吃这里的老酒。"他指指地下，"我想这里的老酒一定很糟糕。但是——而竟还可以。……老潘你倒尝一口看。你应当品一品这个味道……"

那个给逼着喝了一点儿，很惭愧似的说：

"我从前倒还喝一点。不过也辨不出好不好。"

"这个——要比我们家乡的是比不上。我家里有九缸陈绍酒，据说是陈了六十年。六十年虽然不见得，三四十年大概差不多。我常常邀几个朋友到我们那个镇上来小住几天，随便谈谈，吃点酒。……我酒呢是吃不多的，我只是爱那吃酒时候的风趣。……呃，你在杭州也住过几天的，你进过酒店没有？"

"没有。"

"嗳！你应当去坐一坐的！"逸漠先生兴奋地把手一扬，"那些酒客——那种那种——唔，那才真是会吃酒。一块蘑菇豆腐干，两碗远年，他慢慢地品两个多钟头。……你不该不去了解了解那个趣味。"

他闭了眼睛，累了似的嘘一口气。他想起他家里那套专为他

49

喝酒用的精致的瓷器。又想起他那盒图章，他那些书籍跟字画。忽然他又记起他镇上那几位怪有风趣的画家、金石家——如今可不知道他们流亡到哪里去了。

他又嘘了一口气。他忍不住要说话，谈起他的家庭生活，谈起他那十三岁的女儿——她每逢他一喝酒，就得在桌边俯下身去，把她的嘴凑到他杯子上呷这么一口。而他的太太就在旁边带笑地骂：

"看这小鬼。"

老潘好像一个用功学生在教室里一样，耐心耐意听着。逸漠先生虽然猜到这些话对别人未必有什么兴味；可是他觉得身子里面积压着许多东西，不迸出来就不舒服。

可是他一阵头晕。他把胳膊放在桌沿上，额头伏了上去。

"醉了吧？"那个问，"我们就回去好不好？"

他摇摇头。

别的顾客都走掉了，静得不像是一个馆子。街上显然也不大有人走路，只有时候听见外面呼的一声响——打什么地方扫过去：叫人摸不清这到底是风还是汽车。

逸漠先生忽然抬起头来：

"呃，老潘，你太太住在岳家还是住在你自己家里？"

"自己家里。怎么？"

"那就好，那就好。"他喃喃地说，"世界上只有岳家是最讨厌的一类人。我不反对结婚。但是岳家——岳家——唉，我真怕他！"这里他把眼睛张大了些，"我要不是家乡失陷，就是讨饭也不把太太送回岳家去。我的岳家，岳家——从岳丈起，直到小内侄为止——没有一个不卑鄙龌龊，自私自利！全是些庸俗的家伙，没有一个像个人的！……她——她——一封信……发牢骚……诉苦……娘家住不惯……要来。……我怎么办呢，我！她们来了生活怎么办呢？她们做什么工作呢？不做工作——到这里有什么意思呢？……我要不是为得想做点子工作，鬼才跑到这地方来！这里——这里——这样一个死城！一点没有生气！灰色！……"

他们是九点多钟回校的。街上的店家早已把排门关得紧紧的，好像要拒人于千里之外的样子。路灯怪可怜地发着幽幽的亮光，叫人觉得比没有灯还要黯惨些。

逸漠先生一想到他自己住的那间房子——他的心就往下一沉。

一间孤零零的屋子。好像除开了他逸漠先生而外，这世界上就简直没有一个生物似的。四壁都粉成柠檬色，干干净净的显得更加单调。没有什么陈设，也没有什么装点，只有简简单单一点家具，一点必要文具，其余就该算到他那两口小皮箱。雪亮的电灯照在这么一间屋子里，叫人特别感到寒冷，感到寂寞。

就在这么一个环境里——他得开始他的"新生"！

这里他忽然伤心起来。他觉得他自己是孤独者，没有亲人，也没有朋友。谁都不来关切他，谁都不来照应他。这真是他有生以来头一次碰到的怪境遇。他小时候有母亲，有姊姊，后来有太太：都是一看见他的脸色就知道他要什么。他的一些好朋友也都聚集在他四面，把他当作一个中心。而现在呢？——

"我恐怕是在做梦……"他糊里糊涂地自言自语着。

他希望这一切都是一个梦。一醒来——还是在家里，在自己那张软绵绵的暖烘烘的床上。床旁边茶几上，已经放着一壶太太替他早就泡得浓浓的红茶，还有一听老炮台，一部《梅村家藏稿》。他女儿就得拿一支烟送到他嘴边，替他点了火，并且孩子气地笑他：

"爸爸这一觉睡得好长久呀！"

仍旧照每天早晨一样——窗幔子打开了一大半，让外面的阳光照进来，稀稀疏疏的竹叶影子就斜在地板上，叫满屋子都带着一种清幽的绿意。他仍旧照例要躺在那里抽完一支烟，看了吴梅村几首诗，这才慢慢爬起来。

原来这个世界还跟他本人一样，照旧那么和平，一点火气都没有。

"那样静恬的世界，说是竟有战事发生，这真太不可想象……"他想，"这个梦真长。……不过，《南柯记》里那个卢生——唔，梦里有几十年……而其实，而其实——一下子。……"

他打了一个嗝儿，打袖子里掏出一块手绢来抹了抹嘴。他还坐在校长室里那张旧沙发上，不肯回屋子里去。校役们都已经睡了觉，老潘亲自替他到厨房里找开水去了。

于是他拼命去镇定他那昏乱了的脑筋，要把它弄得清醒些。他打算仔细去记一记——现在他这个梦是什么时候做起的。

卢沟桥事件一定只是一个梦境。……沪战就更加没有这回事。……

那么"九一八"呢？——这个他可要想想看。还有"一·二八"呢？我们中国就丢了这么四省，一点也不给那些暴行者一点打击么？……这里他坚决地站了起来，用手绢使劲抹抹嘴，拿十分果断的精神告诉自己：

"不行！不行！'九一八'也实无其事，'一·二八'也实无其事。现在总还是——还是一九三一年九月以前……"

"替你沏了一壶浓茶，逸漠！"老潘很高兴样地走了进来，"你先吃一点八卦丹吧，怎么样？"

逸漠先生叹一口气，从那个手里接过一小片八卦丹来，不经意地放到了嘴里。他重新坐了下去。手指摸着右边太阳穴——正在那里一跳一跳的。他带着一种忏悔的神情告诉那位老朋友：

"刚才我真不知道想了些什么！我太敏感，太多幻想：近来我神经上似乎有点病态了。"

"你还是早点去睡吧。我看你喝得太多了。"

"那不相干。"他有点不耐烦地答，"你不懂得我——我的那个……"

看了看校长先生的脸，他收回了他的话锋。他俩还是"五四"时期在北京的时候做起朋友的，以后可就各有各的生活，各有各的发展。如今——逸漠先生认为他一眼就把老潘认识个彻头彻尾，而老潘对——逸漠先生呢——根本就一点也不了解。

然而这全校，这全城——就只有老潘还陪他谈几句。他永远只对着老潘那张长长的老实的脸子，永远只听见老潘那副高亢的嗓音。这就好像叫你餐餐吃这一色菜，天天吃这一色菜，不许你换一换口味。他盼望有个把别的同事找找他，哪怕那位小个子陈先生也好，甚至于那位章老先生都欢迎。要不然——

"要不然我真会生胃病了。"

从这个星期以后，逸漠先生每天都要喝一点老酒，不是上馆子就是叫校役去打。而总是找老潘陪他。有一次，他竟几乎发脾气地大声问老潘：

"这里就简直找不出一个喝酒的人么，除开那个什么章老先生？连学生里面也寻不出一个人来呀？连在校役里面也寻不出一个人来呀？"

跟那位小个子陈先生总算是认识了。那完全是个没有趣味的家伙，只知忙着一些事务，只是跟他谈起怎么改进那个小周刊，只是要求他多给一点作品。一谈了正经事就恭恭敬敬点个头走掉，好像生怕人家抓着叫他喝酒似的！

"这究竟也是工作。"他告诉自己。

虽然他不大愉快，可到底也在酒后画了一帧漫画：一个军人跟老百姓牵着手在那里走路。他题好了标题——"军民合作"，忽然又觉得有点惭愧的样子。他踌躇了一会儿，决计就这么不署名地交了出去。

"糟糕！糟糕！"——他一看见那刊物在他漫画下面印出了他的名字，就突然种被人打了一个嘴巴似的感觉，"竟登出了我真名字，那些混蛋！从此'逸漠'这两个字就不能见人……逸漠画出这样的画来。……嗨，真混蛋！真混蛋！……"

他觉得陈先生他们在故意破坏他。而那个剪和尚头的学生显然跟他们是一伙的。这次星期三在图画教室里——那个学生公然要求李先生再给点稿子哩。

"没有！"李先生冷冷地答，"我近来心境不好，什么也弄不出！"

一下了课——他就带着一种受了委屈的心情回到屋子里，在老炮台烟听子里拿出一支白金龙来，躺在床上抽着。一份当天的报纸籁地掉到了地上，他也没有去捡。这是他自己掏腰包订的一份报。学校里虽然有七八份报纸，可是全部陈列在阅报室里，总是好几十个人钻在一起看。这个他可弄不惯。

学校里什么习惯都这么跟他合不来，好像故意跟他作对似的。厨子实在应当判他几年徒刑才对：老是那几样菜，老是那么淡而无味。逸漠先生不愿意在饭厅里跟大家一块儿吃，吩咐他们单开到他屋子里，他们就更加欺侮他，叫他一看见那份饭菜就生气。早起想要喝一点茶呢，总得费很大的劲才能够把校役喊来。而茶叶——他亲自去买来的，据说是顶好的祁门。泡出来只是一味的苦涩，没一点香味儿。

"真奇怪！"他把手里的烟一摔，"他们在这里居然生活得那样起劲，那样快活！"

他伸一个懒腰，起来呷了口冷茶，把茶杯生气地往桌上一顿。

嗨，喝几杯去吧。于是锁了房门走出来。

找谁同去呢？又是老潘？——逸漠先生踌躇着。一想到那位校长先生，他就有一种很奇怪的感觉，仿佛刚刚吃过什么太甜了的东西，从食道一直到胃里都腻巴巴的很难受。

他这就放慢了脚步，装作散步的样子，装作是无意中踱到校长室里去的样子。

校园里的一排柳树开始在那里抽芽，给黯红色的云彩照着，望去就好像是一块弄脏了的绿色纱布。灰色校舍也仿佛给紫色的水冲洗了一遍似的，显出了一种怪不调和的颜色。

可是篮球场里发出了欢天喜地的叫声。还有些学生在那里起劲地唱《大刀进行曲》。教职员宿舍里也爆出了几个人的笑声，随后就飘出了一句话——"一般老百姓怎么会懂你这些抽象理论呢……"

这大概又是那位小个子陈先生！这大概又是在那里谈什么事务！

逸漠先生故意走近那热热闹闹的窗口，向里面瞟了一眼。也许陈先生会发现他，会请他进去坐坐。他步子放得更加慢，低着了头，好像在量这条小路的尺寸。有一刹那——他竟想要打破他的惯例，竟想要自动闯进陈先生屋子里去。

不过他可没有停脚。

"为什么他们不来找我，倒要我去找他们！"

就这么着，这天晚上吃酒的时候，仍旧是那一味老菜——那个老潘。

"我这里真住不惯，真无聊！"他埋怨地瞅老潘一眼，仿佛这都是老潘害的，"我实在想要走。……但是走到哪里去呢？——别处没有朋友，生活又成问题。……活活把我卡在这里！……"

他一直没有写文章，也没有画画。他心境不好。自从认识了那位章先生，他向那位先生借来一册石印本的《石鼓文》，每天就临临写写。

章老先生是个红光满面的老头儿，背有点驼，腿有点瘸。照逸漠先生看来，那个国文教员并不像老潘说的那么可憎。而且有些嗜好还跟他逸漠先生相同：也是喜欢买买碑帖，也是喜欢玩玩图章。他们在教员办公室彼此谈到各人对《泰山金刚经》的爱好，简直非常投契了。

"这种石刻我已经搜罗到一千零五个字。"逸漠先生说，"易培基也没有我藏得这样多。但是现在——"他深深地叹了一口气，"现在不晓得是烧掉了还是被日本人拖走了。"

"所以啰！"章老先生很快地接上来，轻蔑地眯着一双眼睛，"我也灰了心，近来也懒得去找这些东西了：当这个乱世有什么好谈的！这真是个劫数！有些人是唯恐天下不乱，硬要搅出这样一个故事来，唉！"

逸漠先生很有礼貌地微笑着，试着提出他的反驳来：

"然而人家来侵略我们，我们如果不抵抗……"

"嗯，抵抗！"那个把嘴角往下一弯，"抵得人家赢么！抗得人家赢么！徒然自讨苦吃！"

"那么我们难道让他们来占领中国啊？"

"倒也不是什么让……总之——总之——唔，你打人家不赢，何必又自讨苦吃呢。你一打——牺牲反而大。……"

"怪不得老潘说他是汉奸理论！"逸漠先生想。

那位老先生一个嘴角上缀着一泡白沫，他用小拇指的长指甲把它掏掉，又愤激地说：

"譬如——他们到的一些地方，先倒也好好的。然而后来来了游击队，又有了反日分子。好了，这样一来，他们自然就去搜捕，杀人，弄得老百姓不得安业……游击队有什么用处呢！打又打人家不赢，这里闯一下，那里闯一下。等人家大队人马来了，他就一走了事。他们一搜索，这个地方的无辜良民倒弄得个玉石俱焚……"

"但是根据许多消息，老百姓倒是很欢迎游击队哩。"逸漠先生还是微笑着。他觉得这场辩论很滑稽，觉得自己是白费唇舌，可是他忍不住要说几句，"有许多地方的游击队，就是老百姓自己的自卫队：他们不甘心袖手看着自己家乡受糟蹋。"

"哼，自卫！哼！你有大炮没有？你枪械比不比得上人家？……自卫！自卫！——倒把地方上弄得乱糟糟的！"

——照你这样说法，那么我们老百姓就该在敌人统治之下当顺民，当汉奸了！——不过逸漠先生没把这些话说出来。于是他念头忽然触到那个周刊上的一篇《论某种汉奸》：这一定就是针对这位老先生的。现在他竟亲耳听见对方那些论调，这才感到了那篇文章的有力，而且非常痛快。

逸漠先生性急地点了一支烟，性急地坐到一张椅上。他觉得他自己的手指因愤怒而发抖，腮巴上也发起热来。就是站在为人类的立场上，他也该给这个姓章的一种反攻。他想要告诉对方一点普通常识，一点真正的事实：想要说明我们的游击队给了敌人一种怎样的打击，把敌人的后方变成前方，说明敌人占了我们几个大城市的没有用处，他觉得就是措辞不客气一点也不要紧，他甚至于不妨严厉地这么教训那个老朽：你应当晓得这是个苦难的时代，只要是个中国人，只要是个够得上称作人类的人，只要不是畜生——就该咬紧牙关去奋斗……

然而他没有开口。他不惯于跟人在这类题目上争论。况且这些话并不是他独创的见解，叫别人听了会冷笑——

"哼，逸漠先生只会拾人牙慧！"

他还联想到伏尔泰一句话："头一个拿花比女人的是天才，第二拿花比女人的是白痴。"而他逸漠先生的这套理论呢——正是《论某种汉奸》那篇文章发挥过的，并且说得十分详尽，十分精到。

"那个周刊——章先生看不看的？"他问。

"白话文我看不懂！"

随后两个人都不言语了。逸漠先生想要走开去，可又觉得不大礼貌似的。他时不时对门口瞅一眼，希望有第三个人走进来——把这里的僵局打开一下。他发见别人正紧瞅着他手里的烟，叫他意识到了什么，这就掏出烟盒来敬了对方一支。

那位老先生点了火抽一口，又把这支烟伸得远远的——眯着眼睛看着上面的牌子，那张绷得紧紧的红脸也慢慢松弛下来，只是焦黄的手指还紧紧夹了纸烟，生怕它逃走似的，一抽起来就很响地吸一口气。

仿佛为了享用着别人的东西就不得不客气几句，章老先生就问到他一天要抽几支，接着又提到了酒。

"听说李先生也喜欢喝几杯？……"

"是啊。"逸漠先生赶紧回答，"只是找不到一个酒友。"他用种期待什么的眼色盯着对方。

"唔，哪一天要请李先生到舍下去小酌一下。"

逸漠先生提议今晚权且去上一上馆子，章老先生可很爽快地又说：

"今天我身上不便。……本是应该由我来做个小小的东，然而家里没有预备。"

然而还是给邀到了一家天津馆子里。李先生带了钱，在一起喝酒的朋友原不必讲什么客气的。

他们做了酒友。他们常常到那些小店去吃。章老先生总是"身上不便"。并且也从来不邀请别人上他家里去。逸漠先生第一次到他酒友府上去，还是为了送还那册《石鼓文》。从下午五点钟谈到了七点半钟。女眷们在隔壁不安地叽哩咕噜，有时候在门窗缝里张一张。临了还是客人把主人邀了出去，一到馆子门口——章老先生又忽而要打回头，因为他忘记了带皮夹子。

"嗳，真荒唐！"这位老先生给邀着一拐一拐地走进这家馆子，一面埋怨自己，"本是应该让我来做个小小的东的。……"

这位老先生酒量很好，不动声色地把酒一杯一杯喝下去。同时不断地从逸漠先生放在桌上的那个烟盒里拿烟抽，一空了就马上喊茶房去买。说起话来还是那么有条有理，而且喝得越多，字音就吐得越慢，只是鼻子发紫就是了。有时候还用他那长指甲剔牙齿，然后往旁边毕剥一弹，在桌沿上抹几抹。

这么一个朋友——逸漠先生竟跟他结交上了，这可叫老潘吃了一惊：

"怎么，你跟章老先生还谈得来么？"

"无所谓。"他说。他瞧瞧老朋友那张长脸，觉得对方似乎是用个校长身份来干涉他个人生活，他有点不高兴。他用种很自信的神色说明了他的态度：

"朋友见解不同并不要紧。各人彼此不同，生活倒会丰富一点。要是有许许多多朋友，而意见都差不多，这单调不单调呀，我问你！……我跟章老先生呢——除开时事尽有得谈的：谈诗，谈金石书画……"

可是这几天逸漠先生自己也感觉得到——他跟他那位酒友已经渐渐谈不出什么劲儿来了。章老先生总是炫耀他家藏的东西：吴昌硕刻过一副图章送他。他还藏了一幅倪云林的山水，上面有张廷济的题跋。总是这一套。

"他吹牛。"逸漠先生想，"怎么我到他家去几次都没有看见呢？"

他不言语，只把脸子埋到杯子上呷一口酒。他一下记起了他那个孩子气的女儿，闷闷地嘘了一口长气。

那位章老先生呢——似乎因为老是别人请他，他为了要报答别人，为了要尽他这个做酒友的义务，就不得不想出一些话来替别人解解闷。这就提到了学校里的事。他用种只可对自己人谈的那副机密脸相，告诉了逸漠先生许多秘密。

原来那位训育主任有"断袖癖"。而那个体育教员竟跟一个校役的老婆有勾搭。这些事没一个人知道，只是瞒不过他姓章的。会计科的人很会揩油！发薪的时候扣除所得税，净用邮票来补足零头，就叫他们得了许多好处。

"李先生我告诉你，"他把脸子凑过去，让别人刚刚闻见他嘴里那股臭味儿，"拿薪水呀——顶好是把所得税的数目先交给他们，你这就可以拿到一笔整的钱。我就是这个办法。我不要他们的邮票。"

说话的人停住嘴想了一会儿，脸子更凑近了些，逼得逸漠先生把身子往后一仰——让开一点儿。

"潘校长很相信我。但是近来——他为那一群宵小所包围了。陈先生就是一个。李先生认不认得那个陈先生？李先生我告诉你，你须要小心些。他是一个反动分子，那个陈先生。"

接着紧抿嘴，点了点头，又重复了一句——

"反，动，分，子。"

这些秘密——逸漠先生认为是关于私人道德的事。他没有对谁提起过。

"唉，单调！"他只是埋怨着。为什么他朋友这么少呢？为什么他不得不去找那个老先生，像以前找老潘那样老是吃这一味菜呢？

他的经常喝酒，他的跟那位酒友厮混——现在好像只是一种不得已的义务，对自己非履行不可的一种义务了。

并且这种义务还增加了他的经济负担。回回是他请客。他出来的时候只带四百来块钱，如今已经花去了一百多。只有跟老潘一块吃喝才可以调济一下：总是老潘抢着会钞。

"让我来吧。"老潘常常说这句话，"你手头比较困难。"

　　于是到了这个星期六晚上——他竟谁都不找，一个人上小馆子喝了一斤半酒，一回来就躲到自己屋子里，把门上了闩。

　　那盏蓝泡子的电灯发着青光，跟柠檬黄的粉墙混成一种惨绿色。什么地方在那里打更，一下一下的梆声仿佛敲到了他的心脏上。他似乎还听见了那个更夫的脚步响——在那条又深又黑的巷子里发出了寂寞的回声。

　　逸漠先生照平素那么躺在床上，抽着烟。他近来每次喝了酒之后，总是很伤感，很烦躁，再也没有从前在家里酒后那样飘飘然的快感了。心上时不时有什么东西在轻轻刺着似的，一路刺到了鼻尖上。他恨不得跳起来在地下打滚，随便抱着一个什么来痛痛快快哭一场。

　　从前他只是跟几个趣味相同的人做朋友。他没有帮助过什么人，也没有什么要求助于人的。他从来连想象都想象不到的孤独的痛苦，现在可打得他好苦。

　　"除开老潘是个忠厚人——还肯照应之外，简直就没有一个朋友。"他很难受地喃喃着，"我人缘不好。"

　　想起他当"纯粹的艺术家"时候的那种孤高劲儿，他竟有点懊悔起来。可是——唉，以前怎么料得到会有这样的战事发生呢？如今可连那家至亲，那个丈人家跟他家的关系都弄不好。

　　他起来把小皮箱开了锁，拿出今朝寄到的他太太的一封平快。老是那么一些话，老是诉苦。她甚至于警告他：在娘家这么住下去她准会吐血。

　　做丈夫的咬着下唇，红眼睛对窗子盯了一会儿。他把那封信揉成一个纸团，用力往地板上一摔。

　　"对我发这些牢骚做什么！哼，好像是我陷害她的！"

手里的烟掉到了地下，他弯身去捡的时候，连纸团子也给顺便捡了起来。他想到他家跟一般亲戚朋友合不来——多半要怪他太太的小气。他想起他太太每年亲自去收租的那种厉害劲儿。他还想起有一个老同学穷得向他通融十块钱，可给他太太否决了，虽然当时她很有充分的理由——

"接济朋友本是应该的。"她这么说，"不过接济到后来，就好像变成我们的义务了。要是有一次不接济他，反而招怨。所以还是不要有银钱来往的好。横竖我自己过得过，不会向人家去告借。"

逸漠先生从前很感激他那个精明的太太，有时候自己还帮着出一点主意。现在他可认为一切的过错——全都在他太太一个人身上，以致害他到了这么一个地步。

于是他坐下来写回信。他用老潘送他的那支小紫毫，写着带李北海笔意的一笔字。写得很慢，不断地抽着烟，像他写小品文那么仔细。他告诉他太太——他自己的生活很苦。然而在这抗战时期里，谁也得忍耐。

"我已说过多次，须忍耐，须忍耐。"

叹一口气，抽一口烟，手上的烟熏得他把眉毛轻轻皱着，一面又往下写。他说他岳家是一群庸俗的市侩，只知道个人利益的家伙。他为了怕他丈人或是舅子会拆信，还在信头上写了几个大字："私拆此信，即是禽兽"——下面来了一个"！"，随后又觉得这未免太火气，于是把这感叹号涂掉。

这晚他睡得特别不好。他在反复地想这个问题：

"这战事要什么时候才结束呢？要怎么样才可以快点得到胜利呢？"

他翻了一个身。下面的旧床绷子梗得他很不舒服，又翻了一个身。两手放在被窝里太热，伸出来可又太冷。他头部有点发烫，脑筋昏得很。他觉得他本来可以把这个问题好好解决的，他的思想本来可以顺着一条路前进的——如今这条路上可似乎有许多乱七八糟的东西把它挡住了。

忽然他记起欧文的一篇作品：好像有一个什么人在个什么山洞里睡了一觉，外面的世界已经过了几十年。唉，要是他逸漠先生也能睡这样一觉……只要几分钟……醒来走出山洞一看——一个幸福的中国，一个苦斗了五十年的中国。……

然而他又责备自己：

"这种想法太消极！"

不错，他应当拿出一点力量来，他应当去参加这一场苦斗，叫中国快一点得到解放。于是他想起了阿拉丁的神灯——只要这么一擦，就出现一个听他吩咐的无所不能的魔鬼。……一会儿又想起一些美丽的童话，一个天使答应他三个愿望。他这就把思绪整理一下，打算具体地提出这三个愿望，三个带积极性的愿望。……

早上醒来已经十点钟。嘴里有点发苦。他记起晚上的那些幻想，逗得他好久睡不着，觉得很无聊。他伸了个懒腰，走去撕了一页日历。

"又到了星期日，唉！"

那位小个子陈先生一早就出去了，留了个条子叫校役送给他：关于那个周刊要讨论一下，希望他下午一点钟去出席。

"唔。"他把纸条往桌上一扔，"又是事务，又是！"

阳光打南窗外射进来，影子在那里发抖。校园里的麻雀啾啾地吵着，好像要跟那些学生的嚷声歌声比赛一样：真不知道他们怎么这样高兴的！

逸漠先生一个人在屋子看看报，喝喝并不好吃的那壶祁门。他似乎为了一件什么事在这里跟一个什么人赌气，他谁都不愿意见面。

"失地里的那些老百姓——到底怎样生活法呢？"他问自己。

也许有人照样做买卖，有人照样耕地。要是他没有离开家乡的话，也许还照样收得到租，照样画他的画，刻他的图章：这些跟军事政治都不相干。只要不在小品文里面反日，大概不会受到什么干涉。

然而他失望地叹了一口气。他想起了关于敌人暴行的那些事实。

只有北平——仿佛没有这些事，他想。平津是和和平平失陷的，那里就能和和平平处下去。不是有些学者在内地住不惯，又回到北平去了？

逸漠先生啜一口茶，皱了皱眉。他把昨晚写的信抽出来看一看，然后往箱子里一锁：他决计不发出去。

"何必再责备她呢，她这样可怜。……"

木椅上坐得他屁股发酸，他往床上一躺。枕头边那只表在滴滴滴地响着。他脑袋给一下一下地震动着，叫他疑心这响声是他自己的太阳穴在那里跳。他常常在离开太太的时候就专门去想些太太的好处，现在他正在记起她的能干，她对他的体贴。要是她看见他如今这种苦生活——唉！

"所谓敌人的暴行，大概都是局部的。"他对自己说。

可是他自己也很迷乱：不知道这句话是什么用意。他想象他太太和他小姐要是还在家乡里的话……他全身发了一阵冷。

他希望那些失地的被蹂躏——不如所传之甚。可是他又校正自己：他知道敌人如果很有纪律，老百姓也许不会这么坚决地起来自卫。

"而我们家乡呢——游击战打得很起劲。"他常常对老潘说的。

他又点了一支烟，叫校役来重泡过一壶茶。一面他还很仔细地整理他的思路，不叫它给别的岔开去。他脑子里像电那么闪了一下。很快地转了一个奇怪的念头——

"回家去看看吧……"

据说敌人占领的地方——起先很平静。可是因为有游击队，因为要搜索游击队，这就有了暴行。……他一下子记不起这是谁说的。这些似乎很有根据。……

等他记起这是章老先生的理论之后，他就像身子内部突然给人挖空了一样——突然感到了一种空虚，一种失望。他莫名其妙地愤怒起来，仿佛一个人上了当之后的发脾气，并且还带几成辩解的样子。

"汉奸汉奸！"他拿烟的手用力屈着，好像要抓个拳头而又被一个什么阻止了似的，"这个非肃清不可！下午开会一定要提出来，叫他们大家写文章来攻击他！……"

他用种很仔细的姿势弄熄了烟蒂，然后把陈先生那张条子对折了又对折，弄成很小的一方，用手指在纸面上摸着。

不知道从什么时候起的——天上又有一朵朵的白云，怕人瞧见它似的偷偷地流着。屋子里的太阳影子就一会儿隐，一会儿现。逸漠先生的脸子也一会儿黯下去，一会儿亮起来。

他搓了搓手，打算写一篇短文，要把章老先生那种思想结结实实攻击一下。可是他没有拿起笔来的意思，也没有动手去构思。不知道是怎么回事，他总隐隐地觉得他写这类文字是不很合适的：也许因为好久没有动笔就生疏了，也许是因为他心境不好，不过也许是因为——写出来怕人家会发现出他的一点什么，会发现他所攻击的那种东西——正是他不知不觉有了点儿的东西。

这里他从袖子里掏出手绢来抹抹嘴，闷闷地嘘了一口气。

"真的，一个太冷静的人，太会分析的人——往往是悲哀的。"

真的，他对他自己的分析未免太过火了点儿。于是他拼命去说服自己：他的不动手写那篇文章并不是别的，完全只是为了心境不好。

"嗨，心境真恶劣！"他坚信地反复了一句，"要回家乡去呢，除非是回去打游击，而这——我又办不到。艺术家是没有用的，没有办法。"

他放心地嘘了一口气。他反正解决不了这苦闷，就索性走到校长室去。他得想法子排遣排遣，好好地消磨这一天。他不能让自己的心境老这么恶劣下去。

可是老潘正在那里陪着一个客人。他们坐得很规矩，显然是不十分熟的。并且一定又是有什么事务。他们似乎正在谈着什么战时教育的问题。

这位逸漠先生带副潇洒劲儿随随便便一跨进房门，这里的严肃空气一下子可把他胶住了，仿佛他全身都凝固得成了滞巴巴的。接着他感到了一种失望。

"我来做什么呢？"他埋怨地想，"人家正在计议天下大事，你闯进来做什么！——你难道想找老潘去陪你吃酒么？……"

他对老潘打了个莫名其妙的手势，一转身又走出了房门。他走得很快，不过连自己都不知道要往哪里去。脚步在小石子路上性急地"沙沙沙"响着，他的影子在地上轻轻颤动着，好像为了要拼命追着他而很有点吃力似的。

真的，找老潘喝酒有什么意思呢。人家一滴也不肯进口，并且时时刻刻怕他逸漠先生喝多了，似乎生怕自己多花了酒钱！

逸漠先生走出了校门。一想起昨晚一个人喝闷酒，他倒抽了一口冷气。他任听他那双脚往东走，任听他那双脚拖他往那个酒友家里去。

有些学生——三三五五地迎面走来，大概是回学校吃中饭的。逸漠先生低着脑袋装作没有看见。他总有点不大自然。总觉得有什么东西拖住了他，绊住了他：他下午有一个会。

听见后面有谁叽叽咕咕，接着哄出了一声笑，他吃了一惊，回头瞟一眼——那两个学生已进了校门。

"哼，星期日都不让我自由！"他在肚子里恨恨地说，"我偏不到会！我为什么要听那个姓陈的命令呢？……我不怕人家讲闲话：老实不客气，事务上的事我是弄不来的。各人有各人的生活法！就这样！难道找章老先生吃吃酒，就算犯罪呀？哼！"

于是他把步子加快起来。

陈国瑞先生的一群

黄药眠

【关于作家】

　　黄药眠（1903—1987），原名访荪、黄访、黄恍，笔名黄吉、药眠等，广东梅县人。1927年加入革命文学团体"创造社"，次年出版诗集《黄花岗上》、小说《痛心！》。1929年冬赴莫斯科，任职于青年共产国际东方部。1933年回国，任共青团中央宣传部部长。1937年，从事抗战文艺工作，后出版论著《论诗》及译著多部。抗战胜利后，在香港创办达德学院，兼任《光明报》主编，出版叙事诗《桂林底撤退》、论著《论约瑟夫的外套》等。新中国成立后，历任中国文联副秘书长、中国作协常务委员会委员、北京师范大学教授等职。著有《沉思集》《批判集》《黄药眠文艺论文集》等。

【关于作品】

《陈国瑞先生的一群》讽刺一帮腐化堕落的战时官僚。主人公陈国瑞在部里上班无所事事，只消按时签到，即可换来丰厚薪酬。腐朽没落的官僚制度培养出一批蛀虫，陈国瑞、李秘书、古科长等以打探战时消息向旁人吹嘘为职；尤其是李世芬偏爱研究同事隐私，落得"消息之总汇"的名号。作者擅于用细节暴露这帮政治官僚工作的常态：陈国瑞赌赢时下意识地喊出"抗战必胜"，这说明他把演说口号当作儿戏，毫无为国效力之实；陈国瑞蹑足走进古科长办公室时，古科长连忙遮住一张纸片，从后文可知，古科长上班时间关心的是家庭琐事。从这些细节可知，这帮政治官僚看似在为国效劳，实则尸位素餐，忙于鸡零狗碎之事。

就是这班蛀虫手握大权，掌握着青年求职谋生、能否为抗战服务的命运。尚有学生气的李子详试图请求陈国瑞帮忙寻个救亡差事，却因打搅陈国瑞休息而被打发走。与李子详对应的人物是李云，他深谙世故，懂得溜须拍马，又打着前线经历的幌子四处招摇，果然在酒席上讨得陈委员欢心。小说透露李云稳当五年军需，可见接受其糖衣炮弹者为数不少。政界、军界与学界的蛀虫们沆瀣一气，他们寻欢作乐、夜夜笙歌，过着醉生梦死的战场后方生活。小说以陈国瑞的行踪为主线，暴露这一群人的虚伪腐败，有意引发人们对政军界官僚制度的关注和省思。

当陈国瑞张眼醒来的时候已经是八点二十分了，但是照惯例他还躺着。根据他自己祖传的卫生学说起来，每天早上睡醒了以后，闭着眼睛再躺二三十分钟是比吃鹿茸和人参还要更有益于健康的。

不过今天他虽然闭了眼睛，心里却不无忿忿。他很懊悔，他昨天不应该错打出了一张红中，至赌输十块钱零五角给夏湘帆。其实十块钱零五角也还没有什么关系，最该死的是在他和下去的时候，还敢得意地高叫着，"这就是叫作抗战必胜……"并且还露着满口都是骨的牙齿这样高兴地笑！这完全是故意来糟蹋我！他想，"抗战必胜建国必成"，这是我在演说会上常常引用的神圣的口号，但是他公然敢在麻雀上应用起来，这的确说他是那个！都不会有什么过分！接着，他越想越气，后来他索性不惜花费脑力去想凑足他的十大罪状。

当陈国瑞第二次张开眼睛来的时候，时钟既是指着九点，他头脑有点昏，但这已经到非起床不可的时候了。他虽然不很忙，但他总得到部里去规规矩矩签到。"签到"，这并不是一件容易的事情，这正足以证明陈国瑞先生的重要，简简单单地在簿子上划几笔，每个月就换来国币二百四十，他要养活自己的妻儿子女，他要维持自己一百八十磅的体重。

他不慌不忙地坐了起来，最先低着头看着自己两只脚上的十只脚趾的蠕动，然后他一手把案上的镜子拿来，仔细端详了一下自己的面孔。

"唔，怎么弄的，瘦了呀！……"他心里忽然打了一个突兀，屈指一算，他的确已有一个星期没有过磅了；他是以永远维持一百八十磅为原则的，"如果这样继续瘦了下去呢？……"他想。这真的有点使他发愁。

"凡是一种结果必然有它的原因。"他是读过伦理学的大学生，所以他知道，他之所以瘦自然不会没有原因的。

他背着手在房子里绕了几个转，一手抓着头发，心里在排列着他已经思索出来的原因：第一，国难期间，精神过劳，如到各方面去探听消息，躲飞机，担心老婆子女的安全等。第二，营养不足，如自从家眷回去以后，就从没有吃过米粉肉、猪蹄、红烧鱼头之类的东西。第三，现在每天晚上的确也闹得太厉害了……

他想到这里，忽然不愿意想下去了，于是他放开喉咙高声叫道：

"茶房，打洗脸水来！"

他带着瞌睡的眼睛跑进了办公厅。

他在签名簿上端端正正签了一个名，然后把他的头向左歪一歪，又向右歪一歪，仔细端详一下自己写的字。他自己觉得十分高兴，因为他自负这三个字没有一笔不雄浑，有劲，合乎美学的原则，他常常因此觉得骄傲：我陈国瑞没有什么所长，就是靠这三个字吃饭，养孩子。

他刚刚要打转身，突然觉得右手边有人在牵动着他的手肘，他回头一看，原来是李秘书，他是一个矮个子，他那细小的眼睛里露着狡狯的神色。鼻孔一咻一咻地在仰望着他，他知道这是什么意思，大家微笑一下，会意地点了一个头，然后一声不响地一同跑出走廊。

"怎样？你听到有什么消息么？"

"唔，你知道，英国大使这次来汉是想出面调停中日的争端呢！"

"啊，那怎么样？"

"但领袖不赞成……其实说一句良心话……如果大家停了战，

我们这些人的生活，总是比较舒服的！"

陈国瑞先生摇了摇头，表示他不能同意他的高见。但是心里却感到一种微妙的愉快，他想：这才是确切的真理呀！

但李秘书给他头这么一摇，显然有些惶惑起来。因此他赶快声明：

"这不过是我个人的私见！……也许不对……怎么，你不赞成么？"

"没有什么？"陈国瑞先生阴沉沉地答了一句，"你再没有听见旁的消息了么？"

"没有了，就是这么一点……"李秘书忸忸怩怩地再搭讪了两句闲话，于是把头一点，扬长地去了。

陈先生今天有点感觉失望，因为这一点消息实在太不够了。照例，他每天总要向朋友们说些大家还没有听见过的最新最新的消息，这样来表示他在政府里面地位的重要。当然，这一点消息实在还是不足以表示自己的卓越的。因此他不得不另外去想法。

他在办公厅打了一转。有些科员们在低头抄写些什么，有些则三四个人在低声耳语，有些则面前摊着一张纸，眼睛发呆。他对其中的某些人微微点了一点头，略略表示一下招呼的意思。走到部长办公厅，一听，原来部长在会客，于是就蹑足走进科长室里去。

古科长正在拿着一支笔在纸片上划着许多阿拉伯数字，他一看见陈国瑞先生进来，马上就用另外一张纸把这张纸片掩住了。

"怎么样？好吧？"

"还好。"古科长点了一点头。

"最近有什么消息吗？"

"消息吗？没有什么……"他眼睛望着远方，"只是英大使想来调停中日事件，不过这件事恐怕你也已经知道了，因为李秘书一定告诉了你了。"

"这我已经知道了，还有旁的消息吗？"

古科长回头看了他一眼。

"听说九江战事不大好，因为都是新兵，损失了不少人……还有××要运来的飞机，直到现在还没有到……"

"啊，难怪，这几天敌人的飞机老是来骚扰我们呀！……怎么的，你的精神为什么这样差啊？"陈国瑞先生突然注意到这位古科长，眼睛老是注视到远处，好像有什么心事似的。

"哦，国难期间，谁不是这样神经衰弱!"古科长阴沉地笑了一笑。

桌子上的电话机忽锒铛地响了起来，陈国瑞觉得他已经多少达到了探访的目的，如××飞机没有到之类，所以也就说一声打搅，跑了出来。

在走廊里，他碰见李世芬也挟着皮包出去。他是一个高个子，上唇上留有一撮日本胡子，走起路来直挺挺的八面威风。但其实他也是同陈国瑞一样的签名吃饭的同志。而且因为他对于部里每个人的私生活都有深切研究，所以人家与他一个"消息之总汇"的衔头。

李世芬一看见陈国瑞先生，连忙打了几个躬，笑吟吟地说：

"陈委员，你也回家去吧？……我们一道走。"

一只脚才踏出了大门，李世芬就向前后左右看了一看，然后低声对陈国瑞说：

"你知道吗？一个很有趣味的消息呢！……"

"什么消息呀？"陈国瑞很高兴地以为这一次有了什么意外的收获。

"你知道古科长的太太是住在香港的……"

"这我早就知道，怎么，是关于她的消息吗？……"

"前个星期古科长接了一封古太太的航空快信，说小孩生了病，要寄五百块钱；星期一照数寄去了；但是昨天又接到一个电报要再寄五百，说古太太自己也病了，要进医院开刀……但是据人家说古太太现在正同别一个男人住在皇后酒店呢！……"

"这也许是别人造谣的……"

"这是千真万确的，我是非有确实的根据不肯随便说的呀！……"

"难道古科长自己会不知道？"

"唉，'夫丈夫者最后知道其妻者也！……'世界上的事，常常就是如此！"李世芬说到这里似乎是十分感慨！

"现在的世界，连夫妻之间也好像做戏一样，你骗我，我骗你！"当大家要分路的时候，陈国瑞也不觉慨叹了一声，一面肚子里想着自己的心事。

一到家，茶房就送来了一封信，这是他的太太写的。关于古太太的传说忽然在他的脑筋闪了一下。哦，一定又是要钱呀！他想。

信上是这样写的：

国瑞，亲爱的：

现在我们所过生活的痛苦，实在是使人难于想象的。我现在住的房子又暗又湿，据你的母亲说是从前堆柴草的。你看，老母鸡生蛋的地方，现在就做了我们母子两人的狗窝。

关于饮食，这里的井水是咸的，河水是浊的，白天吃着苍蝇吃剩了的菜饭；夜里，就做了蚊虫的牺牲品。前几天在我床头发现了一只五寸多长的蜈蚣，自此以后，我每天晚上都神经衰弱，睡不着。小宝宝因天气热，满头都生疮，你的母亲只知求神问卜，一点也不能帮助我照顾孩子，想雇用一个老妈子，但一看见那些乡下女人，手脏脚脏，我就心头作呕。我每天都在生气，这样的生活真是地狱呀！

我真不了解为什么要有国难，为什么要抗战？

钱早已用光了。请赶快寄钱来。你现在一月二百四十虽然比以前减少了些，但是每月三份分开你也得寄我母子一百六十，李太太刘太太她们才阔气呢，自己家里不住，另外租过洋房子来住，还从外面带回一个当差——一个老妈子。你总喜欢在我面前夸嘴，但是比起她们来，我还是十分寒酸呢，十分寒酸呢！

海狗鞭丸，现在夏天来了，不要再服食了。无聊的时候，打打麻将是可以的，但不要同那些无聊的朋友们到外面去胡闹呀！

快快寄钱来！小宝宝整天都在问爸爸呢！

祝你康健！

妹丽霞

七·十五

真是该死，陈先生一面脱衣服，一面想，我有二百四十，她就要一百六十，难道她是想同我分家还是怎的！她住在地狱里，那么，我就……真是该死，只是向我要钱，一点也不来安慰我……陈先生躺在竹床上，使劲地摇着芭蕉扇，眼睛直望着天花板，似乎是在生气。

但是当他喝了两杯冷茶，心里一凉以后，他又似乎觉得一切都是可以原谅的了。真的，难为她呢，他想：一向都是在城市里住惯了的，现在要回到乡下去受罪，没有好吃，没有好住，还要受母亲的啰唆，又要带小孩子。不，她一定不会像古太太般的，你看，她对我还是多么体贴啊！于是他又把那封信重新打开来再读一遍，他忽然觉得这里面每个字都充满着爱。他举眼张望了一下房子的四周，除了几件刺眼的家私以外，他觉得他简直给空虚和寂寞包裹着。他不自觉地在眼角里流下了两滴莹莹的泪来。

唉，现在才知道老婆之可爱呢。他自己好像恍然大悟似的了解到新的真理。

这种新的灵感使得他不能不振起了他疲劳了半天的精神提起笔来写信。

丽霞，我所最亲爱的：

自从你走了以后，我简直就不知道怎样活。我现在公事十分忙碌，每天这会那会，总要闹到半夜才得回家。同时还要应酬，自然钱也花得比平时多。

你走了才半个多月，我的体重已经减少了十二磅，你看这样瘦下去，将来真不堪设想！所以会瘦的原因自然是因工作过劳，营养不良之故，所以你说你受罪，其实我也是正在受罪的呢！

　　钱，我总是想法，能寄多少就寄多少，至于一定要一百六十那恐怕很难做到。海狗鞭丸早就不吃了。我现在很忙，绝不会去胡闹，你尽管放心好了。

　　希望你好好照顾小孩子，如果生疮还不见好，可买一点高丽参来给他吃，那一定会很有见效的。我事忙不能多写，祝你们母子健康！

国瑞

八·八

　　写完，他重新再读一遍，他觉得一切都写得十分忠实和委婉得体。他一向就有着这样的美德，就是当他用诚恳的态度来说谎话的时候，他也就忘记了自己是在说谎，而说的却是地道的真理了。当然这封信在他看来也是十二分的忠实的。

　　他把信慎重地叠好，又注视一下自己指甲上的泥垢，然后，叹息一声，才把信放进信封里面去。

　　等到一切事情都办完以后，他觉得肚子里似乎有一点空空洞洞的，于是他知道把猪排牛排填进肚子里去的时候到了。不过西制的猪排是无论如何不及家制的米粉肉的。他总是有着这样一个确切不移的信念。

　　午饭以后算是陈国瑞先生昼寝的时候了。他脱开了鞋袜，闻了一闻自己的脚臭（这算是他每次就寝前的一种娱乐），当他正想把整个充满着疲乏的身体摊开来休息一下的时候，房门外却有人在敲起门来。

"进来呀!"国瑞先生有点不耐烦地叫了一声。

门慢慢地推开,一位身体颀长的穿西装的青年跑了进来。

"陈先生,你在休息吗?……"他毕恭毕敬地点了一点头,脱去了帽子。他有一头像冰块般那么光亮的头发,从头发缝里蒸发出一股微带着汗臭的香气。

这位同乡李子详是一位才从大学里毕业出来不久的学生,所以一举一动都还带着学生气。不过最近为适应环境起见,他也正在向着"学习老练"这条路上走。

"啊,请坐,请坐。"陈国瑞先生起来招待这位青年客人,同时却紧皱着眉头。

"陈先生,你近来一定是很忙的?……"

"哦,还好,还好……"

"真是,现在国难日亟,只要有一分力量也是应该为国家尽一分力量的。"

"哦,哦。"陈国瑞先生无精打采地点着头。

"最近,陈先生听见有什么消息吗?"

"还不是在报纸上所看见的那些。"陈国瑞脑筋里虽然藏着有一些今天所探听得来的消息,但是他觉得在这个小孩子面前还没有表示自己的才能的必要。

"陈先生对于目前张鼓峰的事件,有什么意见?"

"哦……"他最初摇了摇头,但后来一想,觉得对于这样重要的事件似乎是非说几句话不足以维持自己的面子。所以他赶快就接着说:

"哦,其实呢……这要看它们两国的国内情形……还有,要看国际的情形……我看也不会什么的……"说到这里,陈国瑞先生打了一个嗝，洋葱的气味一直冲上喉咙，这使得他对于这位新客的问题，起了一种憎恶的心情，不愿意再说下去。

"据小侄的意思，这次战争是非扩大不可的。"李子详觉得这正是他发挥"伟论"的时候了。他决意把从各处听来的一切言论搜集拢来像小学生背教科书似的一直背下去。

"现在日本的陆军大臣正是少壮派的板垣，而苏联远东军领袖加伦也正是主战派的健将。还有据说最近苏联远东军的大将卢西可夫逃到日本去，曾供给日本军部很多的秘密，所以这次日本突然向苏联进攻也不是偶然的。再从苏联方面看来，现在各工人团体纷纷通电政府采取强硬态度，这也正表示苏联政府有应战的决心。……"说到这里，李子详做了有力的一顿。

陈国瑞先生表面虽然好像是在注意倾听，但其实他脑筋里只听见嗡嗡的一片声音，眼睛里只看见他的嘴唇一开一合，他完全不知道他讲的什么，但现在给他这么一顿，反而惊了醒来，他知道现在又是轮着他发表意见的时候了。因此他除了连连点头之外，又加上一点敷衍，把声音拉长：

"……其实呢，你的话是很对的……"

"还有从国际环境看起来，西班牙的问题闹得这样凶，英法均无力解决，德奥合并以后，东欧形势日紧，英法更无法东顾，所以这正给予了日本以自由活动的机会……至于从我们中国抗战的立场说来，日苏冲突，正好把日本的主力牵制在东北，而给予我们一个反攻的机会。所以我说现在是我们中国反攻的千载一时的机会！"说到这里他把台一拍，提高着嗓子怒吼起来。他好像觉得自己简直是一位大演说家正面向着几千人演讲。

"哦，怎么？……"陈国瑞突然张开了一对瞌睡的眼睛，惊异地看着那青年演说家的激昂的态度。他忽然感觉得十分生气。怎么！这小子敢在我面前拍桌打凳，教训起我来！叫他滚出去吧，这混蛋，他一打定了主意就踏前一步，举手一挥，猛然地对他说：

"李先生，我劝你还是回家去安静一些好。我想你这样说十分钟的空话，倒不如我做一分钟的工作。我昨天做工作做了一晚都没有睡，就是你如果不要休息，那也让我休息呀！"

"唔，什么？……休息！……"李子详嗫嚅地说，他真好像是受了一个晴天霹雳。他万万料不到他的"伟论"才背诵出三分之一就受到这样的腰斩。他最先不禁十分气忿，因为这位陈国瑞先生显然不是他的知己。但当他一想到他这次来拜访的目的时，他又不能不把涌上来的气一连吞了几吞，面孔上装成了一副笑容低声地说：

"真是对不起，太打搅了！陈先生既然这样疲乏那就改天再来请教吧！……不过……"他一手拿起了帽子，口唇边却嗫嚅着这个"不过"二字。

"你有什么事那你就赶快说呀……"陈国瑞先生挟着优势，把肚皮一挺，完全自觉着自己的伟大。他心里想：怕你说话说得这样漂亮，只要我一发威，你就发抖得像一枚雏鸡般这么小。

李子详先把腰一弯，连双膝也屈了一下，然后低声下气地说：

"我现在已失业了三个多月……所以……请陈先生设法替我找一个救亡的差事……"

"啊，差事？难……难……而且还要'救亡'的……"陈国瑞先生歪着嘴"咄"了一声，然后眨起眼睛摇了摇头。

"那就不是救亡的……也可以！……"

"……也还是难……现在一方面机关里要裁员，一方面……

唔……许多从各地来的难民都来要差事……何况你从学校里出来才不久……"说完，他就用眼尾斜睨了青年一眼，它的意思就是说，"你的资格还太浅啊！"

"……但是陈先生是老前辈，只要肯替小侄想法帮忙，总不至于……因为我……我现在……"

"以后总可以想办法，你现在先回去好了；有办法时我来通知你……"陈国瑞先生因为恐怕他还要"现在"出什么下文，如借钱之类，因此赶快送客。

"那就只好请先生费心了……"

"……那晓得，那晓得……"

当李子详戴着歪帽子转过了一个弯以后，陈国瑞赶快把门一关，使劲地伸了一个腰。他心里想：这个混蛋耽误了我不少睡觉的时间啊！

天色渐从黄昏转成了暗夜，这时陈国瑞先生睡眠已经是十分充足，肚子里也装满了八分。他刷亮了头上的头发，换过了笔挺的西装，他把镜子周身照了一照，然后用手指在襟上和袖口弹了又弹。现在已是他出门的时候了。"夕阳无限好，只是近黄昏。"他口里念着。他全身轻松得像一团弹过了的棉花。

他用愉快的脚步走出大门，然后使劲地一脚踏上洋车，用尖尖的手指朝东上指：

"到××饭店去！"他的语气的坚硬简直像上将军对小兵下的命令。

当陈国瑞先生推开三百二十一号的房门进去的时候，张志明参议正伴同月英和月娥围着一张小圆桌喝酒。张志明先生有着一副土红色的脸孔，两张嘴唇突出，好像一只扁嘴鸭。一看见陈先生进来，大家都一致地站起来欢迎。张志明躬着身子，从喉咙里吐出了像妇人般的声音：

"你来得这样迟，真可把月娥等急了，我们正要叫茶房去请你呢……"

月娥笑嘻嘻地迎了上来，用手抚摩着他的西装的上襟。

"你看，你约好了我们七点半，你却在八点钟才来，要不是张先生先来开好房间，我们来到这里简直就找不着人。……"说完，她就把樱红似的嘴唇一努，头向右一偏，那只头很自然地就靠在陈国瑞先生的肩上。

陈国瑞先生一闻到她头上的香气，全身已经感到了莫明所以的微醉。他左手抱着月娥的浑圆的屁股，嘴唇却在月娥的额上轻轻地吻了一下。

"真的，对不起，我迟到了十五分钟啊！……宝贝！"

陈国瑞先生刚拿起酒杯要喝第二杯酒，一位面孔生得像白板似的，满身带着香气的青年，走了进来，他首先"磕"的一声向陈先生立了一个正，然后鞠了一躬笑吟吟地说：

"陈委员，久见，久见……"同时伸出了他的手。

"啊，我忘记了先告诉陈委员，这是第×军部的李云军需，因为他……他说他认得陈委员，所以我就……就约了他来了。"张志明赶快起来介绍。

"啊，是的，是的，……从前在军部……"陈国瑞先生勉强招呼了一下。但心里总是感觉得有些不快，因为同这个下属一道，总未免有点这个……

但这位李云既然能够做五年的军需，自然也就有他的一手。

一看见风不是向这方面吹，他就马上来一个"顺风驶船"。喝一口酒是陈委员长，食一口菜又是陈委员短；这样一长一短，于是也就把陈委员说开了心；两杯，三杯，四杯酒灌到了肚，竟也就不分彼此你我起来。什么下属和上司也早就放在脑后了。

月娥殷勤地把菜夹到自己调羹里，然后又把调羹送进陈国瑞先生的嘴里，陈国瑞先生的心因此也就不由得变成了融化在春风里的雪块般的愉快得一塌糊涂。话匣子一打开，什么话都好像水龙头里面的水一股儿倾泻出来。

首先，他就把今天听来的消息生龙活虎似的叙述一遍。用他的食指在空气中不断地在打着圆圈，正如一位巧妙的厨司务，在烧好了菜以后，他还得加上一些作料和酱油，同样，陈国瑞先生也不会忘记在他的消息上面加上一些作料和酱油。他说："……只要××飞机一到，我们的空军马上又要第二次远征东京，前一次发些传单下去，不过是警告性质，但这一次却真的要丢炸弹下去，炸毁他的东京，粉碎他的心脏了。……而且还有空中坦克，这东西有这样的妙处；就是飞机一碰着它，自然会成粉碎，这不久大概也就快要到来……"末了，他还用手掌掩着口唇的右边，用最秘密的神气说明，这都是××长亲口告诉他的消息。要他们千万不要传给别人。

张志明和李军需于倾听之余，未免表示十分的景仰，消息可以从××口中传来，也足见他是一个亲信。李军需于空中坦克更是闻所未闻，不过因为他急于要说出心里的"学问"，所以也就没有工夫研究其中的究竟了。

"我是从前线回来的，"他劈头第一句就首先表明自己的身份，"我这几个月来哪一天不是跟军长在火线上？满头满脑都是飞机炸弹大炮轰隆隆地乱叫，但是我们都还是照常做事，连眼睛都没有眨过，可是在这样的当中，还有人来讲我的闲话，其实我哪一件事不负责，至于金钱的事情更是做到'涓滴归公'，从来没有克扣过公家一个钱，我敢指着这个电灯说……"说到这里，他忽然呆住了。因为他突然考虑到在这个地方发这样的牢骚是不是合乎事宜的问题。停了好几秒的工夫，好不容易才把话头掉了转来！"……我从前线回来，常常看见有些青年，手里拿着旗子，口里高叫着什么什么'抗战到底'，但这些小孩子，从来也没有听见过大炮的声音，躲在后方在那里高叫抗战，真是好笑！"李军需说到这里不等别人先笑，就自己先嘻嘻地笑了起来，一股"我是从前线回来"的劲儿，在他的脸孔上放射出辉煌的光彩。

张志明先生是一个哲学家，他不十分喜欢说话。他的一双筷子从口到碗，从碗到口却来往得十分急促。有时他满口饱含着东西只咿唔几句。直到他肚子里已装得有数，于是他才用手巾揩去口唇上的油腻，喟然叹息一声，一字一句地慢慢地说起来。他那面孔上的庄严，显然给他的女人似的声音所破坏了。

"其实，我们在后方住着的人们，也不见得……得怎样快乐，这几天敌人的……的……飞机老是来空……空袭。死还没有什么打紧，就是那种声音，讨厌，唉，好好的一个人，一个炸弹掉……掉了下来，就什么也没有了。想起来人生真是有点空虚。……所以还是找寻快乐吧……酒和女人……"他举起杯来随即喝了一杯酒，顿了一顿，"喂，怎样？陈委员，我们约……约……夏湘帆来叉四圈好不好？"他嗄着气。

"啊，不，这个姓夏的……唔，是顶……顶无聊的人，赌赢了他是叉四圈就走，赌输了呢，他可拉着人，非叉到天亮不行……总之他是怪无聊的。我很不愿意……我很讨厌……"

月娥觉得对于这件事情，她也得发表些意见：

"本来像我们这样的人，无论对于谁也没有什么，何况还是陈委员的朋友，不过我对于这位夏先生，的确总是觉得有点什么不……其实我也不知道怎的……"说完她的头向右一侧，用食指和中指按着自己的右颊，眼睛向陈委员一瞟，又微微地笑了一笑。

这时月英还是在张志明先生身旁，像一个蹲在灶头上的小猫似的，木然地坐着。她有月亮般圆的脸孔，扁平的鼻梁的两侧，安放着一对不时闪动的细小的眼睛。她的嘴唇翘起，看起来永远是在笑着，她的双颊，总是若隐若现地露出两个笑涡。张志明先生常常翘起大拇指，指着她的笑涡说："我就爱上她这……这个！……而且她还有像太太般那么的温柔……的德性……"今晚他为了再一次提醒人们注意到她这个唯一的美点，所以他提议：

"喂，月英，人家都说有梨涡的人会……会喝酒，你今晚就替我，向陈委员奉敬三杯酒吧！"

月英的眼珠子，在细小的眼睛里转了一下，茫然地奉令站了起来，向陈委员敬了三杯酒，微微地笑了一笑，然后又无表情地打转身，回到自己的座位里去。但张志明先生却又呵呵大笑起来：

"啊，月英你真老实，你……你看见陈委员这样好的酒量，不妨再多劝两杯呀！……"

月英奉了令，刚又要提起酒壶，但满口都充塞着肥肉的陈委员，却赶快摇着手咿唔不清地说：

"啊，不行，不行，我不能够再多喝了，酒对于我的健康很有妨碍……你知道近来我的体重减轻了十几磅……而且我的太太写信来再三要我保重自己的身体……"陈委员颊上的骨在蠕动着。

"哎呀，还老是这么太太长太太短的！……你既然是这么爱着太太，那你就不应该同我们往来呀!"月娥把上嘴唇的两边向下一压，上唇的中央微微一翘，眉头一皱，你说她是生气却不是生气，说她是笑又不是笑。这是她积三四年的经验所学习得来的拿手的"娇嗔"，她有把握知道，她这种作态一定能够在陈委员心里生出一个微妙的快感。

"你看，月娥在吃醋呢……"

"啊，小宝贝，你不要生气，我总是你的啊!"陈委员赶快安慰她一句。

一杯一杯地喝下去，大家的话也就越来越多，到了后来，大家都忘记了自己在说些什么。张志明先生的右襟淋满了一身酒，李军需在他的手舞足蹈的时候，无意中打破了两个盖碗。

时钟已敲过两点，张志明先生的手臂上给月英用指甲掐了几下，最后才算比较清醒过来，努着鸭嘴庄严地起身告别。因为他得回到月英家里去了。

李军需也跟着要告辞，他得意洋洋地伸出了右手——好像一个军官拿着指挥刀，高声宣言："我今晚不到那位姨太太家里去过夜的，就不是姓李! ……"不过他虽然醉，他却没有忘记在他临行时对陈委员的立正，和低角度的鞠躬。

"明天见，五点钟……我在此地请客! ……你们通通都来!"他走到门边，回头向月娥提起笨重的舌头叮嘱了一句。

这时陈委员已躺在长沙发上打起"呼噜"来了。月娥好不容易才把他扶起来，扶到床上去睡。唔，这家伙真活像一个肥猪呀，她想。看了看自己的手表，时针已指到二点二十分。她一面坐在床上脱袜，一面想："唔，这毛虫的确有点醉了，不过也好，乐得做一晚清闲生意呢!"但是当她躺下去的时候，她又忽然想起，

"唔，明天一定要他替我买一双高跟皮鞋呀！十八块一双的！"

天快要亮了，但这些人才开始沉睡。

作者附记：我这篇小说并没有有意地去讥讽什么人，不过在国难严重的今日，尽管有许多英勇的将士在前线流血，有许多热心的青年在后方奔走，但在某些角落里总还有一小部分的人躲在那里依旧过着腐烂的生活。这是事实。

众神

靳以

【关于作家】

靳以（1909—1959），原名章方叙，天津人。1928年考入复旦大学，同年在《语丝》发表处女诗作。1933年后与郑振铎合编《文学季刊》，与巴金合编《文学月刊》。1935年创作《红烛》等。1938年任内迁重庆的复旦大学教授，兼编《国民公报》副刊《文群》。1941年至福建师范专科学校任教，编辑《现代文艺》等杂志，并创作短篇小说《众神》《生存》。1946年编辑《大公报·星期文艺》，与叶圣陶等合编《中国作家》。新中国成立后，历任沪江大学教务长、复旦大学教授、上海作家协会副主席、中国作协书记处书记等职。现有《靳以选集》五卷行世。

【关于作品】

抗战时期正面讽刺众生百态的作品为数不少，《众神》却以独特视角将生前死后两个世界的人神使徒嘲讽个遍。发国难财的大财主刘国栋头生疮之始，大相士断定他要交鸿运；随着病情发展，医生也束手无策，终至回天乏术，一命呜呼。颇具讽刺意味的是，这位生前作恶多端的财主死后并没有进入阴曹地府经历刀山火海，反倒由于捐建过教堂而升入天堂，享受众神的欢迎。真乃"有钱买得鬼推磨"，受惠于他的基督徒做起了掮客，天神对他的末日审判变成替他洗脱罪名的过场。众神狂欢之际，天神们一一显露生前面目，他们或是督办大亨，或是绅粮奸商，或是教堂执事，或是军阀匪徒，连主审官都是贪恋女色之徒。天神们生前无一不贪财好色，死后仍旧贪恋世俗，却都伪装得道貌岸然、关心国计民生。

　　小说表面上着力写刘国栋升入天堂之旅，实际表现的却是抗战时期一部分官僚奸商投机钻营、鱼肉百姓，甚至卖国求荣的丑态。与他们丑恶面目相对照的是，深受其害的庶民、单纯真挚的孩子，都明辨是非曲直，懂得世间疾苦。靳以的反讽笔法犀利老道，写死后亦是写生前，写天堂亦是写人世，写众神亦为写众生，言在此而意在彼，可谓"刺贪刺虐，入骨三分"。除了《众神》，靳以创作的《晚宴》等其他此类题材作品，同样值得关注。这些作品对腐蚀中国抗战的各色人等的嘲讽与批判，达到较高的艺术水准。

　　闪着黄金般油光的肥胖的脸，兀自苦痛地扭着；可是他的眼睛已经不大张得开了，疮口滔滔地流着脓血，因为疼痛，神志已经昏迷了。

　　"哎呀，我的天呀！……我那在天上的妈妈呀！……我那在世界各处的爱妻呀！……我的心呀！……我的肝呀！……我的肺呀！……我的牙齿呀！……我的脚呀！……我的鼻子呀！……"

于是治疗各科的专家，从全国的各个角落坐着飞机或是专车都来了，他们分头诊察，各自觉得自己诊察的那一部是有点毛病，可又找不出什么来，其实他的病只是在顶门上，那是三个月以前偶然在镜子里发现的。当时只是一个小小的红点，朱砂般的，露着鲜红可爱的美色，不痛，只有一点痒，一个大相士还断定他这以后还要交了不得的鸿运呢。当他闲暇的时候，他就不断地用手指抓它，掐它，使他慢慢地感到一点疼痛了，流了一点点的血，他立刻慌忙地吃起补血的药来；可是那疮口，却一天天地大了，血流得多了，慢慢地凹陷下去，脓血就不断地流出来，发着无比的恶臭，于是许多医生都罗致来了，但是没有一点效，那疮口尽自一天天地扩大，像一个小泉口。这使许多有良心的医生发着真诚的忏悔，怪着自己没有学来给这位了不起大贵人治疗的本领，甚至于连病名也说不出来。有的信徒们，实在没有别的法子好想，就顺着床跪下来为他虔诚地祈祷。但是病人睡着的席梦思软床在他的身躯肌肉的抖动之下也微微颤着，使他们连祷词都连接不下去，只得闭了眼睛，胡乱地祈求上帝施展他的神力，但是这一切都归无用，疮口溃烂的情形一天天地加重，连病人自己也意识到渐渐不得不和死亡接近了。终于，他最后一次睁大了眼睛，用所有残余的力量吼着：

"你们都死吧……你们死了算什么？……我刘国栋，是国家的栋梁之材呵……怎么我也得死？……"

但是当着他的声音微细下去，他的生命也就熄灭了。他的死耗立刻在空中传播着，听到的人没有不高兴的，因为他们想到从此米要跌价了，布要跌价了，药品要跌价了，花纱要跌价了，日用品全要跌价了……人们就畅快地喘了一口气。可是一股不可耐的恶臭钻进他们的鼻子里，原来这是从他那腐烂的肥胖的身躯上发出来的，那正是大热天，苍蝇成群地飞着，当他的丧列走在街上的时候，万人都掩着鼻子；可是却掩不住他们那因愉快而微笑的脸。从棺材的缝隙中流下来的脓血，点点滴滴地洒在街路上，于是那恶臭就在他的身后留下来。

可是他却什么也不知道，在这个世界他闭上眼睛挺直了身子，在那个世界中他立刻又睁开眼睛苏醒过来了，他并不是由勾魂使者把铁链套在他的颈项上把他牵到地狱中去（这是每个人都以为他一定要去的地方），却由近百美丽可爱的小天使把他驮到天堂去了。正是驮着他，就好像自然躺在那软床的上面，轻飘飘地上升了。这是因为他生前曾经捐过一百万，修筑教堂，他的一切罪愆好像早已洗清了，万能的上帝差了专使去迎接他，一派仙乐在他的耳边嗡着。

起先他沉在这美妙的氛围中，眯缝起那一双细而长的眼睛，疼痛没有了，他的心静下去；云彩在他的身边缠绕着，闪烁着的星辰像是随手都可以采撷，他伸出他那肥胖无节的手去，一只高飞的黄蜂正巧蜇了他的指尖。

"哎呀！……"

他忍不住叫起来，一个小天使翩翩地飞上来，好像早已知道他的苦痛，就在他那指尖上吻了一下，疼痛立刻就消失了。他不由得咧开他那多肉的嘴笑了，伸出他那多毛的肥胖的手抚爱般地摸着小天使的润泽的身躯。

"小宝宝，你为什么不穿衣服呢？是不是你的妈妈嫌布太贵了，不给你做衣服穿？"

那个小天使好像还不会说话，可是听得懂他的话，就微笑着，摇着他那可爱的生着卷发的头。

"好了，你做我的干儿子吧，我给你做顶好顶好的衣服穿，有顶好顶好的东西吃——"

可是那个小天使仍然笑着摇头。

"你这个小滑头，你不听我的话，不做我的儿子，那就活该冻死你，饿死你！"

他气起来了，才把那肥胖的手握起拳头来，想捶那小天使一下，可是他早已笑着摇着头飞开了。

"你这不识抬举的小东西，多少人想做我的干儿子我还不要哩，你倒敢看不起我，不是看你小，我总有法子对付你的！真是初生之犊不惧虎，我刘国栋就是一只虎，哼，连虎也得惧我三分的！"

尽管他这样喊叫，他也一点威风没有使出来，他那紧握着的拳头，不得不颓然地落下去了。

他正在想着："我这是到什么地方去呀？"在朦胧的云雾中闪出一座门楼般的建筑，可是很小，像小孩的玩具一样。他心里就记起来《圣经》的话，说是富人要进天堂，比骆驼钻针眼还难，他的心在反复念着这一句话，那门楼已经逼到面前了，还是那么小，估计着连他的一条腿也过不去，可是他却不由自主地笔直向前冲去，还没有等他"呀"的一声叫出口，那座门楼已经留在他的后面了，他已在抹着一身冒出来的冷汗，忽然听到极温和极熟悉的声音：

"我是来迎接您的。"

他翻起眼睛来，就看到那带着谄笑的脸，那面容好像在什么地方看到过的，他就问着：

"你是谁？——"还没有等到那个人的回答，他就像恍然大悟了似的，"噢，我记得你，你不是代表过××会向我募过一座教堂么？"

那个人就谦卑地把身子躬下去，放着更温和的声音说：

"我永远是为主服务的，这一回，我是正式代表上帝，来迎接您这位世界上的大贵人。"

"上帝？难道我已经不活着了么？"

"您是已经升了天堂，我的贵人。"

"哎呀，原来我已经死了！"

"不，我的贵人，你永远和主常在。"

"滚你的吧，你这个混蛋家伙！——"

于是他就咧开大嘴号起来了，他想念他的股票和债票，他想念他的美金和英镑存款，他还想念他那在日内瓦湖畔，香港的半山上，杭州湖心里……那些别墅，还有装在别墅里的那些女人，他更想念在第二次世界大战爆发前他所囤积的那些德国药品，这几年来他使市面缺货，用钱也买不到，使多少不该死的人都死了；可是那药品的价格却百倍以上地涨起来。……他还想起他那无数仓库中的米、布、花纱、日用品、五金、电料……他一面哭，一面摸着身边，果然是一点什么也没有带了来。

他的哭声，却换来了那些孩子们的笑声，他气愤地斥责着：

"你们这些小东西，怎么一点同情心也没有？别人哭的时候你们怎么应该笑？"

一个清脆的声音回答他：

"我们低头看见世界上的人都在笑，我们才笑哩！"

"你们让我下去拑住他们的嘴？"

"你也不是不曾笑过他们的不幸呵？那么多人拑不住你一个人的嘴，你怎么还能妄想拑住那么多人的嘴？"

"你们这些油嘴的捣乱分子，你们是不知道我的威风的。"

"威风这个名词我们还没有听见过，我们只有东南西北风。"

他再也忍不住这群孩子们的戏弄，狠狠地把拳头挥下去，那些孩子们快乐地笑着飞散开了，他就没了命似的在空中跌下去，这真吓死他，他杀猪般地喊叫。可是这对他不过是一场虚惊，到了他是安稳地站在一座伟大的云石建筑的前面。

一个人早已伏在那里迎接他，抬起头来，原来还是先前的那个家伙。

"唉，又是你，又是你！……"

那个人更谦虚地带着一脸极不自然的笑说：

"我永远是主的奴仆，也是富贵人的奴仆。"

"我记得你，不只那一次的事情——"他深思似的用手指捻着颔下的微髭，"我好像见过你许多次。"

"是的，您世界上的大贵人，我做过捐客。"

"不错，不错，你是我们那一教区的执事兼捐客，我记得了，那么你现在呢？"

"我还兼做捐客——做天上人间的中人。"

"那好极了，那好极了，你知道我还有点货，在我升天之前没有脱手，将来还得麻烦你老兄多帮忙。"

他也带着笑容，只要他的财货还有办法，他就不再那么看重死生了。

"岂敢，岂敢，小子将来一定为您服务的——其实，也是生活所迫，物价高涨，不捐简直就活不下去了！以后还得请您多关照，唉唉，我倒忘记传达要事了，天上的众神，正在上面等待您，请您到上边去吧。"

他于是就有点惧怕似的嗫嚅地说：

"是不是在你传道的时候告诉我的，这就是最后的审判？"

"大体的形式总得有的，不过您不要怕，天上的众神心里都很欢迎您哩！好，您随我来吧，我替您去通报。"

只这样说过之后，他们连脚步都不曾移动，就已经站在那伟大的建筑的前面了。这时，忽然他发觉只是他一个人，那一个来迎接他的又不知道到什么地方去。他跨一步，便踏进了那高深的前厅，每一步都响着极大的回音，虽然在人世上他是赫赫的大人物，这时因为想起神和人的不同，心中自然就涌起几分恐惧，不得不畏葸地迈着脚步。一举步间，他已经站在一眼望不尽的大厅的进口那里了。

远远地，他看不清那中间有些什么。他揉了揉眼睛，才看出在云雾缭绕之中，上面坐了一排人，凭着幼年时做道场的图像的记忆，仿佛那上面该坐着的是十殿阎罗，旁边站了许多人，该是那掌生死簿的判官、牛头马面和大小鬼卒，他不由得打了一个冷战，就仔细地搜寻着是不是有油锅刀山和炮烙的火柱，若是有的话，他自己都知道要逃不过的。可是没有，他又走进了一级，原来上边坐着的是带着慈祥面容的基督耶稣和使徒们。连那个犹大也端坐在上面。他的心放松了一下，他心中暗自歌颂着西方文明的崇高，使他不会忍受什么体肤的刑罚。这时，才看清左右侍立的人原来是唱诗班，大风琴和手风琴嗡嗡泱泱地响着，幼童高音浮在一切的声响之上，更曼妙地唱着，在这么调谐婉柔的合奏之下，一切可怕的事早已飞散了。他的精神振作起来，就好像那一年他面觐元首接受大勋章时的昂步，把他那肥胖的身躯，又向前移动了些步。

乐声戛然止了，这引起他的惊疑，一声嘹亮的号角，响彻了沉静的空间，坐着的那一大群人忽然都站立起来了，一个洪亮的声音从空中传过来：

"在天的众神，欢迎从人世来的大实业家，大经济学者，大爱国志士刘国栋先生！"

他的心一松，脸上自然而然地堆满了笑容，更紧了两步，直趋那长案前站定。他的心里暗暗想着：

"任他们咒我钻不脱鬼门关，逃不掉最后的审判，现在我还不是来了，有什么可怕的！人必得要有钱，有钱买得鬼推磨——"

这样，他把存留的一点点的畏缩的心也失去了，腆着那个大肚子，把两只肥手盖在那上面，好像护着他那一肚皮的脂膏，两只脚分叉着立定，把脸一抬——呵，原来上面坐的都是些熟人。那中间不是和他有交情的李督办，他生前有廿六个姨太太，和他打了一次牌，输过五十万，后来是在听经会里被人刺死的；那边又是做过总长的黑"财神"，他个人曾经发过万万元的钞票，使老百姓都去啃树根，和他也有过交易上来往；另外坐着一位肥胖的大亨，包庇烟赌走私，算是一个国际间的人物，在那华洋通商大埠是第一名的首领；还有一位长了一脸横肉的老太婆，他曾经生了五个做马贼军阀的儿子，使中国几十万以上的人受了他们的害。……这些人都暗暗地和他打着招呼，过后又都装着一副道貌岸然的样子坐下去了。

他的心一沉，暗自想着：

"莫非人到了天堂，心就变了，好像要来对付我一下似的！"

他再向上边望望，他们都像是很忙碌地翻着册簿，在查看些什么似的，他的心里又想：

"你们要来惩罚我，哼，不配！我的罪孽不见得比你们造得大，我还不倚势压人，我全是将金求利……"

他的眼一斜，原来迎迓他的那个教堂执事兼捐客也大模大样地坐在长案的一端。他望望他，他向他做一副鬼脸！

"这个小子也在上边充数，这还算得了什么天堂，要知道是这样，我还不如下地狱！"

他气愤不平地站在那里，为了使他的怒气消下一些去，他不断地用手掌拍着肚皮。可是为支持他那肥胖的身躯，他的两腿感到酸痛，因为在人间的时候，他从来不站立的。

他正在想着的时候，好像有一只手轻轻地一拉，他向下一坐，一只柔软的皮椅，早在他的身下接住他。他心里想：只有想到什么就有什么这一点，天堂才算是可贵的。

坐在上面的那一排人，自然是忙碌个不停，好像他的案件非常重大复杂，这也不由得他的心又忐忑不定。他想起，当他还活在人世上的时候，有一次清查囤积，任民众自由检举，也曾使他心惊肉跳过；可是那一次的事正应了"雷声大雨点小"的借话，连他的一根毫毛也未曾吹动，倒是几个小囤户倒了大霉，弄得家破人亡，再也爬不起来。他的心里就在盼着这最后的审判也和上次的相同才好。他还没有想完，坐在正中的那一个就用极其严厉的口吻向他问着了：

"你就是刘国栋么？"

"是，我是刘国栋——国家的国，栋梁的栋。"

"你的父亲是——"

"我和救主，还有我们的圣人一样，我不知道我的父亲该是谁。"

"你的年龄？"

"那我也记不清，我的数目字不是用来记年龄的。"

"那么你记得什么呢？"

"我记得我曾经做过军需总监，实业总长，××银行董事长——一直到我离开人间的时候；我还是一切国家和商业银行的董事，我是第一个融合化的商人，说起来我还称得起是一个发明家哩，哈哈哈！"

"可是你看，这一些都是控告你的案件，有凭有据；而且自从你死了之后，人间的笑声一直冲到天堂，连我们都感受到不安呢，可见得众人是多么盼你死呀！"

"多数人的意见也未见得是可靠的。"

他还强项地为自己辩着，因为在他的心中早就打定了一个念头，他想：我虽不是好人，你们也全都是痞子，《圣经》上不是说过一个故事，要没有罪的人才能制裁罪人，比起你们所造的罪孽来，我真还算不得什么，那你们怎么配来审判我！

"我知道，我知道——"那个坐在正中的人连说了两句，不知道是承认他所说的多数人的意见不可靠，还是知道他那份不服的心情，"不过民意总不能泯没的，我们虽然是在天之神，也是非常尊重民意的。第一件，告发你垄断居奇，使人民的生活陷于苦痛之中，关于这一点，你有什么话说？"

还没有等他张嘴，审判者之一就站起来为他辩护了：

"本席以为这一点他的动机完全是为了国家，使人民能够节省物力，减少无谓的消耗，也就是增加国家经济的力量，这是实行经济战所不可免的手段，那些大经济学家，为了这个问题正在焦心苦思，难为他用这简而易举的方法，得以实现最理想的方策。不但不是罪，这还该是他的大功哩！"

那个人说完，轻轻抹着额上的汗，得意地望了他一眼，才坐下去，这使他记起来他也是一个才被飞机炸死不久的大囤户，想不到他也成了神。他还记起来他们曾经合手做过布匹和棉纱的生意，还有点拜耳的西药。

"第二件，是关于粮食问题。你生前囤积大批食粮，一面低价压迫农户，一面高价应市，结果直接间接由没有饭吃而发生的死亡，为数甚多，这也是你的一大罪。"

"节省粮食原来是美德，那些老的少的，没有用的残废的正该在此时间死去，免得糟蹋有用的粮食，这也是为保存国家元气着想，怎么能算是他的罪过？"

这也是另外一个为他辩解的，他也看他好面熟，过后就想起来他原来是 S 省的大绅粮，就因为囤积粮食被枪决的，这么一个人，死了也是一个神！

"还有第三件，经营证券外币买空卖空，捣乱金融市场，陷国家财政于不利的地位。"

"我的亲爱的主呵，关于这一点，容我代做一点卑微的解释——"这是那个教堂执事兼捐客说话了，"那也全是为了调节有无，使市场得以活动，否则无买无卖，陷于停滞的状态中，我的主呵，那不就引起极大的恐慌么？"

"那么关于武装走私，偷运资敌的这一项罪，你还有什么话说？"

这一次，真是由他自己答复了：

"我武装走私，正是用我的力量，从敌人的手下抢运物资，增加我们抗战的力量；至于偷运资敌，我运过去的不过是些粮食和土物，日本人不吃我们的米大家是知道的，他们也不要用我们的土产品，根本我是接济我们在沦陷区中的同胞，难道这也能构成我的罪名？"

他理直气壮地为自己辩护一通，可是对他的控告还没有完：

"有人控告你，抗战以后，依藉你特殊的地位，在统制外汇之下还增加了一万万美金存款，广营别墅美人，为世界上的人上们所不齿，我想关于这两点，你大约没有话可说了吧？"

"增加国外存款，正是光大国辉，不要使外国人看不起我们中国人。我对国家民族既然有了这么多的贡献，那么我修筑些休养的陋室，该算不得罪过吧？而且我一直也没有把它们看作我个人私有的产业，不是那些到外国考察的大官大学者们，时常住在我的别墅里边么？既然不是为己，即使是有罪也不该我一个人承受吧？"

"还有，还有，你那些美人呢？"

那个审问的人也笑眯眯地捋着他的长胡子特意提起这一点。

"那我全是为了慈善的缘故，世界上闹着多么大的饥荒呵！有多么大的变乱呵！我使她们住在坚固的堡垒中，忘忧地生活，难道这不是人道主义的抬头么？在她们，从此衣食无虑，在我，也算是实行了合理的生活，你们诸位说说，是不是？是不是？"

"是，是，是……"应声不迭地从每个人的嘴里迸出来，关于这一次，好像大家全有兴趣，欢呼和笑声，轰雷一般地响着，立刻那点紧张的情况，在大家的欢笑之中飞散了。那些人都已经坐不安稳了，有的伸懒腰，有的打呵欠，有的挖鼻子，有的用小手指挖耳朵，还有一个爽性用手捏着那烂脚趾，过后还放在鼻尖嗅着，正中的那位主审官，用一根细纸捻通着鼻孔，等他爽快地打了一个大喷嚏之后，才通身舒畅地站起来郑重地说：

"刘国栋生前既然为国为民，勤劳功高，自应升入天堂，列为众神之一，毋庸多议——"

接着乐声又起来了，一阵春风，把笑容又卷上了每个人的脸，大家一齐离位来向他握手称贺，他有点不知所措地一面和他们握手，一面不住地点着头，他心里想着从此他也是作为天上人间主宰中的一个了。

那个主审的人趋过来和他抱歉地说：

"真对不起老兄，总得具一个形式，否则别人要批评哩。"

"我知道大神的苦衷，我想天上人间总是一般的。"

提起人间，引起大神的心思，他关心地问：

"我那些宠幸，不知道，不知道……"

"她们，她们——"他闪了闪眼，"都进了庵庙修行了。"

"那才好，那才好——"他又转过脸去叫，"为欢迎我们新同伙，我们应该大开筵席。"

"不，不，这是战时，必须以身作则，提倡节约，预备些茶点，还是开一个座谈会吧。"

"这样太单调了，没有意味。"

"当然请几位女神来参加，这件事交给我们的女同志去办，一定是尽美尽善！"

说着的人用眼瞟着那个凶眉恶目的老太婆，她居然笑了，撒娇般地骂着：

"你们这群色情狂，死也忘不了我们！"

可是她径自姗姗地出去了。这时在他的耳边有一个声音低低地响着：

"国老，国老，我问你，人间的六〇六是什么行市？"

"你要什么牌子的？"

"不是我要，我想脱手点，真正德国老牌，一点也不假——"

"你有多少针？"

"万八千的总还有——"

"归我吧，行市随你定，说多少就是多少，我全收了。"

"那，那——"说的人反倒有点犹疑了，"我还有，我还有点扑疟母星，阿的平，药特灵——"

他正在静心侧着耳朵谛听，可是从另一只耳朵里又灌进来一个更有力些的声音：

"我还有些大小五金、机器、马达，听说人间正缺货，我可以让出去点。"

"好呀，那是好事，你把货色花单开一个给我吧，价目也开上，看看怎么样再说——"

可是那边已经有人不耐烦地叫起来了：

"有话我们等一下大家公开地讨论不好么？何必这样急——"

这时，那个教堂执事兼捎客也是众神之一的，哭丧着脸和他诉苦般地说：

"您说，我可怎么办，我是从来没有货色的，辛辛苦苦得来一点钱，生怕有什么损耗，我就和洋牧师商量，他就劝我折成港币存在香港的银行里，那倒完全为了安全起见，丝毫没有不爱国的心，因为那时候抗战还没有开头哩！——"

他才伤心地倾诉到这里，别人都不耐烦地叫着要他们坐下，原来他们都已坐完了，剩下两个空位给他们。他就坐在他的身边，一口气也不容喘，又继续下去了：

"——谁想得到抗战来了，我的存款也一天天地高起来，那时候我心里正着实地喜欢哩！真是一步也不用动，眼看着它的兑价高起来，谁又想得到，鬼子还敢打香港，这一下，香港完了倒不关我的事，我的存款也无影无踪了，我的港币连行市都没有了！你看，这可要我怎么办？我就是那么一气，一口痰塞住了，离开人世，可是我一直也忘不下，我不知道有什么善后的办法，我这才是'屋漏偏遭连夜雨'，我是多么可怜呀？"

他两手合在胸前、眼睛向上翻望，顺势就跪下去了，做出虔诚祈祷的姿势。

"丢开你那世俗的祈祷形式吧，大家不都在这里么，你想求谁就朝谁去说吧。"

一个人不耐烦地说，一个人又半调侃似的说：

"所以我们一定得维护帝国主义的利益，将来再把香港归他们，要他们收拾港币。"

"说起港币来——"刘国栋有条不紊地回答着，"那我还许比你多些，那犯什么愁呢，反正是天塌压大家的事，大家都倒霉！"

"你是大财主，九牛一毛的事。我的让给你，好不好？"

他露着极其可怜的口吻向他哀求着，他肯定地摇着头：

"现在你还能说如果我答应了你，我就可以升天堂么？我已经是神了，我也用不着再讨你的好，我想你也没有法子再说如果你不听从我，我把你打入地狱去！"

这时，那位大神又插过来：

"我也有点货，我的货和我的信条有点连带关系——"

“我还不知道您的信条是什么?”

“你真是一个十足的傻瓜，我虽然不打什么招牌，我的作为你总该看得出来，我相信武力，我相信杀戮，杀光了，打净了，自然和平在望，你和那些老百姓说那些婆婆妈妈的大道理干什么，只有动手就是了，你不记得么，天不下雨，我都用大炮轰天——”

“幸亏现世没有像您这样的人了，否则——”

“现在我才知道当时的错误，你不要怕，炮弹连半天高也飞不到。”

“那么您到底存了点什么货色?”

“高度炸药、毒气，还有大炮，克虏伯厂的，都是那年我自己订的货。听说世上又在打了，一定又需要这类武器的，我总觉得对于人类，爱之不如杀之，使他们一下就得到永远的安宁。——”

正说到这里，一阵女人的笑语声自远而近了，每个人都静下来伸长颈子谛听，那声音自远而近，又远了，他们正有点失望，一个十五岁的仙女来通报她们径自到乐园去了，请他们立刻也到那边去共开一个迎接人间大贵人的跳舞会。

于是这些人，全忘了那点礼貌和那点尊严，提起衣服的，拉着胡子的，拔脚就争先恐后地从通到外面的一个窄门挤出去了。

乐园里正荡着淫乱的，下流的，疯狂的音乐，众神就像趋膻的群蝇，嗡嗡地飞进去了。

饥饿的郭素娥

路翎

【关于作家】

路翎（1923—1994），原名徐嗣兴，笔名路翎、烽嵩等，江苏南京人。1938年，他开始在《大声日报》《弹花》《七月》《希望》等报纸杂志发表作品，得到胡风赞赏。1939至1948年，先后担任中央政治学校图书管理员、南京中央大学讲师等职。20世纪40年代，完成二百万字以上的创作，其中不乏《饥饿的郭素娥》《财主底儿女们》等名篇。1952年前往朝鲜体验生活，写出《初雪》《洼地上的"战役"》等佳作。1955年因"胡风集团"错案被拘禁，至1980年平反。后任中国作协理事、中国戏剧出版社编辑等职。现有《路翎全集》十卷行世。

【关于作品】

《饥饿的郭素娥》讲述了抗战时期四川东部山区一个无法忍受饥饿的妇女，试图通过与他人结合来改变命运，却被夫权、地方势力、地痞流氓联合迫害致死的悲惨故事。郭素娥原是美丽健康的农家姑娘，由于饥荒和土匪袭击，她在逃难途中被父亲丢弃，流落到刘寿春手中。刘寿春是个大她24岁的鸦片鬼，他游手好闲、耗尽家产，依赖郭素娥的辛勤劳作维持自己孱弱的生命。在家徒四壁的环境中忍受十年后，郭素娥的身体和自我意识开始觉醒。山区开设起矿场，不堪饥饿的她萌生了与强健有力的矿工张振山结合以走出深渊的愿望。郭素娥表达出远走高飞的意愿，张振山却犹豫不决。不料，两人偷情之事很快被追求郭素娥而不得的矿工魏海清曝光，整个山区传得沸沸扬扬，郭素娥再也无法在此立足。就在张振山下定决心带郭素娥出走的夜晚，刘寿春及族人、保长陆福生和流氓黄毛一众将郭素娥逮捕起来，他们企图将郭素娥卖给生理变态的绅粮。郭素娥拼尽力气殊死抵抗，遭到他们残忍的烙刑，在她昏迷之际，黄毛还奸污了她。三天后，郭素娥被蹂躏致死。张振山得知郭素娥被捕消息后，独自出走谋求新生，继续维护他的江湖义气。魏海清羞愧于自身的懦弱无力，良心不安的他想为郭素娥复仇，却在与黄毛的冲突中丧生。最终，黄毛被判刑十年，下一代人到矿厂开始新的生活。

如作者所述，这篇小说所要寻求的是"人民底原始的强力，个性底积极解放"（《饥饿的郭素娥·序》）。饥饿的郭素娥试图抵抗命运的安排，她的情欲苏醒伴随着生存欲、物质欲与自我意识的觉醒，她的自我抗争以孤注一掷的方式开始，却以不被理解、触犯众怒终至惨死为结局。小说着力渲染人物在绝境之中爆发的生命欲求，这不仅体现在郭素娥身上，张振山在无法摆脱邪恶的旧我与追求新生的新我之间的撕裂、魏海清在懦弱无能与反抗强力之间的耗尽生命的矛盾，同样触目惊心。这种自我绞杀式的搏斗，决定了小说技法不可能单纯明朗。如胡风所论，这篇小说的写法"追求油画式的、复杂的色彩和复杂的线条融合在一起的，能够表现出每一条筋肉底表情，每一个动作底潜力的深度和立体"（《饥饿的郭素娥·序》），它写法的复杂性，与战争现实中民族更新的沉痛有着血肉关联，也因之，它能代表一个大时代文学所能企及的高度和深度。

一

在铁工房的平坦的屋脊上，白汽从蒸汽锤机底（的）上了锈的白铁管里猛烈地发着尖锐的嘶声喷出来；夜快深的时候一切都寂静了，只有那大铁锤底急速而沉重的敲击声传得很远。深秋的月亮在山洼里沉静地照耀着。

和铁工房并列的较大的一座同样长方形的灰屋子是机器房；它的工作已经停止，车床和钻眼机在被昏暗的灯光所照耀的油污的烟雾里沉闷地蹲伏着，闪着因烟雾底凝聚和滚动而稍稍浮幻的严冷的光辉。刚刚下九点钟的晚班。年青力壮而且也愿意竭力忘去灰暗的生活，在这样清爽的夜晚寻一些准备带给沉重的睡眠的肉体底愉快的机器工人，这时候散在两列屋子之间的广场上，以坚毅而轻松的姿势打着太极拳，一面在嘴里轻微地吹啸，交换着温和的咒骂和友谊的粗野的玩笑。张振山从机器房里走出来了。他对散在广场上的人的娱乐显得漠不关心，仅仅以一种望向河流的暧昧的彼岸似的眼光瞥了一下最前面一个人的努力张着大嘴的圆脸。他底宽肩的笨重的躯体，在正前面的机电房窗楣上的灯光底映照下，移动得异常迅速，而且带着一些隐秘意味。有一个瘦小的身体从房屋底平整而稀薄的暗影里弯着腰跃上两步，截住他，用羡嫉的恶意的小声喊：

"张振山，又去了！"

张振山像碰在墙壁上一般突然停住脚，狠毒地嗅着鼻子，瞪了这瘦小的人形一眼。但在跃上一个小土丘之后，他又因为某种想头而回过头来，用那种像从空木桶里发出来的深沉的抑制的大声回答：

"小狗种！杨福成，我明天请你喝一杯！"

被叫作杨福成的干瘦的汉子发出了一声兴奋而又惶惑的大笑。但当他困恼于不能从一瞬间突然交进的各种情绪里，反射出一句对对方讲是十分恰当的话的时候，张振山已经越过土丘，钻到一丛矮棚里去了。他酸酸地吐了一口口水，屈辱似的烦恼地搔着肮脏的厚发，以后就在破工服上擦擦手，把手摊开，神经质地做了一个表示空无所有的姿势。连打拳的兴致都没有了，他叹了一口气，独自走到工人澡堂侧的小酒摊面前，一面用手在荷包里摸索。……

现在，铁工房的打铁底声音和蒸汽底嘶声也静止了。张振山顺着峭陡的小路爬上山巅，经过矿洞底风眼厂，弯到一个丛生着杂木的山坳里去。在一座破旧的瓦屋背后，他寻着了猪栏旁边的他已经很熟悉的一块长石头，坐下来，开始抽烟，等待着十点钟的上夜工的汽笛。

在隔着一个圆顶的土峰的右边山脚下，是闪耀着灯火底环节的卸煤台，是精疲力尽的劳动世界——是张振山底生命里的最富裕的一部分；而在他所面对着的左边遥远的山脚下，那些宁静地映着月光的水田，那些以虔诚的额对着天空的小山峦，那些充满芬芳的暗影的幽谷，却使他皱起嘴唇，感到陌生的甜适、焦灼和嫉妒。他用这样的姿势坐在这里现在是第六次了；在十点钟的汽笛拉了以后，像一匹野兽一般扑到面前这瓦屋里去，现在是第五次了。

……刘寿春，那个患着气管炎的鸦片鬼在门前的土坪上谁也听不清楚地咒骂了几句之后，就摸索着通到凤眼厂的小路，下到矿区里去。送着他的，是他底女人郭素娥从屋子里发出来的一声怨毒而疲乏的叹息。张振山推开了门，把结实的身躯显现在微弱的灯光里。

"我来了。"走到桌边，他耸一耸肩膀，露出一个坚定的微笑，说。

郭素娥睁大修长的疲倦的眼睛望着他，仿佛他是一个陌生人似的。但是当她掷一掷头发，把手下意识地抬到脸上去时，这眼睛里就一瞬间被一种苦闷而又欢乐的强烈的火焰所燃亮。她迅速地站起来，走到门边，扯起敞开一半的上衣底里服擤鼻涕，然后又用手揩掉，一面向门外探望着。

张振山露出洁白的大牙齿，以仿佛蒙着烟火的眼睛贪婪地瞧着女人的露出在衣服里的，褐色的大而坚实的乳房。

"他下去了。"扶着门，郭素娥嘶哑地说，然后俯下头。在乱发的云里，她底脸突然欢乐地灼红了。

张振山在小屋子里笨重地蹒跚着。在关上门的时候，他抓住了扶在门边上的女人底发烫的手，猛然地掷了一下，然后又把她底整个的躯体拉拢来。

"怎么办呢？"郭素娥战栗地问。

"就这样办！"

在这粗野的回答之后的一秒钟，屋子里的仅有一根灯草的油灯就被张振山底大手所扑熄。灰白的阴影在战栗；郭素娥发出了一声梦幻似的狂乱而稍稍带着恐惧的呜咽。

郭素娥是陕南人。父亲顽固而贪欢，因此也极能劳作。他用各种方法获取财物，扩充他的薄瘠的砂地，但一次持续的可怕的饥馑，终于把他们从自己的土地上驱逐了出来。就在郭素娥以后住的这山丛里，他们又遭遇了匪。父亲因为拼命保护自己底几件金饰，便不再顾及女儿，向山谷里逃去，以后便不知下落了。郭素娥，在那时候是强悍而又美丽的农家姑娘。她逃避了伤害，独自凄苦地向东南漂流。但她绕不出这丛山，在山里惊惶地兜了好几天之后，她才发觉自己还是差不多在原来的地方。她饥饿，用流血的手指挖掘观音泥，而就在观音底的小土窟旁边，她绝望地昏倒了。……两天后，她被一个中年的男子所收留，成了他底捡来的女人。

刘寿春比她大二十四岁，而且厉害地抽着鸦片。在那时候，他是还有一份颇有希望的田地的。他是还能够抢到一些包谷，足以应付饥馑，在乡人们面前夸耀的，但五年之后，便一切全精光了。郭素娥现在远离了故乡和亲人，堕在深渊里了；她明白了她自己底欲望，明白了她底平凡的生活的险恶了。

四年前，工厂在原来的土窑区里，在山下面建立了起来，周围乡村底生活逐渐发生了缓慢的波动，而使这波动聚成一个大浪的，是战争底骚扰。厌倦于饥馑和观音泥的农村少年们，过别一样的生活的机会多起来了。厌倦于鸦片鬼的郭素娥，也带着最热切的最痛苦的注意，凝视着山下的嚣张的矿区，凝视着人们向它走去，在它那里进行战争的城市所在的远方走去。

她开始不理会丈夫，让他去到处骗钱抽烟，自己在厂区里摆起香烟摊子来。她是有着渺茫而狂妄的目的，而且对于这目的敢于大胆而坚强地向自己承认的。——在香烟摊子后面坐着的时候，她底脸焦灼地烧红，她底修长的青色眼睛带着一种赤裸裸的欲望与期许，是淫荡的。终于，那些她所渴望的机器工人里面的最出色的一个，张振山，走进她底世界里面来了。这是异常简单的：在探知了她底丈夫是一个衰老的鸦片鬼时，他便介绍他到矿里来做夜工；就在鸦片鬼来上工的第一个夜里，他在山巅的小屋子里出现了。当然，女人没有拒绝。

现在，郭素娥热切地把她底鼻子埋在这男人的强壮的、濡着汗液的胸膛里，狂嗅着从男人的膈胳窝里喷出来的酸辣而闷苦的热气。她底赤裸的腿蜷曲地在对方的多毛的腿边，抽搐着；她底心房一瞬间沉在一种半睡眠的梦幻的安宁里，一瞬间又狂热地搏动，使她底身体颤抖，仿佛她只有在这一瞬间才得到生活——仿佛她底生活以前是没有想到会被激发的黑暗的昏睡，以后则是不可避免的破裂与熄灭似的。

"到冬天……我们就不能了；冬天……"她底嘴唇在张振山底胸肌上滑动，送出迷荡的热气。"冬天老鸦片鬼总生病，不会上班……要是给人家知道了，好在……"她底手狂迷地抓住了张振山底肩头，"你带我……走吧。……"

张振山笨重地转了一下身体，用大手攫住郭素娥底乳房，随后，便像马一般地喷出鼻息，喃喃地用深而阔的声音说：

"我不想这些。冬天，有冬天的法子。"

他激烈但是短促地笑了一声，眼睛里泛起青绿色的光，从鼻尖上望着郭素娥。

"我没有办法了。"郭素娥失望地说，声音是沉闷的；而且像堕失到泥土里去似的，这声音在最后突然停止。"你是个怎样的人呢？"沉默了一下之后，她突然提高了她底枯燥的嗓音，问。接着便稍稍地坐起来，摸索着衣服。

"不要穿。呸，羞吗？"张振山带着温和的讥刺说，一面向地上吐着口水。

"你，你，哼，你！"女人敲着多肉的手，"你，我想过，也是一个无赖的恶人！我是婊子吗？"她把衣服蒙住脸，最后一句话是从衣服里窒闷地说出来的。

张振山扯去了她的衣服，用臂肘撑着上身。

"我问你。我这个人也有些好的地方吗？"在黑暗里，他严厉地皱起眉头。

郭素娥不解地怨恨地望着他。

"我晓得？"接着她说，"我问这些干啥子？……你懂得我还想什么？我蹲在这里八九年了；小时候，做梦都不知道有这条山，有你们这些人哩。一辈子可以没闲话地过完……现在哪，啥子都没有了。"她底手在黑暗中抓扑；她底干燥的声音摇曳着，逐渐渗进了一种梦幻的调子。"我时常想一个人逃走，哦，到城里去。到城里，死了也干净，算了。……哦，我不想再回家啦！没有亲人！……"她突然昂起头，破裂地叫了出来，但立刻，她的尖利的声音又变成了柔软而急促的耳语，"你，你也是个无聊的人……"

张振山弯过硬手去搔着背脊，烦躁地沉默着皱起眼睛从侧面望着激动的郭素娥，——望着她的在灰绿的微光里急遽颤动着的、赤裸的胸，她底在空中恼恨得像要撕碎障碍着她底幸福的东西似的，激烈地抓扑着的白色的手，和她底埋在暗影里，漾着潮湿的光波的眼睛。……他狡猾而讥刺地望着，一面用手指拧着光滑的唇皮。但是当他把手伸向女人底胸膛去的时候，他就恼怒起来，半途掣回手，握成一个威胁的拳头。他为什么要屈服在这小屋子里呢？他为什么要让一个女人批评他，并且告诉他，他应该怎样做，贬抑他底性格底恶毒的光辉呢？

"呀呀，你不晓得。"他冷淡地说，装出一种疲乏的样子吐着痰，"穿上你底裤子吧。"

"你是哪里人？"郭素娥突然问。

"问家谱吗？江苏。"他重重地跃下床来。

"你现在好多钱一个月？"

"没有打听过吗？"摸擦了一下手掌之后他又问，用一种粗暴的声调，"你要钱吗？"

"我——要！"郭素娥同样粗暴地，怨恨地回答。

张振山惊愕地耸了一耸肩膀。他没有想到他会遭到这样的敌手，他没有想到郭素娥会有这样的相貌的。当郭素娥向他叙说她底热望的时候，他避开她底真切，认为只要是一个女人，总会这么说；但是当她怨恨地，以一种包含着权威的赤裸裸的声调说出"我——要"来的时候，他却惊讶，以为除了婊子以外，一个女人是绝不会这么说的了。而郭素娥，能够坦白地怨恨和希冀，能够赤裸裸地使用权威，绝不是妓女，是明明白白的事。

他现在仿佛又听见了她底热烈的叙说，而且仿佛他自己施放的烟幕已经被疾风吹散，再要认为一个女人总会对她所要求的男人这么说，是不可能的了。他在肩上偏着硕大的头，从暧昧的光线里向披着衣服的郭素娥凝望着。一瞬间，在他底内部的某个遥远的角落里，有一种他所陌生的东西震动了一下。他甩着肩上的衣服，垂下手来，缓缓地从齿缝里叹了一口气。

"我的钱花到下一个月去了。这是一种很乐意的过活呀！"他这一次把他底讽刺的毒芒对着自己，"喝一杯，请客，赌局……不过我们本来就不多。……那些婊子操的老板才多呢。……"他本来想接着说"你找一个老板吧！"但是这句话从他底干裂的唇间化成一个激烈的吹啸曳到空中去了。

他带着一种有些滑稽的亲切走向郭素娥，搂抱了她。

"你很不错呢。"他嘶哑地说，摸索着她底身体。

郭素娥打了一个寒战，挣脱他，扣紧了衣服，向门边走去。在打开了的门框中间，深夜的凉风将清丽的月光吹在女人底灼热的肉体上。张振山挨着女人的肩走出了屋子。站在土坪中间，向远远的山坡上的萦绕着雾霭的肃穆的松林凝视着。但是当他恼怒地触着了裤袋里的两张纸币，转回身子来，准备把它交给女人的时候，屋门已经关上了。

他在门上狠狠地捶了一拳。

"你还不走！人家听见了！"在门缝里探出头来的女人小声说，但是在她底声音里含有一种不可解的希望，和一种不可思议的对自己的话底否认；她底声调使人家暧昧地觉得，当她这么说的时候，她只是表明与她底话句完全相反的意思而已。

"拿去吧。"张振山在奇异地望了她一眼之后，把二十块钱递了过去。一分钟之后，他底庞大的强壮的身影隐没在隔开这小屋与矿洞底风眼厂的，孤独地长着两株小杉树的山坡后面了。郭素娥苦痛地叹了一口气，关上了屋门。

当她在窗洞前借着灰绿色的月光窥看着两张纸币的时候，她的牙齿在嘴唇间露出，激烈地磕响了起来。

"你说，这两张纸是啥意思呀！"把纸币捏在发汗的手掌里，她望着窗洞外的晶莹的天空，发出了她底沉默的狂叫。

二

张振山，有着一副紫褐色的、在紧张的颊肉上散布着几大粒红色酒刺的宽阔的脸，它底轮廓是粗笨而且呆板的，但这粗笨与呆板在加上了一只上端尖削的大鼻翼的鼻子，和一对深灰色的明亮而又阴暗的眼睛之后，就变成了刚愎和狞猛。有时候他底薄而锋利的嘴唇微张，露出洁白的大门牙，眼光变得更鲜明的灰暗，流露出一种狡猾、顽劣、嘲弄的微笑，像一个恶作剧的天才似的；但另一个时候，这些狡猾和顽劣都突然隐去，他的嘴唇严刻地紧闭，鼻子弯曲，他的更主要的特性：恶毒的藐视，严冷的憎恨就在他底收缩起来的脸上以一种冷然的钢灰色照耀着，使得人家难以忍受了。

这是一个以武汉的卖报童开始，从五岁起就在中国底剧变着的大城市里浪荡的人。他自己也记不清楚他的穷苦的双亲是怎样死去，他是怎样变成一个乖戾的流浪儿的；他更不能记清楚在整个的少年时期他曾经干过多少种职业，遭遇过多少险恶的事。记忆的黯淡的微光所能照耀得到的那个时候，他已经阅历过短兵相接的战争，刑场，狂暴的火灾，做过小侦探，挨过毒打和监禁，成为一个虎视眈眈、充满着盲目的兽欲和复仇的决心的少年了。一九二九年，当他十三岁的时候，他和一群年青的工人、农民从湖南逃了出来，以后，在夏天里，他目睹着曾经和他穿着同样的军服的、这些年长的伙伴死去了。在酷热的夜里，当空场上所有的人全散去之后，他狗一般地匍匐着他的强壮的小躯体，爬近尸首，在他们身上摸索，喊他们每个人的名字，喃喃地咬着牙齿说：

"我明天就回湖南去……"

但他并没有去成。没有多久，他走进了一家机器工厂，成为一个学徒了。他之所以能够捱了多少年，没有逃开那个乌烟瘴气的工厂，是因为那里有好几个他底患难的伙伴，他从他们那里学会了认字，得到了使他能够认为满足的各种知识，而生活知识底增长使他逐渐地懂得了克制自己，学习一种技术的必要，使他懂得了用怎样的一种眼光来回顾火辣的过去，和应该带着怎样的一种精神倾向来使自己生长。

但这里还有一着重要的棋。五年后，伙伴逐渐走散，他也离开了。毒恶的倾向在他身上原来就那样的猛烈，一回到浪荡的生活里来，一失去了劳动底强有力的支撑和抗争的主要标的，就变得更加难以管束了。离开工厂是因为认为自己已经羽毛丰满，不应该再低下地受损害——主要的是因为一个伙伴底不幸的遭遇，因此，是带着极大的仇恨心的。这仇恨像疮疖里的脓一样需要破裂地、疼痛地流泄；他杀死了一个追踪他底伙伴的便衣打手。

这是在黑夜的江边用尖刀干的。发烫的血溅满了他底脸。而整个一夜，一直到灰色的严厉的黎明，他遥望着睡眠的城市底闪烁的灯光，在郊外漂泊。他杀了人了！这是一种最无知的、最疯狂的杀！但是怎样呢？他没有胜利。

城市在安详地昏堕地睡眠，带着它底淫荡和凶残。它不可动摇地在江岸蹲伏着。对于它，年轻的张振山，是显得如何的渺小！他能够移动它底一根脚趾么？

　　以后，他带着要过一种强烈的公众生活的愿望到上海去了。但他不能满足；因为这，他就更渴望于获得知识，更渴望于自己的凶狠恶毒。而这也就在内心里生成了一种疑虑，一种生怕会贬抑自己的个性底芒刺的疑虑——这便是他在对日本的战争一开始，为什么不循着他少年时代的路，到战争里去，到另一个地方去，而终于到四川来，在这个工厂里暂时蹲下去的原因。

　　他在工人里面，因为他的能力，因为曾经是他底师叔的总管器重他，有着优越的地位。无疑的，他是酷爱这种地位的；但他把他底酷爱认为是一种可恶的弱点，所以假如有人像对待工头一样来对待他、奉承他时，他就会变得极乖戾。对待这个人，最适宜的莫过于偶然地安排一个充满着友情底真挚和深的粗暴的玩笑。处在这种温暖的气氛里，他便会短促地显露出他底已经被埋葬的另一面——就像他在这世界上也需要一个家，也有领略家庭底爱情的温和的心似的，他安详地霎着变黑的晶莹的眼睛，浮上稀有的天真的微笑，从荷包里摸出最末一块钱。

　　对于饥饿的郭素娥，他是带着他底全部的狠毒走近去的；对于女人底命运，在起初，他是漠不关心的。他没有要知道这个女人在想些什么的愿望，更没有要和这个女人维持较长久的关系的愿望。但在今天，在这个骚乱的夜里，女人显露了自己，而且强有力地使他承认这显露底真诚，使他承认，不管两个人底生活境遇怎样不同，她是他底值得同情的敌手。

　　当他底强壮的厚肩上萦绕着从发号房底窗洞口飘来的烟条一样的灯光，向坡路下面慢慢地踱走的时候，这个印象突然鲜明地强烈了起来。他猛烈地吸着烟，在烟雾底灰蓝色的旋涡里，用一种愤怒的力把披在额上的一簇硬发掷到脑后去；在突出的额下，他的眼睛严厉地皱起。

"这倒是一个女人！他妈底尿！"

三个矿工摇着绿莹莹的矿灯迎着他走来。他们疲乏地寒冷地佝偻着，用一种卷舌头的声音微弱地说话。纸烟在嘴唇上昂奋地燃烧着，从他们底污黑的肩上向后面飘着一条长长的朦胧的烟带。……当他们越过张振山，渺小地被吞没在卸煤台后面的时候，煤场上和下面的坡路上就呈现出深夜的寂寞，除了由矿洞口传来的煤车底隆隆的单调的震响以外，再没有别的声音，而且再见不到一个生灵了。远处，在山峡的正中，从静静地躺在月光下的密集的厂房里，机电厂底窗玻璃独自骄傲地辉耀着；更远处，在对面的约莫相距电机房一里路的山坡上下，则闪耀着星一般的灯火：坡上的工人宿舍，坡下的办事处、米库、洗衣坊、矿警队营房，都在用它们底微盹的窗户窥视着月光照耀着淡绿色的雾的潮湿的氤氲的山野，和月亮在白色而透明的云底湖沼里浮泛，星星在薄纱似的云片里碎金子似的闪烁着的高空。

张振山在给矿工让路，停在石堆旁眺望了一下整个的厂区之后，又开始沉思似的向前走。他走得笨重而缓慢，香烟在他底嘴唇上和手指间不停地燃烧着，现在已到了第三支了。在跨越铁路之前，他停在一个土堆上，伸开手臂，长长地吁了一口气。

从女人那里带来的印象现在淡薄下去，或者正确点说，沉落下去了。这主要的是因为，在深夜的独步里，他获得了一种坚强而严冷的情感。从这种情感，他感到自己正在胜利地凶暴地扩张了开来，没有丝毫的畏惧和惶惑，把整个的矿厂握在毒辣的掌中。

"我不蠢！我们有多少人！"他在索索的寒风里张开了他底大手掌。

但在越过铁路，向机电工人的宿舍走去的时候，他就沉在另一样的心情里去了。

"我这个人也有些好的地方吗？——这样问她，糊涂！"他站住，擦燃火柴开始点第四支香烟，然后把揉皱的纸盒摔去。"她说得出来吗？……总之，我干得对！我有我底理智！我恨这些畜牲，恨得错吗？你会杀人，我不会吗？好！"他把步子加大起来，"我就是我自己——不懂手段，也不懂策略，忸忸怩怩……"

从右侧，有一个骚乱的尖声喊他。他突然从疾走站住。

"你怎么，不到天亮就回来了。乖乖，俞得好吧……"杨福成耸着肩膀，激烈地喷着酒气，用一种狂喜的声调嚷。

"杨福成！"张振山阴郁地喊。

杨福成伸出厚而尖的舌头，做了一个怪相，随即也古怪地阴沉起来了。

"你到哪里去的？"好一会儿之后，张振山问。

显然的，杨福成底阴沉只是一种表面的凝结，因为他立刻就忘记一切，尖细地叫起来了。

"老子在小五那里抽一局。都输了。婊子养的识牌呀！"

"哈哈！"张振山短促地笑。

杨福成有着易于昂奋的倾向，而且，用俗话说：是一个无心眼的人。在平常的时候，他也显出恰当的老成，但一轮到他说话，他就仿佛变成一个十六岁的少年了。他哮喘，在字眼中间急促地吸气，以致有时候把话音吸到喉咙里去，又用一种闷塞的怪声弹拨出来。他时常一联串地贪婪地说，即使乱说几个虚字，也不愿意让自己的话中断，随后便窒息地大笑起来，使人家难以明白他究竟说了些什么。现在，当他和张振山一道爬上升到宿舍去的土坡的时候，他疲劳地，用败坏的声音唱起忧伤的歌来。但刚刚唱了两句，他就使力地跳了一下，先做出一种秘密的神情，然后向张振山问：

"你那个家伙如何？"

"还不是两条腿的。"

"唉，你知道，魏海清在弄她。"

"魏海清谁？"

"土木股的呀！本地人，死了老婆……那是一个狗种。他跟我说，"看了张振山一眼之后，他又迅速地接着说，用一种张扬的语势，仿佛那个叫作魏海清的真跟他说过一样，"张振山夺人之妻，夺人之妻！……"他用手在灰尘似的月光里绕了一个大圆圈，随后又用臂肘在腰上缩一缩裤子，"唉，肚子饿瘪裤带松……你，你，你这有种的老几，说请小弟喝一杯的呀！"

"现在不了！"

"干什么？"

"没有钱。"张振山突然暴厉地睁了一下眼睛，"你，今天喝过了！"

"那是我自己的事。我活了二十五，活得衣破无人补。无味呀！"他在无心地大声说出这句话来之后，便变得苦恼，停顿了下来，用手在发胀的脸颊上摩擦着，说以下的话的时候，他的声调沉落，充沛着真实的酸凉。"没有女人看上我的。我才不做白日梦。我养活人吗？看我这副样子，人家肯嫁我吗？我是做工的人，最苦的人。要是当职员就好了，有米贴，有好房子。嗬，你看呀，那一幢房子！"

"股东老板住的。"

"不错。"他的尖颚咀嚼着。他底手依然指着那远远的一栋掩藏在茂密的树丛里的楼房；这楼房左侧的两个遮着绿窗帘的窗户温暖地亮着。最后，他把指着的手指习惯地向上一抛，继续感喟地小声说："做工没来头。有时候晚上也自由自在，但……"

"你想吃火腿吗？"在宿舍底竹篱前，张振山停住，坚硬地问。

"唉，不想吃？"

张振山邪恶地凝视着遥远的绿窗户，仿佛那里面的秘密的养生和贪欲很诱惑他似的。

"看吧。我明天就请你吃！要住那一间房子吗？"（绿窗户底灯光在树枝后熄灭了）"容易得很！好，它藏起来了！你要吃鸡子；你要一个女人！你要……梳两个辫子的，进过大学的！"

杨福成缩着身体。这个人底冷静的骄傲的狂言使他惊悚。他呆看着他，不知道怎样做才好了；但最后，他终于依着自己的方式跃了起来，攀在对方的肩头，在对方底鼻子上一半故意地嗤了一口气，跳到院子里去。

宿舍是公司临时租赁的民房，中间有一个在以前曾经是打谷场的大院子。它底正中，左侧，完全被有家眷的工人所占有，剩下给单身工人的，只是毗连着一个充满灰尘、蛛网和油污的厨房底右侧的长长的一条矮屋。夜里十二点钟以后，在棉絮的爱抚下，真实而浮动的生命们入睡了。连最会喧嚣的右边角落里的一间屋子也寂静了；——一个钟点以前，这间屋子里，在床架和破桌椅之间挤满了那些从来不懂得沉静的少年伙计，他们摔纸牌，唱淫荡而凄凉的歌，互相用黑拳头威胁，但现在，肮脏的烟雾沉落，一切全不留痕迹地散去，只有二十五支光的蒙尘的电灯在单调地发着光。

　　杨福成和张振山两个人占有一间极狭窄的后屋。但这两个人的性格是不可调和的：杨福成喜爱一些简单的戏耍，时常在桌子上供一个泥像，替它画上胡髭，称为"老板神像"，在春天的时候也大量地砍些粉红的烂漫的桃花回来，插在破泥罐里，而且沾沾自喜地带着一种不必要的勤快去换水，但张振山却嫌恶这些；他望着它们皱起他的灰色的眼睛，在它们使他底动作不方便的时候，便粗暴地把它们举起来，摔得粉碎。不过，杨福成除了当自觉自己需要阴沉一下的时候，才装出一副呆板而尖削的脸相来以外，从不真的和张振山吵架。因为太多的理由，他是极端喜爱张振山的。

　　显然的，这一夜对于杨福成已再不能寻到什么趣味，到了非睡去不可的时候了；而且的确，在急剧地兴奋了之后，他已完全疲劳。他牙痛一般地皱起稚气的瘦脸，默默地摔开鞋子，钻到他底无论白天和黑夜总是密闭着的一直拖到泥地上的蓝布帐子里去。因为床柱太短，帐脚拖到地下，所以帐顶底有着破洞和大补丁的"大肚腹"也就几乎垂到他底尖鼻子上来。他奇怪地笔直地睡着，向帐顶瞪着梗着砂粒的眼睛，吹着不联续的闷气。刚刚要睡去，原先在另一边床上愠怒地坐着的张振山此刻笨重地走到桌子边来，用一种对于这寂静的房间是过于嘹亮的声音喊他。

　　"喂，什么……事？"杨福成反应地在棉絮里抬一抬手，问。

　　"告诉你，我们要做包工了。"

　　隔了好一会儿，才听见杨福成懒声懒气地从蓝布帐子里回答：

　　"包他妈屄什么？"

　　"四号。"张振山把大拳头举到鼻子一样高，察看地摇晃着。为了摔去自己底纠缠不清的对郭素娥的思索，他才突然开始这谈话，但现在他又嫌恶这谈话了。

"四号出什么毛病？"意想不到的，杨福成从蓝布帐子里伸出他底瘦小的，盖着乱发的头颅来。他底黄色的疲乏的脸上迅速地闪烁过一种喜悦的、神经质的战栗。

张振山阴沉地抖了一抖肩胛，带着一种不知道是对于杨福成还是对于那替公司里赚大钱的四号火车头的深深的厌恶，说：

"坝子摔场了。险一些摔到江里去。"

"哈哈哈，包得稳吗？"

"当然。"

杨福成敛起笑容，滑稽地皱着鼻子，想了一想。

"唉——"他底头突然在蓝布帐子口消失了。

张振山屹立在电灯底下，手插在裤袋里，眼睛眯细地望着石灰剥落、露出竹片的骨骼来的墙壁，继续大步地、野蛮地踏到自己底思想上去。踏烂一切枯草和吹散一切烟雾，让它露出闪着冷然的光辉的本体来！

"她说'我要'，当然是的，多弄一些给她，看看我张振山！她跟我走？"他吐了一口唾液，同时用手摩擦着坚硬的额角。"不能！社会把我造成这样子，我自己，我自己……"他响着嘴皮；在扬起的眉毛中间，他底眼睛变亮。这是一个放射着幽暗的光芒的字。"我自己不是庄稼汉，也不是可怜虫……让一个女人缠在裤带上！她们心疼，随便哪个摸一摸，就完事了。什么魏海清不魏海清！"但是即使在这么凶毒地想的时候，一种严刻的妒忌也依然掠过他的嘴唇和眼角，使他底阔脸幽暗。他愤怒了，辛辣地冷笑了出来："呵呵，'我这个人也有些好的地方吗？'"

矿厂连梦呓也没有，又掩藏着百公尺下的艰苦的劳动，沉沉地入睡了。夜，深沉地凝结了。但这强壮的人，这旺盛地妒嫉着世界、感到自己生命底恶毒的人，这酷爱辛辣、严刻地抗拒着自己底嫉火的工人却依然在小房间里，在床架前面，在因电力增强而突然明亮起来的二十五支光的电灯下踱着；他用那么一种沉重的姿势踱着，以至于他底膝盖多次地撞在桌腿上又碰疼在床板上。他底肩胛抖动，脸上清醒地照耀着一种富裕的、考虑着什么是它底必要的抛掷的生命，放射着一种肉底淡漠而又顽强的光辉，在听见远远传来的骚乱的鸡啼的时候，他不同意地摇着头，推开门，绕到大院子里去。偏西的月亮照着左侧的屋子底破陋的屋檐——在右侧的屋子底参差的浓郁的暗影里，他鼓起胸膛，一次又一次地深深吸着气，徘徊了很久。

三

把纸币捏在手里的郭素娥，所以那么痛苦，是因为她原来是存着她底情人可以给她一种在她是宝贵得无价的东西的希望的。她底痛苦并不是由于普通的简单的良心底被刺伤，而是由于，显然的，她所冀求的无价的宝贝，现在是被两张纸币所换去了。她捉不住张振山，当由偷情开始的事件在她现在苦恼地越过了偷情本身的时候，这个强壮的工人底不可解的行为、他底暧昧的嘲讽、他底恨恨地离去，使她绝望。整整一年来，她整个地在渴求着从情欲所达到的新生活，而且这渴求在大部分时间被鼓跃于一种要求叛逆、脱离错误的既往的梦想。虽然她极能勤苦地劳动，虽然她对她底邻人特别和蔼，但由于时常显露的犯罪的相貌，她依然被认为是一个奇特的败坏的女人。然而她不但不理会这些，而且逐渐变得乖戾了。她是有着黯淡的决心的。这就是：她已经急迫地站在面前的劳动大海底边沿上了，不管这大海是怎样地不可理解和令她惶恐，假若背后的风刮得愈急的话，她便要愈快地跳下去了。跳下去，伸出手来，抓住前面的随便什么吧。

畏惧虽然在好几年的险恶而被凌辱的生活里失去，但无论如何，这是痛苦的。尤其，她底手抓住了什么呢？——张振山，毒辣的，冷漠的，用她自己底话来说，无心肠的，无赖的男人！

另外还有一个自己向她诚实地飘过来的人。这就是魏海清。这个人是她的丈夫底极远的表亲，从前也佃地种，但在四年前死了女人之后，不久，地被主人无理由地收回去了，自己就带着刚刚五岁的小儿子到矿里土木股来当里工了。三十几岁，有着端正而晦涩的脸孔，是一个呆板而淳厚的人。他和郭素娥，是一向就保持着简单、拘谨，而且隐匿的亲密的；显然的，郭素娥，尤其当他投到工厂里去之后，是十分注意他的。但不幸的，是他被张振山从头上跨过去了。当他在一个晚上，心跳而羞涩地在这恋爱的屋子里下了异常大的决心，表露他的旧朴的欲求的时候，郭素娥突然变得严正而乖戾（在以前他是不曾见过这女人底这样的相貌的），拒绝了他。当然，这是把他伤得很重的。——他原来只以为刘寿春是她底阻障，不久就会死去，不足以使她牵挂，却没有料到这中间还有另外一个严重的角色。但不久，他就朦胧地把这件事探听出来了。积蓄了好几年的痛苦的意念，战战兢兢地在布置着希望的这颗过平凡生活的真心，现在被无情的郭素娥所摒弃，被优越的机器工人所踏碎，对于他，该是如何的怨恨、如何的痛苦！

但是魏海清这种人，对一切都要依照自己底观念探个究竟，把自己范围内的一切看得很重，是不大容易死心的。在这晚上，九点钟后，当他底八岁的男孩在木床里端沉重地睡去了的时候，经过了一番苦闷的内心交战，他熄了小烟袋，从位置在北山坡的工人宿舍走出来了。天上屯集着云，在云的间隙里有朦胧的上了锈一般的星在发光。坡路旁的路灯，它底松弛了的灯泡在偶然疾卷过来的凉风里摇闪着。

他故意避开那一条贯穿过明亮的机电房的平坦的煤渣路，从水池畔的黑暗的堤堰上走。他的步武起初有些犹豫，发出一种拖沓的疲劳的声音，但随后，当他穿过卸煤台，临近那漆黑的山坳的时候，便强烈地紧张起来了。

"我去一趟哩。"当他弯腰爬上风眼厂所在的山坳，胸膛被热辣的昂奋所紧迫的时候，他颤着嘴唇，告诉自己。

这旧朴的人，这一切观念和情感都有着明显的但积满尘埃的限界，像熊一般固定而笨拙的人，现在容许自己去做一件非分的大事了。不管他怎样提醒自己说，他底行为只是想探一探这个女人和张振山底究竟，为着必需的道义，他的全身还是起着一种自觉犯罪的发烫的颤抖。

"我一生从来没有做过——这样的事啊！"倚着一根腐朽的树干，他张开生着几十根零乱的硬髭的嘴唇，向黑夜吐出他底昏乱的叹息。一瞬间，二十几年的土地上的辛劳像一块平坦而阴凉的暗影似的，在他底迸着昏红的火星的眼睛前面闪现。

他底微微佝偻的长身影在小屋子前面出现了。门关着，里面凝固着寂静的黑暗。但在最大紧张以后，他突然对面前的一切都感到不明了，只是走上去，机械地向门缝里窥探着。当他底手举到薄木门板上去的时候，他仿佛在听着别人敲门似的，而且在心里寒凉地惊诧着，这个人怎么会这样大胆。郭素娥在屋子里仓促走动的声音他没有听见，门板的突然地裂开，使他在新夹袄里打了一个寒战。

"走开，走开!"郭素娥在黑暗里露出白色的脸来，惊慌地说，"他今天说是生病，不上班了。……哦，是你!"当她发现对方并不是张振山的时候，她把一只白手举到松乱的头发上去，屈辱地小声尖叫："你跑来干啥子?"

魏海清沉默着，在这之间，恢复了镇定。

"和你说句话!"他威胁地说。

"说什么?"郭素娥敏捷地跃出一步，严厉地问。

魏海清什么也没有想地沉思了一下，望着女人的颈子，说：

"你知道，张振山那家伙不是好东西……"

"怎样?"

"他仗势欺人，是个流氓。你要当心。"因为情急，舌头在最后缠结了起来，使他失去了话句。当他和他的狼狈挣扎的时候，郭素娥迅速地走回去了。现在，只剩他一个人站在这黑暗的土坪上了。

"长得多好的人啊……"他自语，用衣袖揩着发汗的脸，但随即就因自己的赞美恼怒起来，向土坪底外侧走去。

从屋子里传出来的刘寿春的激烈的咳嗽和朦胧的话语使他站住了。

"哪一个?"这鸦片鬼恨恨地问。

"我。"女人的嗓子提得很高。

"你干啥子去? ……"

"刚才狗叫，我怕强盗!"女人用一种凶恶的声音叫了出来。

魏海清从屈辱里挣脱，愤怒起来了。他笨拙地把手叉在裤腰上，向地上大口吐着痰。

"世界遭变了。瘟女人！"他蹒跚地向土坡上走。"我为啥子要打我的女人呢？她丑，整年生病，但是她比这骚货好得多！……可惜我们少年时候不知道！"他激烈地向前走，并不辨认路，只是佝偻着，把飘荡不定的大脚一步一步地踏在野斑竹和茅草里。"我愈来愈作难，心中焦苦，成一个糊涂人了。吃白泥巴的日子，也过的呀！怎么现在不想法，跑出来做工呢？我要是有谷了，"他底浑实的手臂在空中抓扑，被他底手掌所击弯的桑树底枝条刷在他的胸上，"要是有，看这瘟女人对我怎样呢！"抚摩着粗糙的下巴，他在枝条之间站住，意识到自己走错了路。但是当他正预备向风眼厂底昏弱的灯光回转的时候，在他侧面，茅草燃烧般地响了起来。他迅速地而且突然涌起一种烈性的愤怒转过身子去，看见了一个比他矮些的方形的人影坚定地在三步外屹立着。他闭紧嘴，严正地站定。

"魏海清！"张振山发出他底深沉的声音喊。

"你是哪个？"魏海清喘息地问；所以喘息，是因为他已经在对方底最初的发音里认出了对方是谁。

张振山向几丈外的隔着一条污水沟的小屋瞥了一眼，随后便向下走了一步，攀住树枝。他在小屋底空了的猪栏后面，在那每一次总坐在那里等待着跃进屋子的时机的石块上，听见了魏海清和郭素娥的谈话底全部；而且，当魏海清激怒地痛苦地在草坡上转着圈子的时候，他已窥伺他好久了。

"我问你两句话，魏海清。"他冷酷地说。

"问吧。"

"我是流氓，这有点像，我夺人之妻，这也对。"他磨着牙齿，"现在你回答我，我仗谁的势欺人，谁的势力？"

魏海清的脸灼烧，愤怒地颤抖起来，热辣的烟雾包裹着他，使他感到自己仿佛腾在空中。

"问你自己！"这鳏夫笨拙地顽强地回答。

"问我吗？"张振山猛烈地把手里的桑枝从树上折断，魏海清因为他底这个动作反应地退了一步。"你们，在女人面前像狗样地舐一舐，打个滚。我可怜你，你舅子荐你来做工，你有六块钱一天，蛮行。你像个做工的人吗？要站出来正面说话！"他鼓起胸膛，把他底冷冰冰的声音压尖；但这尖声是微颤的，"我不怕谁，也不仗谁！我就是这么一个人，一个人！告诉你，再不准到这屋子里来！"

他把手里的桑枝举起来，狠狠地向屋子那边挥着；光赤的桑枝在夜底冷空气里发出尖锐刺耳的声音。

"这是我们底地方！你凭什么……"魏海清窒息地叫，"你畜生养的，没有人心……"

"哈哈，你们的地方！——今天就这样说了。记牢！"他把桑枝重新扬起来，做成一个威胁的姿势，击断在树干上，然后用强猛的大力缩紧肩胛，呀一呀嘴，大步向风眼厂底电灯光走去。在石板路上他避着风点燃了香烟……

魏海清怔悚着，一瞬间不能明了自己，只是向张振山底凶猛的影子凝视，仿佛这个人的在火柴底晕圈里闪亮的刚硬的头发和搐塌的鼻子有一种特异的美丽，很诱惑他似的。但终于他感到锐烈的失败的痛苦，昏乱地诅咒起来了。

慢慢地，他下到山下去。夜风扑卷着他底夹袄。循着水池畔的黑暗的堤堰，他佝偻地、缩做一团地走着；——他蹒跚地摸索着，就像他迫于饥饿和寒冷，是一个无家可归的人一样。

郭素娥并没有睡。在那鸦片鬼发着谵语昏昏地睡去之后，她因了某一种理由，又悄悄地开门走了出来，向风眼厂那边的淡薄的光晕探望，然后，绕到屋后的猪栏旁去。充满情欲和梦的女人底感觉是那样的敏锐，她立刻发觉了草坡上的短剧，伏到猪栏下去了。她的心感到一种庞大而甜蜜的紧迫，惶恐地撞击着。有一种盲目的力量几乎迫使她要急剧地冲出去，但同时她底脚又仿佛牢牢地生根在地上似的，不能移动。……现在，一切全梦幻似的过去了；张振山和魏海清消失了。

"啊，他不准！"望着魏海清的消失在风眼厂后面的长长的身影，她带着幸福和酸凉叹息，"这是哪些说法呢？……他不准他再来我屋子里呀！"她伸长赤裸的颈子，在心里狂喜地尖叫了起来，随后，她跃到张振山曾经坐在那里的石头上，把身体向着另一面的沉在深邃的黑暗里的山峡，昂奋地呜咽了。

在这峡谷里，在这重压着它的苦重的暗影在她眼前浮幻着黄色的晕圈，又爆耀着墨绿色的星花的下面峡谷里，在这夜深寂寞，流荡着黑暗的冷风，仅仅模糊地闪着水田的淡光的峡谷里，是充满着她底骚乱、痛苦、悲凄地逗引情欲的遥远的记忆。

……七年前，一个外省的军官在这峡谷里引诱了她。

四

机器总管马华甫，是一个生着灰尘一般的花白头发、有一副温和而洒脱的松弛的脸的、胖大的人。他用一种温和、渗透、严刻的声音说话，几乎从来不激动；但即使从这富于魅力的声调里，人们也可以觉察得出这个四十几岁的饱经风霜的人是怎样的顽固、利己和阴险！现在，当他为了火车头包工的事，把几个出色的机器工人：张振山、杨福成、吴新明（这是一个三十几岁、充满江湖气味、慷慨但有着机智的深算的人）……请到他家里来用膳之后，他使他们坐在厅堂下端的长条凳上，自己则不停地抽着烟，在堂屋中间缓慢地踱着。谈话刚刚开始。

这是矿厂里的一个最大、马力最强的火车头，一九三〇年德国机器厂底出品。它底损伤，假若由机器房做正常的里工，需要六个月才能修好，但假若由机器工人自己取消里工工资，来做包工，则仅需要十六天。包工底价钱，鉴于以往的例子和今天的物价，工人方面要一万二千块，但公司方面却只肯出八千。现在，总管马华甫由于对自己底权威的深信，就是负了解决这件事的使命来请工人吃饭的。

他和他底家族：一个像衣橱那样肥胖，也像衣橱那样从不离开房屋的、缺齿、有细小的烟黄眼睛的北方女人，一个曾经进过职业学校，现在也在机电厂里当职员，醉心于象棋和钓鱼，面孔无特色、性格稍稍带着原始的阴郁的二十三岁的养子，和这养子底温顺而瘦小、面孔洁净的妻，住在这改修过的三间从本地绅粮那里租来的屋子里。正堂是洁净的，和他底衣服一样；但房间里，因为他的肥妻的喜欢赌博，除了希望真的生个儿子以外，什么事都不去操心的性格，就弄得很零乱，凝结着一种阴湿的含着石灰味的酸气。在壁角的大衣橱顶上，永远有十袋以上的面粉囤积着——这女人对于面粉又是异常贪婪的，但是她却不能把它们按月吃完，因此，好几袋面粉都变了色，生着白色的小虫，使得那好性情的工人时常把它们抱出抱进地晒太阳，而每隔一个月，便有新的面粉袋加入这晒太阳的队伍里来，递补了那些被吃去了的、生虫的。

总管马华甫，对于食物，是并不讲究的。因此，变味的面粉，他也能吃得惯，不想到要去改善。但对于家庭，他却是个表面温和的极端严刻的人。他对他底女人很有礼貌——这就是，也尊重她底生一个真正的儿子的愿望，但却和她几乎从来不说什么话，不谈厂里的纷争，也不谈外面的新闻，在他底眼睛里，她只是一个里面装满了赌牌和儿子的丑陋的面粉袋而已。至于儿子和媳妇，他们除了要和他一同用馍馍，要像厂里的工人一样对他恪守礼节以外，从他那里，也和工人们一样，是接受不到丝毫有希望的，或者有滋味的东西的。但好在他们都还年轻，男的忙于象棋和钓鱼，女的忙于洗粉条和切白菜，从没有想到这些。

然而，使他在内心里震怒的，是工人里面的大半，已经学会了真的乖巧，逐渐地踢开了表面的礼节，开始和他抗争了。……

"怎么样？"现在，在明亮的堂屋里，他喷着烟，温和地向工人们说，"我替你们算的对不对？"他把闪霎着的漂亮的眼睛朝着吴新明。

吴新明在多毛的长脸上微笑着，欠一欠腰，同时瞥向张振山。

"为难得很，总管。"张振山从嘴唇上取下香烟来，在烟雾里说。"老实说，我们二三十个人，拼命做苦工，"在向总管的胖身躯扬了一下眼睛之后，他底声音古怪地震动了一下，变得低沉，"一个人摊不到多少的。"

总管在地上缓慢地徘徊，走到供桌前面望了一望两张祖先底丑陋的大相片，又走回来，向地下随便地吐着痰。

"你真是年轻人，你底脾气还是从前样：意气罢了。"他抱着手，眯起眼睛望向窗外，"张振山，你再想一遍，你们和我一样是公司里人，包工是特殊通融。"他底声音从里面僵冷了起来，虽然他底脸上依然浮着灿烂的微笑。"材料，机器，你们不出钱。在这个时候，这些货贵得出奇，昨天总公司转来的政府通令有说……"他望一望房门底门帘，突然改变了话题，"我也不说抗战不抗战，生产不生产，你们赚一点也该，但是太多了就拿不出面子去……"他又踱起来，回到供桌前去，望着玻璃在闪着沉闷的光亮的相片。

"不行的！"杨福成用手肘捣了一下张振山，歪歪嘴，悄声说。

张振山底冷淡的眼睛随着总管底走动从新漆的家具移到相片上。"这相片真美丽！"他底皱起的黑眼睛说，"你们统统生产，生产得胖呀！"

"这不是就一次。以后……"总管掉过头来，严苛地开始说，但他底话被张振山的一个突然的动作打断了。

"我们做不得主。一万二。"

吴新明和杨福成惊讶地望着他。微笑从总管马华甫底松弛的脸上隐藏了——这脸缩紧，稀有地搐搦着，眼睛变暗。

"这态度不好，"他把手抄到大衣袋里去，尊严地站直，"张振山！"

张振山皱起嘴唇，嘘着气。

"我们全靠这。"他坚硬地说，"总管是熟人，了解的。我们一个月领一斗米，自己都不够吃。到现在还穿单衣服！"他拧了下自己的肩头，把眼光逼射到对方底脸上去，"公司一个月赚那么多，一个车斗也的确值得上。……"

正在这时候，房门底门帘上的灯光被遮住，一个巨大的东西堵塞在它后面了；马华甫底肥大的女人先伸出一只手，在门框上扶牢，仿佛怕自己滚出来似的，接着便从帘缝里探出巨大的浮肿的脸来，露出残缺的牙齿，以一种清脆的和她底身体极不相称的、疲乏的声音说：

"还没走呀。要睡啦！"

"就来。"总管简短地回答，因为失去了自制，声音里含着一种奇异的恼怒，就仿佛这门帘后的庞大的女人底形体意外地惊骇了他似的。

"我底天呀！"杨福成喜悦地小声唤，一面用手掌拧了一下大腿。

"这么说，再加一千也好，不过……"

堂屋底玻璃门悄悄地闪开，把马华甫底话打断，同时把他脸上的勉强的笑容也驱走了。他底年轻的整洁的媳妇抱着一个水瓶，温顺地俯着多肉的白颈子走了进来。经过工人们身边的时候，她留神着自己底脚步，用一只手把绿夹袍掳起，就像走过个池塘似的。

"爹，我上楼去了。"她向马华甫微微鞠躬，耳语一般地说。马华甫底嘴唇歪曲，眼睛里含着一个灿烂的尊严的微笑。

在年轻女人上楼之后不久，楼上便传出了马华甫的养子底重重的脚步声，和他底拘束的但是欢乐的笑语，同时，在底下，马华甫的胖大的女人底影子又遮住了房内的灯光，在门帘后面出现。

"舍嫂，打盆水来呀！"这次她喊女佣人。当她底巨影重新消失的时候，一个木凳在地板上翻倒，发出轰然的大声。

张振山抬起眼睛嫌恶地望望头顶上的天花板，又望望房门上的门帘，随后从木凳子上站起来摩擦着屁股。

"我们走了。"他说。

"谢谢总管。"吴新明鞠躬，一面打着呵欠。

总管威胁地看着张振山。

"我明天答复你们。"他阴沉地说。

但第二天并没有得到答复。事情僵持了三天。终于，张振山和他底伙伴们胜利了。

于是，从第四天早晨开始，一直到深夜十二点，机器房里滚腾着油烟，照彻着明亮的灯光。拆卸了下部的巨大的车头在铁架上蹲伏着，电灯照亮了它的锅炉筒，钻眼机使得它一阵阵地发出顽强的战栗。

张振山底巨大的脊背弯曲，头埋到锅炉筒里面去。电焊器在他底手臂底下，从每一次的急迫的间歇里，擦亮自己的声音，锋锐地歌唱着，放出刺目的蓝光。脱下彩色玻璃脸罩来的时候，他底包在现在变得柔软起来的皱皮里的眼睛眯细，闪着深灰色的、潮湿的光芒，他底胶黏着头发的、凸出的、污秽的前额低垂，显出劳动底聪敏和忘我的专注，他底大鼻翼搧动，贪婪地向周围火热的气息吸嗅。……

当他沉思地磨着钢铁似的腭，用左手移开电焊器的时候，他底右手慢慢地有力地舒展开来，在铁板上掠着兀鹰一般的大黑影，获取了一把钢剪。

"喂！"他陶醉地拖长声音，唤。他的猛然抬起来的，蓬乱着硬发的头碰击在机车上端竖着的铁板上。"喂！"他歪过颈子来，声音变得恼怒，"弄好了吗，四幺弟！"

从爆着凿刀的火花的金刚砂那里，透过油烟，送来学徒四幺弟的尖锐的声音：

"还等两分钟!"

长腿的吴新明在油烟底波浪里恼恨地舞着手臂,浮泳着,一面干燥地大声嚷:

"这舅子用不得了。"

"舅子,歪了呀!"张振山用剪刀敲着钢板,向伏在机车底下的大坑里的人吼叫,随后,他微微思虑了一下,跑到刚拆卸开来的活塞杆那边去。

"呸,老子闷气,老子闷气!"从机车底下,陈东天咆哮着钻了出来,把手里的工具狠狠地一掷,向墙边上的大木桌子奔去。当他喘不过气来地向嘴里倾倒着冷水的时候,他底灵活的少年的眼睛被一种要喧嚷的欲望所燃亮,青蛙一般地鼓出。

"今天做了一整天了……呀!"他咳呛,从鼻子里喷着水,"这几个瘟钱不好得……"终于他被迫弯下腰去,揉着鼻子,说不出话来了。

吴新明在慢慢运动的车床面前皱起淡眉毛,烦躁地看着他,就像一个不称心的大人看着小孩子挖泥巴似的。但张振山却从活塞零件上仰起身子来,一瞬间突然得到了轻松的快活,拍着大手,吼叫一般地笑起来了。

"你妈的怪像!"杨福成从金刚砂底暗影里奔出来,把身体碰在木柱上,手里高高地举着凿刀叫,"老板明天要买一个钻子呀!美国鬼子货呀!"

"有几点钟了?"在机车肚里有人问。

"十二。"吴新明回答,同时把窗架上的肮脏的小钟摇了一下。

"回家睡觉!"

张振山走到钟面前去。当他搓着发烫的手,脸上灼烧着猛烈的红光走回机车的时候，他向每个伙伴坚定地望了一眼。

"我们今天把这个完全拆开检查过！"他严厉地命令，"我们这是替自己干活，可以养老婆呀！"

"要得！"提议回家睡觉的杨福成尖叫，长长地伸着舌头。

油烟一直腾到结满灰尘底密网的屋梁上去。在人们的手臂底奋激而稳重的控制下，车床转动，凿刀喷着火花，机车战栗着，电焊器所放射的强猛而狰狞的蓝光使电灯失色，一直射到广场对面的铁工房底屋顶上。紧张的劳动继续到一点半。

现在，在寒冷而稀薄的夜气里，几个下了工的单身工人踏着煤渣，疲乏地走着。张振山喷着香烟，走在他们十步后面。

"我们是替自己干，对头！"杨福成比画着手，说，一面在单衣里缩紧身体，"在平常，我简直打瞌睡。半个月后，我可以分到几个钱……"

"你拿来做什么用？"陈东天用手掌抱着软软的面颊。"招老婆？"他真切地问。

"你底声气怎么这样涩呀！'招老婆'！"杨福成模仿着他底胆怯的声音，在黑暗里做着鬼脸，"你真是乳臭未干！怎么不敢到坝里去找女人试一试，唉，你就会打太极拳！后辈小子。……快走，他们到前面去了。"

"张振山呢？"陈东天，这少年人，用一种关切的声调问。

"也在前面。"

他们疾走了几步。

"我告诉你，总管那个肥猪老婆不会生蛋的。天天睡觉都不行，我有经验。"走到土坡上的时候，杨福成又把脚步放缓了下来。他底声音异样尖细，带着令陈东天兴奋的隐秘意味，"她那肥屎，我有一个晚上冲进总管院子，就看见她光屁股在院角撒尿。不要脸的。"

"唉。明天怕要下雨。"陈东天用手抓了一把空气，嗅着。

"不会的。总管办货，你知道？"

"不知道。"

"张振山知道。他派他家老舍到万县去买皮鞋，已经到了第一批，一百双。他还囤的有纸烟。政府在打仗，忙不过……他们发财了。"

"都该杀呀！我这回剩到钱，要缝几件衣服了。再隔两年，我就娶女人。"

"你今年几岁？"

陈东天不回答，只是狠狠地用手擦着面颊。走了几步之后，他突然肯定地说：

"张振山一定不在前面；我看见他在后头的。"同时，他掉过头去。

"他找他底床睡觉去了。他行。——走，不要淌口水。"

"我家里人都还在湖北……"陈东天烦恼地说，向四面张望。这时候，他们已经跨进了宿舍底大院落。

张振山落在伙伴们后面之后，被一种突然聚成火辣的一团的新异的情绪所烦扰，率性改变了路向，朝锅炉房后面的水池区走去。

水池上蒸腾着朦胧的白雾，发出凉爽的清气的茂密的柳树在它底周围排列着。当深夜的山风掀扑过来的时候，柳树们的小叶子上就摇闪着远远射来的灯光的暧昧的斑渍，水面上的雾气就散开去。在雾气散去的黑暗的水面上，闪着淡淡的毛边的光，犹如寡妇底痛苦。

张振山摔去烟蒂，在堤堰的石水闸上坐下来。现在他遗忘了劳动的坚冷的兴奋和肉体底疲劳，变得清醒了。潮湿的气流刺激着他的眼睑，使他缩紧肩膀，猛烈地吸着气。……但逐渐地，由于心里的再度沸起的情绪的扰乱，他感到他底无论怎样的一个发音，一个动作，都和这烂熟的夜不调和。——而夜底庄严的缄默，则使他底耳朵感到空幻的刺响。

"他们回去睡了。现在有两点钟。"他在冷风里嗅着，一面向水里吐着痰。"今天我干了十六个钟点，还要有半个月。不过明天晚上我可以不轮到；我可以……呸，我是为着赌豪在这么干的？这可以多缝一条裤子？……我想想看吧。我要一天把这笔钱花光，拿一些给那个家伙。她的确艰难，这几年，凭什么养活的呢。"他停顿，咬着自己底膝盖，"凭什么养活的呢？……哈哈，一个女人，她给我吃得好甜呀！"他底被激发的讽刺的笑声击碎夜底寂静，在水面上传开去，"哈哈！我懂得这世界上的一切，懂得你们！懂得社会……青春！我干些什么呢？做工！在今天我是这样地做工！我轻蔑你们！现在，你想想自己吧。"

思想在一种肉体底紧张里给打断，暂时没有能继续下去。当他皱紧眼睛和鼻子，重新往下开辟的时候，他获得了一种明显的使他不安的力量，和一种照耀着陈旧的光辉的美丽的情调。

"我可以做别的事去的。在这里，我已经蹲了两年。我有力量，我狠恶——但是我决不该蔑视伙伴们！他们现在有时候还哭哭啼啼，愚蠢，像我一样，以后就要明了，不受骗了。……我太使性是错的，应该相信别人底痛苦的经验。"在这之间他费力地擦燃火柴，猛烈地，和夜底潮湿的冷风一同向肺里吸着烟。"我们不能狂纵自己，要选取大家所走的路。……但性格又怎样解释呢？张振山何以成为张振山呢？我已经忍不住了！谁都在毁坏我们，我们还多么不自知。……哼，打击给他们看，社会造成了我，负责不在我！……我就是这样呀，滚你妈的蛋什么反省不反省吧。"他在石块上仰下身体去，用臂肘撑着，望向滚动着威胁的黑云的天空，一面猛力地伸开腿，"我要大步踏过去，要敲碎，要踢翻，要杀人……哦，我的头脑里就装满了这样的云！"

风压迫着柳树，在水池里激起沉重的波浪，带着黑暗的潮气疾吹了起来。工厂底大躯体和严厉的黑云联结在一起，似乎在疾风里战栗，逐渐沉到地下去。但不久，当空气突然短促地变明朗的时候，它又显露出它底坚强的、高大的姿影。最后，灰尘从空场上暴躁地升腾了起来，盖没了一切。远处，卸煤台底电灯在煤尘底涡卷里微弱地摇闪着。

"就是这样呀！"一种酷烈的喜悦使张振山底胸膛抽搐着。"我为什么要干这些无聊的事，女人给我什么？……我明天再去试试看。好吧，我承认，因为自己坏，骄傲，才假装毒相的。我其实是，有时候多么甜呀！呸，偏爱自己，轻视伙伴，可恨！"他坐起来，严酷地望着水波，"你有有力的生命，别人没有吗？你其实是昏的，痛苦的，自装骄横！……别人终会明了你底缺点……"

他底感觉和思绪突然不可思议地锋锐、明亮了起来。

"我忍不住了，要走开，找我以前的朋友试试看去。他们恐怕走得前，不如我一样了吧。有的去打仗了，有的成了党员，我还可以记起几年前……"

穿过干枯的柳树叶，发出沙沙的繁响，寒凉的雨滴洒在水池底堤堰上。在水池底映着远远办事处底灯光的地方，张振山看见了密密的小涡圈。

当他迅速地、狂烈地奔过厂房、土坡，回到宿舍的时候，他底头发和短工衣已完全淋湿了。

五

鸦片鬼刘寿春有着极强烈的想获得任何一点点小东西的欲望，但假若面对着巨大的财物，像一个拾煤渣的小孩子面对着一车煤一样，他就要惶恐得战栗。还是在好几年前，在战争还在中国土地底北方边沿上摸索、飘荡的时候，有一笔相当可观的钱财从他的鼻子上吹过：一个军火私贩愿意给他五百块钱，要他替他藏匿一批被追踪的火器。在郭素娥看来，这是没有不能干的理由的。因为在那些年，这样的事极端普遍，追踪者只要接到一笔钱，就会变得极其聪明或愚蠢，不再追究；而这个肮脏的、周围堆满枯树桩的小屋子，里面住着男人底疾病和女人底空虚，是不大会被人注意到的。但刘寿春却不敢做，战战兢兢地拒绝了。他倒十分甘心于一点一滴地在空酒坛子里搜刮。

三年前，他曾经在他底堂兄、一个狡猾的人所经营的砖瓦窑上投了一百块钱。作为赢利，他甚至把工人的破棉袄都剥了回来。狡猾的堂兄，他底单薄的机智，是无法对付动不动拼命、哄天吓地的刘寿春和他打交道的。但是，即使还了他一百块钱，他还是不断地去烦扰。失去意志的人，把小欲望当作生存的目的，他们底像苍蝇往玻璃上撞一样的行为，是生意人最难对付的。冬季里刮着冷风的一天，他又在砖瓦窑旁出现了。他底脸青灰而浮肿，在一件破烂的单衣里，干骨头发出碎裂似的响声。他底这样的行为，与其说使人家觉得，他在自己底假装里所经历的痛苦比真的痛苦还要胜过一倍，倒不如说使人家感到比面对着别人底真的痛苦还要难堪。堂兄愈是不出来见他，他就躺在土坡上愈是叫喊得厉害。他闭起呆钝的眼睛，从磕响的齿缝间忽高忽低地叫：

"看你……看你……打死我，好了！"

整整地，他叫唤了一个钟点。声音由绝望的狂喊到微弱的喘气，最后终于消失了。他也不再战栗，只是伸直腿，把毁坏了的脸向着铅色的大空，僵硬地躺着。开水使他苏醒过来之后，他得到了三十块钱，而他底赌咒发誓的堂兄，则得到了邻人底咒骂。人们始终无法判明这一次事件底真假，即使当他有一次喝醉了之后，说这不过是开个玩笑，讨几个债，人们也不敢相信。果真有这样残酷的"开个玩笑"吗？

人们都惧怕他底骗术，嫌恶他，不再和他打交道了。他又是懒得极出色。虽然当他在年轻的时候，由于极端吝啬，他还能辛勤地经营，一点一滴地积蓄，从而使得邻人羡嫉，但一到了发现欺骗是极好的满足吝啬的方法之后，他就游手好闲，什么事都不做了。现在，当他蹲在筛煤机后面的时候，他吞着灰质太多的烟泡，没有一分钟不打瞌睡。而在人家以为他睡着的那一瞬间，他的手会伸出来，随手摸去近旁的什么：一只烟杆或一根布裤带。

矿山的繁荣也偶尔触动他，使他冗长地说及他底家族底历史。当他谈及他底曾祖父曾经做过知府，现在坟上还有一朵夜明荷花的时候，他底昏钝的眼睛会闪出骄傲的光来。"我们一请客，连山后大堰塘里都浮着一寸厚的油。"他说，用两个腥秽的手指比着一寸。"通房摆满烟灯，昼夜烧，连耗子家蛇都有瘾，爬在屋橼上吸烟哩。呵——哈——"他打了一个呵欠。"这个矿，那时候就我们开啊！……有三个洞，哪里看见现在这样子！后来，就是经我底手，卖给这些家伙了。我们不会画新图，他们硬占去一个洞，老一辈子人，老实像我这样，吃奶的时候就有烟瘾。……啊啊，那些年的刘家湾啊！"

另外，他还说及他前几年几乎又发财的事，但他从不提他为什么几乎发财。所以不提，是因为他的确还抱着那军火私贩会再出现的希望。他深信他现在可以做那种事，绝无恐惧。说到女人，他就舞臂咒骂，同时又称赞她底漂亮，说她有着一个有毒的腰，像蛇。

魏海清因为妒嫉，虽然同时就悔恨自己不该和这下贱的人说话，但还是说完了话，把郭素娥底事情告诉了他。于是，为着他自己底特殊目的，刘寿春不再上班，假装生病，在家里守着郭素娥。

这是一个蔚蓝色的早晨，天气无比的晴朗。在下面的峡谷里，工厂底巨大的烟囱矗立在微紫色的、逐渐在阳光底照耀下散去的雾霭中，有一条长而宽的透明的雾带纱一般地爱抚地环绕着它——喷着愉快的黄色浓烟。二号锅炉底汽管在山壁下强力地震颤着，它所喷出的辉煌的白汽遮盖了山坡上的松林，腾上低空，和乳白的温柔的绵羊云联结在一起。早班的工人吹啸着，抖擞着肩膀，跨过交叉的铁道，进到厂房里去。在翻砂房旁边的生铁堆中间，年轻的小伙子向明亮的天空吆喝，翻砂炉底强猛的火焰在阳光里颤抖着蓝紫色，腾起来了。

短锄从郭素娥底发汗的手掌里落下，倒到新翻的、露出潮湿的草根来的黑泥土里去了。举起一只赤裸的手臂，揩着额上的汗珠，她专注地向下面的辉煌的厂区里凝视着。

她的脸颊红润，照耀着丰富的狂喜。在她底刻画着情欲的印痕的多肉的嘴唇上，浮现了一个幸福的微笑。当她把手臂迅速地挥转，寻觅短锄的时候，她底牙齿在阳光里闪着坚实的白光，她底胸膛急速地起伏着。

激动地，她回到她底劳作上来。泥土在锋利的短锄下翻起，蒸发着陈旧的沉重的香气。在锄柄上，她高耸着浑圆的肩，带着一种严肃的欢乐，咬着牙齿，慢慢地摇着头。但很快地，手里的工作就变得无味了。她摔去了短锄，在田地边沿的山石上坐下来。石块后面，干枯的包谷在微风里发响。

"我累了。"

于是她倚下身子去，用手抚着光滑的包谷秆，望着天空，在嘴里无聊地咬着包谷叶的时候，一种疲劳的、梦想的光浪又在她脸上出现。太阳通过单布衫晒着她底濡湿的皮肤，使她伸着懒腰，融化了似的把身体躺到包谷叶底下去。

"我还来开这块地做啥子呢？喂狗吗？……不想住在里面了，怕等不到明年春天……"

她坐起来，痛恨地望着桑树底光枝后面的破陋的小屋。

"他睡在那里！"她低声痛叫。

沿着平坦的石板路，穿得花花绿绿的农家女人们，翻过山腰，向离这里七里路的五里场走去。郭素娥呆板地望着她们，在心里漠然地批评着一个肥胖的少女的衣服。

"这颜色丑，料子可贵！……"

但她突然怔住，望望自己底穷苦的装束，想起不远的过去来了。

"就在那山坡下跌倒！"带着锐烈的痛苦，她望向农家妇女们从那底下摇摇摆摆地走过去的斜斜的峭壁。"我从前年轻，不知道自己，也快活呢！谁没有穿红戴绿呢？……不过是这一回事，总要走过来！……"她迷晕地站起，伸出褐色的手。"这太阳晒得焦人！"她在望了一下天空之后又用妒忌的眼线追向彩色的少女们，"那时候我十六岁。……有一些人，她们这样过几十年……几十年也算了，我……"

"大嫂！"一个身体臃肿，面容却憔悴而俊秀的年轻的农妇站在路上向她喊。

"哦哦。"郭素娥摆手，安静地向她。

"不赶场？"

"不。"

"你在弄啥子？"这女人摆着身体走近两步。

"点一点小麦。"

"你们新弄的地么？"

"你今年怎样？"郭素娥问。

显然的，这女人烦恼起来了。她站住，带着一种不知是对于谁——郭素娥呢还是她自己——的同情，望着新翻的狭窄的土地。

"我们今年不点了。地转了。"她失望地说，一面在颈子后面搔着干燥的、蒸发着低劣的发油气的头发。

"你当家的呢？"

"我去找他。"

"还是老样不是？"

"他不给我饭吃行？"在这年轻的妇人底憔悴的脸上，显出种阴郁的、强悍的神情。"我住妈家，他也跟来，昨天打架走了。"她停顿，率直地望向郭素娥底变暗的眼睛。"你看，"她放低声音，

"他说：'我养不活你，你另外嫁……'"

郭素娥微笑。

"他游手好闲，年纪轻轻有工不做。……你看我给他打的疤疤。"她捋起长衫，露出膝盖上面的一块凝着血的紫疤。"这些男人现在愈过愈坏了。他动不动拿当壮丁吓我呀！"她放下衣服，叹息，"你，大嫂……你有些什子？……"

"我想要出去做工。"郭素娥望着对面的山峰，随便回答。

"你，一个女人？"

"嘻嘻。"

"隔天见，我先一步了。"这女人艰难地移动她底穿着肮脏的紫花布衣裳的身躯，走到石板路上去。因为一种难于理解的理由，她在路上站住，回头望了一眼郭素娥。但随后，当她走近那峭壁的时候，她便忘记了腿上的疼痛，以一种粗笨的、难看的姿势扭着腰，反甩着手，不必要地在小石块上面高高地跃着，跑起来了。

郭素娥凝视着她，苦笑。

"她去找他！"她把手抬到额角上，伸直腰，做了一个粗豪的姿势，"她只有去找……我们过得真蠢！"

短锄和新垦地不再像黎明时那样，以一种芬芳的力量和渺茫的希望引诱她了。它们现在在她底眼睛里转成了可恶的存在。即使阳光和下面的辉煌的厂区也不能再给她以青春底自觉；她成为憔悴的、失堕的了。她疲乏地走下山坡，晕眩地望着自己在里面埋葬了十年的小屋子。

刘寿春裹在破棉絮里，没有起来。她在土坪右端的残废的树桩上坐下，机械地望着晒在屋檐底下的蓝布衫。她觉得身体很沉重，再不能移动一步。她又为什么要移动呢？即使她身上有几块钱，她又为什么要跑到场上去打油呢？让什么都离去，都没有好了，住在这个小屋子里，她能够再活半年吗？

但她还是从枯树桩上勉力地站起来，寻着了水桶，下到屋后的坡下去挑水。无论如何，她必须劳作；无论如何，她必须劳作那些最苦重的。这是二十几年来的习惯——这将使时间过得快些，将消磨掉惶恐，使一个失堕的妇人活得容易些。

水塘干枯了。她卷起裤脚，懒懒地转到邻家去。她平常是很少和邻人们接触的，他们也不欢喜她。但这一次，她却苦于寂寞，带着宽解的心情脸厚地进到一家矮屋里去了。

"向你们借一点水，新姑娘！"她装出欢快的声音，向那家的正在推动一个大石磨的年轻的媳妇说。这是一个瘦小、喜欢酸菜根和新鲜的逸事的刚嫁过来半年的女人。她虽然比别的妇人更喜欢在背后议论郭素娥，更酷爱她底不幸，但一当郭素娥和她交涉些什么，或是闲谈几句的时候，她就竭力找寻机会对她表示一种不懂生活的年少的同情；面对着郭素娥底绝望的，饥饿的容颜，她底明净的眼睛里会不知不觉地浮上泪水来。

含着喜悦的微笑，她抢一抢活泼的头部，把水缸指给郭素娥。郭素娥刚小心地舀好水，她就被一种浮动的情绪所鼓跃，离开劳作，迅速地拦在水桶面前了。

"这一向没有见到你呀！你到啥子地方去了？"她把潮湿的手翻过来又转过去，急促地说。

在郭素娥的憔悴的脸上，闪出一个寂寞的微笑。

"我在家里。"

"啊嗬，你那鸦片鬼上班了吗？"

"这几天不上了。他不上了。"

"他为啥不上？"

"我不知。"在对方的骤雨似的问题的攻击下，她气恼地红了脸，"他在生病。"她严厉地加上说，望定对方。

"你不摆摊了吗，现在桔柑便宜？"

"要摆——我们连包谷都吃不周全。"

"唉，真也是。"这少妇突然因为自己底同情心而喜悦起来了。她哀愁地摇着小头，把手里的湿淋淋的抹布绞干，摔到磨子上去，"比方我们，我们那老鬼婆，"她机警地瞥了瞥周围，随后又对自己底机警发笑起来，一面竖起一根发红的手指，形容她底鄙吝的婆婆。"你坐一下，你坐。"因为恐怕郭素娥离去，她飞速地端了一张凳子过来，并且攀着她的肩膀使她坐下去。"看那老人呀，一天到晚叫唬，什么都不得了。日本人要来炸得一塌平。……卖一点豆腐养活不了人，我当家的又怕拉兵，前天下乡去了。现在一升豆子要十来元。……"她停顿，露出也真的懂得生活的沉思的样子。最后，她欢喜而又秘密地闪霎着亮眼睛，小声告诉郭素娥："唉，你知道……我快生儿了。"

"对头。"郭素娥回声似的说，嫉恨地望着她。

"哈哈哈，"她颤动身体，清脆地大笑了起来。"你，大嫂，"挤着眼睛里的泪水，她灼红了脸问，"你怎么一向不生呢？"

郭素娥轻蔑地、忿恨地微笑着。

"你近来怎样呀，听说你和公司里的人相好？"

微笑从郭素娥脸上消失了。这脸收缩，转成灰暗，带着全部难看的雀斑和自私的憎恶向对方威胁着。稚气的新姑娘平放下手，恍惚地咬嘴唇，困窘了起来。

新姑娘更矮小、僵硬了，眼圈溃烂的婆婆这时候跨进门来，屈着枯腿在水桶旁边站定，恶意地望着她们。

"做活路呀！"她叉着腰，向媳妇叫。

郭素娥恼恨地向水桶走了一步，又怀着一种恶狠的意向站住了。

"看看你呀，我不在家就不行，我们这屋子清清白白的！"婆婆喷口沫，突出肮脏的小牙齿骂，"这种女人，你怎么……"

"太婆！"郭素娥阴沉地截断她，"我来找你老人家的。"

"哎哟哟，你找我！"太婆讥刺地叫，抬起一只脚来不断地拍灰。

"是哩，我来讨那回替你垫的门牌捐。"

"门牌还要捐？"

俯身在水桶的绳索上，郭素娥带着虚伪的恼闷回答：

"公所里要捐，恰好你没有，跟他们恶吵，我替你垫的。一元六角。"

"胡说白道。"

"我不过提一提。……等会儿我赶场要用！"她伸直腰，扶着扁担，脸上呈显出一种窒闷的红色。

老太婆在磨子前面暴怒地跳了起来，挥着短手，摸摸裤腰又拍拍胸部，然后大声向媳妇叫。

"替我给她两块钱！门牌捐婊子捐！……"

"我没得。"俯在磨杆上的媳妇沉静地回答。

"放屁，你这小屄，三根偷给你，你留着买冰糖吃！"

老太婆伸手到裤腰里去乱摸，终于掏出了一个小布包。媳妇拉长红舌头，在她后面扮着怪象。郭素娥感到快意。

"拿去，在我们这五里场，从来没有像你这样的女人！"

郭素娥狞笑，灰色的唇战栗。

站在石坡底下，她在扁担上摊开烂毛票。这毛票使她体味到复仇的满足。她想她可以用它去买一小方蓝布，修补她底磨损了的衣裳。但这想头是在一种极端昏倦的状态里发生的。在前些时，添置一些小得可怜的物件，补一补衣裳，还能使她暂时忘记冒着焦烟的欲望，得到安静，但现在却不可能。她这么想，是因为她实在已经麻痹，而且极不愿去知道这一块六毛钱原是从张振山给她的钱里面借出去的。

"她们过得真好！那屋子里尽是浆水，又臭又霉……"她批评，疲懒而又骄傲地向后望了一眼，"我就见过别的地方的人不是这样，我们从前也……"

她向山坡抬头，望着上面的晒着太阳的刺松。难道石坡上面的、刘寿春底小屋子在从前比这底下的屋子好一些吗？郭素娥她会有这样的感觉吗？但她的确是有的。因为那里面埋葬着她底她所难于说明的东西，发生着她底她所难于说明的东西，所以她在把它和那些只知道昏沉钻营的人底屋子比较的时候，觉得它虽然破损、矮塌，充满痰渍和别的一些腥臭的斑点，也还是叫她依恋。消沉和麻痹使她不再觉得她底那么强的欲望是可能的，使她悟到刘寿春原也只能是那么一个人，最后，使她想到，假若能够挣出饥饿的苦境，她又为什么要干那些得罪大地的、败坏的事呢！

但一进到屋子里，一看见肮脏的床铺和木然坐在床上的刘寿春，这些消沉的想头便被绝望所代替了；而绝望是有着自弃的强力的。

她原来预备把水倾倒到锅里去煮包谷羹，但现在却不这么做。现在，她失去常态地走上前去，踢了踢屋角的破篾箩，然后坐在桌边，把昏沉的头埋在肘弯里。她倒宁愿试试自己底饥饿；看自己究竟能支持多久，会不会死。

刘寿春底脸显得特别溃烂和浮肿，他张大嘴，吸着喉管里的痰，发出一种滞涩而又肮脏的声音。在吐了好几口痰之后，他拉一拉破烂的衣襟，出于她预料之外地向她走来，胆怯地擦在桌沿上，触了触她底疲劳的手，接着便歪扭着干嘴唇，皱起狡猾的鼻子，让泪水痛快地打湿胡须，呜咽起来了。

郭素娥以一种使自己也惊诧的大力从破凳子上跃了起来。

"什么事？"她叫。

"哎哟，何必呢，女人……告诉过你素娥，我是快死的人了……"刘寿春哭泣着说；当他的声音中断的时候，他就用他底浮着青筋的瘦手绝望地抓着桌子。

"你快死与我有啥关系？"

"不尽妇道天雷殛；看哦，哪有丈夫这样求女人的……"

郭素娥退到屋角去，张开手，踢倒破篾箩；她底这样的姿势使人家觉得，她之所以退后，是为了更残酷的一扑。

"你是我底丈夫？"她叫，牙齿闪着燃烧的光，"不准逼我，我吃饱了一顿没有？我活好了一天没有？"她粗野地举起手，"凭什么我在这里蹲这些年呀！"

"我逼你？我救了你！……"刘寿春走近一步，又被她底凶横的姿势吓退。"我们多么可怜啊！"抖着手掌的时候，他用一种过于胆小的声音说，"我想不到，你却享福！"

他弯腰站住，脸上掠过一道凶残的暗光。

"放狗屁！"

"我晓得，我有一口气总会晓得。我管不了，你作孽自受，上天分晓，像我苦命的刘寿春一样。……哎哟，我底腰杆疼死了。"
他突然弯下腰，捶着，又挤出泪水来。

"你晓得——"郭素娥疯狂地瞥了一下门，像准备从那里奔出
去似的。

"你做伤天害理之事，欺我残废人。……"

郭素娥冷酷地望着鸦片鬼，等待着。

"你和姓张的相好，公司里机器股的。"鸦片鬼挺一挺胸，威
胁地说。

一团酸辣的热气冲上了郭素娥底喉管，但她强制着；最后，
她底冒烟的眼睛里浮上了泪水。

"你妈的臭屁！"她锋锐地叫。

"他给你好多钱；你……"

终于刘寿春又干号起来，挥舞着手，倒到床上的破棉絮上
去了。

"你还要说哪些?"女人坚定地，带着残酷的决心走上了几步。

"让我好好地活完这几天……我要哪些，我这个落魄的人还要
哪些?"他底舌头在口腔里纠缠着，和臭气一同发出一种胶粘的、
无味的声音。"嗬嗬，你有得，"泪水沿着额角滚了下来，但他底
声音在这里却变得实在而清楚了，"我们没有饭吃，你有得那么
多钱!"

郭素娥怔悚了一下，随即爆发起来了。她猛扑过桌角，用一
只手叉着腰，指着刘寿春狂叫：

"你要钱! 是的呀，有这么一回事，有这么一个人，就是没有
钱，难道我要钱，难道在这块地方，有人会给我一块钱! 你快些
死，我要讨饭去，做苦工去；我连芦席也不给你睡，你这瘟尿养

的人呀!"不知为什么缘故,张振山底毒辣的形影晃过她底模糊的眼睛,她哭叫起来了,"有哪一个能救一个我这样的女人呀!"

刘寿春从床上坐起来,两颊陷凹,相貌变得阴毒。

"你到坝上去卖——有人给钱的。"他懒声懒气地说,在左手掌里敲着右手底食指。

"你简直,不是人!"女人狂叫,随手抓起桌上的一个饭碗来向他砸去。她是一瞬间变得那样狠毒,像一条愤怒起来的、肮脏、负着伤痕的美丽的蛇。当饭碗裂碎在床边上,刘寿春向围在门口的邻居们狂叫的时候,她冲出邻人们底包围,经过峭壁,向山下的五里场奔去了。她那样急急地奔走,抡着蓬乱的头部,把发烫的手混乱地在空中摇摆,用一种粗野的姿势扭着腰跃过沟渠——就像她在那镇上真的有一个她可以依恃的亲人似的;其实,她只有仅仅可以吃一碗红汤面的一块六毛钱。

六

晚上在小麦地旁边的干包谷丛里,郭素娥又一次会了张振山。

工厂的汽笛拉过十点很久了。刘寿春真的生起病来,依然不去上工。女人从场上昏聩回来的时候,已经拉过九点。她并不进屋去,只是呆坐在树桩上,望着月亮,偶然地从心里甜蜜地明亮起来,忆及自己不管怎么坏,也还是善良。张振山底卤莽的出现使她发出了痛苦的欢呼。

欢乐在消沉与绝望之后被激发,就会变得疯狂。张振山又躺在她身边了。虽然他并没有给予生活和逃亡的允诺,但她确切地给自己证明了在鲜丽的月光照耀下的这一瞬间,他除了像一个粗壮而倔强的男人，有着灼热的呼吸和坦率的胸怀以外，并没有顽劣地奔开，愚弄她，遁到自己的恶毒而淡漠的世界里去。从侧面凝望着他的闪着光的前额和丰满的鼻翼的时候，他唱歌似的呻吟着，欢乐得癫狂。

把稀薄微黄的雾霭沉落在它底遥远底下，巨大的澄明的月光，迅速地升高，挥脱了诞生的血丝，耀出明晰的白光来。在干包谷地侧面的山峦上，扁柏树虔诚地瘦弱地迎月光站立着，像一些痴痴回顾过去生活的老妇人。风溜过，干包谷叶和野竹发出耳语。

这甜美的世界在这一瞬间就属于郭素娥。张振山今夜，有要求也有正常的希冀，的确并不乖戾。在粗手指间播弄着香烟的火帽，他高高地支着腿，向女人沙哑地说：

"那时候我就出来了，在江苏省的无锡县，我从日本人的追赶里开出两个火车头，还带有五列车的伤兵。哈哈，你从来没有见过伤成那样子的。日本人有时候用毒弹。"望着月亮他沉思了一会儿，"那些站长，全是该杀的浑蛋。他们又蠢又懦，只会赚钱。"他把多肉的大手响亮地拍在膝盖上，"这些家伙多半不是好种。"

"我们这场上有一个镇长，他嫖了好几十个老婆……他们哪来那些钱的呀！"郭素娥努力在听懂对方的异乡口音之后，深深地叹了一口气，懒懒地说。

隔了一会儿，张振山回答，声音变得破败一些：

"那些车头，兵还是到不了南京就送终了。……你现在怎么也赞成我的话呀，你是很保守的，没有想过这些。"

"啥子？"

"你不会想到很多另外的事。在这社会上，有很多复杂的事。"张振山玩着女人的手，以一种稀有的忍耐解释，"你一知道它，就简直觉得你周围原来如此。还有好的，还有坏的，但都是大的，你会不想过你现在的臭日子，像臭泥坑。"

郭素娥喜悦地沉默着，眨着眼睛像在竭力理解对方底话和声调。

"我想到城里做工去。"

"女人也多做工的。但是可怜。你不够……"

咬着牙齿，郭素娥叹了一口气。

"我今天一直不回去，和老狗打了架。他知道我们了。"

"知道吧，"张振山简单地说，以后又撑起上身来加上，"一脚踢死他！"

"我好些天吃不饱了，今天就吃了一点面……"

张振山使力地坐起来，瞪大眼睛望着她，一面把手探到荷包里去。

"哪，拿去。今天吃不到了，明早上喂饱吧……我隔些时给两百块钱你做本钱。"

"你说啥子！"郭素娥攫住几块钱，尖声叫。

"你可以运一点货，摆摊。我帮你忙叫火车替你弄。"

郭素娥颓唐地倒在坚硬的地上，举手蒙着潮湿的眼睛。

"你不想要我吗？我跟着你到城里去，纱厂里做工，很多人都是这样！"她以一种喘息的呜咽的声音迅速说，"你以为我只要钱，二十块，四十块，两百块，像那种女人？哼，我知道你们底心，我拿你底钱，是当你做我底人。我吃不饱啦，我想跑开这臭泥坑，跟着你。我会做事，会把样样都弄……好……"在这里，她发出一种细弱的呜咽来，狂躁地激动着，说不下去了。

张振山恼恨地拔着眼旁的刺草，严刻地皱起眉头，大声回答：

"你要跟着？我是一个坏蛋，你不知道？"

"你好。"

"说谎。"张振山恢复了阴郁。他把野草拔起来，在嘴唇上狠狠地吹着，"这月亮大得出奇！"

"嗯，告诉我，你想要我不要？"郭素娥在脸上挥着手，"不想吗？"

突然，张振山把她亲切地扶起来，使她坐好，对着她底脸喷着口腔底热气，用那种今天刚开始说话的时候所用的嘶哑的声音说：

"这个题目简直演算不出呀，女人！你是不知道什么的，你只知道男人。可是像我这样的男人是一个不顶简单的东西。我从里面坏起，从小就坏起，现在不能变好，以后怕当然也不能。我要很久地试验下去，不想丢掉我自己。这是坏心思！可恶！"他停顿，脸上呈显出深深追索的神情，"也不一定，我总是我这个坏子！……比方说，在你面前，捣了鬼，我觉得我不是张振山，只是一个男人了，这叫我怀恨。想来想去。我老是卫护自己，像一条贱狗一样！"他底声音突然愤怒起来，他皱起狞恶的脸，在一块小石子上狠狠地摩擦着像大虾蟆一样的手，刺耳地哑响嘴唇，"看吧，别人终会踢开我的；但是我没有甘心被踢开的理由！"

郭素娥脸上严肃的神情被青灰色的疲倦代替了。她失望地望着月亮。

"多好的月亮哩！……"她低切地呜咽起来，"你说些啥子啊……不要我？"

张振山站立起来，粗笨地挥着手。

"不要哭，女人，你让我发火又心酸。我现在正在想法解决，你不懂的。"

"我懂。"女人凄凉地叹息。

"你懂什么?"他愤怒地说,接着便带着心酸地讽刺加上,"你不懂呀,你只会叫乖乖。回到你的老狗那里去吧。"

"你说?……"被伤害的郭素娥叫。

"我说?"他踩倒一根憔悴的包谷,残酷地走了两步,又回到郭素娥的面前,用一根手指指她的冒汗的前额,"我并不是对你坏,我是对自己坏!我凭什么不喜欢你呢?好,我要走了。"

"慢点呀!"郭素娥失望地扬起手来。

"还缠不清吗?我不会使你吃亏的。"他恶狠狠地站住,然后又踏着枯叶走回来,"哦,这样,我问你,鸦片鬼怎么知道的?"

"怕是魏海清说的。"

"魏海清是你什么人?"

"亲戚哩。"女人冷淡地回答。

"你喜不喜欢他?"他嫉妒地望着郭素娥,"他是个无用的蠢货,光会爬地。"

"他?"郭素娥收缩着眼睛,梦想了一会。

"他摇头摆尾,一副可怜相!"

郭素娥慢慢吞吞地站起来。

"不要乱骂人吧。"

"唉,算了,骂你心痛的。对啦,今天我跟你讲和吧。"张振山忧虑地向前走了一步,抖着肩膀,仿佛企图抖掉他底阴郁和内心的交战似的。随后,他扭了扭颈子,向郭素娥走去,猛烈地把她举在手臂上,发出了一声短促的欢笑,很久很久地,他在清丽的月光下这样举着女人的丰满而灼热的身体,粗阔的脸上没有丝毫的表情，显得呆板。最后，他激烈地在手臂里抖着郭素娥，往扁柏林那一面走去；在经过一株低矮的小树的时候，他把背脊依着树干俯下紧紧收缩的脸，伸出大舌头来舐着她的嘴唇和鼻子。在男人底强壮的臂弯里的郭素娥，这时候摆脱了一切挂虑，摆脱了一切悲愁、惶恐和怨恨，从有毒的黑暗的沉默里醒来，发出了粗野的、淫荡的、放肆的欢笑。……

七

一个捧着竹烟袋的疯了的工人慢吞吞地拖着他脚上的铁链，从锅炉房的水池区出来，站定在煤渣路上，向在桥基上工作着的魏海清们开始他底咒骂和宣讲，在叫嚷中间，他轮流地取着手里的五六根点燃的香，贪婪地麻木地吸着烟。

"坏蛋都给我站出来，那些从心里坏出来的坏蛋，你们杀了我也干净，杀我免得我心中作难。……老子那些时吃白泥巴也过过来，没人敢欺，今天倒遇到你们这些。地上无人讲公理，天上有三十三层天，地下有十八层狱，狱下有火烧狱，你们这些混蛋、王八蛋。"他跺着脚，惨厉地扬高他底声音。"哎哟哟，我心中十分作难！"

魏海清底伙伴向达成，一个长发、面孔俊秀、喜欢唱流行歌曲的青年人，从桥柱顶上伸直结实的上身，向他扬着手里的砌刀小声喊：

"喂，走开些，矿长在这里。"

疯子直勾勾地瞪着眼睛，仿佛在理解对方所说的话，随后，他底脸上抽搐地浮显了一种混合着愤怒和狂喜的神情，像真的寻到了仇敌似的，厉声叫：

"就是矿长，我也要捅他屁股！"

作为这叫骂底回答，两个穿着黑色新制服的矿警在屁股上按着枪跑了过来。

"你们些坏蛋来捉弄老子，你们狗才！你们砌屋搭机器，叫老子受闷苦。"他举起那一把冒烟的香，在身体的周围画了一个大圈，仿佛这么一画，他底仇敌就不能走近他似的，"你们明天就要让斩尽杀绝！"

当一个矮小的矿警触着他底肩头的时候，他暴烈地跳起来，使铁链银铛作响，把手里的香击打在对方底制帽上。无论如何，他不愿意放弃这一把香，和另一只手里捧着的烂烟袋。他和矿警争夺，暴跳，一直到他终于被绳索绑起。

"你们有枪呀！你们的枪放不出来！"他的惨厉的叫喊在水池上面回荡着，"你们就是一枪一炮把我打死，我也心甘！……"

向达成在疯子被矿警绑走了之后，摇头望了望下午的白色的太阳，从石柱上跃下来，向挦起脏衣袖的魏海清说：

"关碉堡去了！"他用手在颈子上绕了一个圈，表示被绳子系着颈子的意思。

"明天又得出来！"魏海清弯下腰，在石块上敲着烟锅里的烟灰，感喟地说，"他们关得起他？一天三餐饭哩。平常关工人要工人出伙食钱的！"

"在军队里关人都不要士兵出伙食钱的，他妈底熊！"向达成把砌刀摔在泥堆上，扒开胸前的衣服，野蛮地吸气，接着，他奋激地扬起嗓子，唱了起来。

"大刀向鬼子们的头上砍去！"

"你为啥子不当兵了?"魏海清拴好烟杆,注意地问他,但回答的还是粗蠢的歌声:

"抱着敌人底老婆,前进!"

"哈哈哈,毛延寿你这奸贼呀!"他系好裤子,拾起砌刀,向桥柱跃去,开始工作,使力地搅着泥灰,凿碎石块。好久之后,他把带着工作底严谨的漂亮的脸向着太阳,对旁边的老迈而强壮的郑毛忧郁地问:

"你们说,他原先也是土木股的,他怎么疯的呢?"

"他赌光了,后来又在路边上撞翻了油,"郑毛哑声回答,"赔了两百,白做三个月;这么一急,好不转来了。"

"我们今天捣不成这个了。包工划不来,他们有诡计!"魏海清张开卷起衣袖的手臂,带着茫然的失望神情瞧着石柱,加进来说。

郑毛把他的扭曲的老脸向着他,闭起眼睛。

"是啰。机器工做包工才划算的。这回两万。"

"你妈的,那些家伙。"向达成在手里灵活地转一转砌刀,笔直地站在桥柱上。他之所以恨机器工人,是因为他们不为他所希望,把他认作一伙。"看哪!"他羡嫉地叫,"一个家伙弄摆摊子的女人,二十块钱八回!"

魏海清胸膛震动了一下,急剧地弯下腰去,翻起土来。但他还是偷听了伙伴们底对话。

"你说说底细!"郑毛底老脸上闪出一种忧戚的光彩,像这件他原已冷淡地知道的新闻现在被人说出来却触动了他底对某件刚过去不久的事的回忆似的。把强壮的手臂向太阳挥了一挥,他一面把腿在泥地上舒畅地伸直。

“我也不知。魏海清知道吗？”

郑毛底左眉注意地扬高。

“不知。”魏海清回答，“哪个问这些……事？”

太阳像一个白色的、空洞的球体，在魏海清面前恶意地搐闪着。锐烈而深刻的痛苦使他遗忘了周围所有的人；使他底眼睛昏花、胸腔疼痛。但不久，一种沉毅的、忍耐的、音调深沉而少波动的歌声从老郑毛底唇上长着硬髭的嘴里舒畅地倾流了出来，使得秋天下午底空气温暖而融和，爱抚地包围了未完工的石桥，包裹了这痛苦的鳏夫。抖了一抖胸腔，这中年工人从眼睛里流出一种温暖的、凄迷的、潮湿的光波，发出更深沉的声音，加入到这歌唱底忧戚的暖流里去。

魏海清有着各种顽固的习惯，一向是自己烧饭吃——宁愿自己吃隔天的冷饭，都不加入伙伴们底热闹的伙食团的。这种孤独和俭省的僻性使他不大和他底伙伴们，尤其是那些外省来的、当过兵的人接触。这天晚上，刚刚七点钟，当伙伴们还在隔壁屋子里听那个醉心当工头、以当过兵自骄的向达成讲故事的时候，他便独自躲在自己底破朽的小木屋子里，抽着烟，咬嚼着自己底痛苦，不再出去了。

门板猛烈地碰响，他底八岁的、身段粗野浑圆、大脸上有着一对永远露出好斗的防御神情的眼睛的儿子，捎着一个小破布袋跃了进来。

“买了，好多钱？”魏海清问。

“两块钱，一斤一两五。”儿子甩着布袋，大步跨到桌子前面。

魏海清伸手到布袋里去。

“怎么买的是巴盐？要桩！”

"偷不了个懒成!"儿子擦着小手掌,一面昂头恶狠狠地吹着电灯。他没有一秒钟能静止,一下扭着腰跳到门槛上,向外面张望,一下又撒开裤子,在屁股上浑身扭动地搔着痒。

"你怎么这样久?"魏海清沉闷地说,"又跟人打架?"

"不成。"儿子粗暴地仰起头,"我听见说山上刘婶偷人,卖屁,二十块钱八回!"

"胡说!"魏海清笨拙地站起来。

从隔壁屋了里,透过来向达成的响亮的、骄傲的声音:

"那个老头子说:'你们既然要打,我来跟你们喊一二三'——一,二——老头子喊到二喊不下去了,太惨;女人就跑了出来,跟两个连长叫:'你们要是都看上我;你们就把枪给我!'……好,两个爱人都把枪给了女人。你晓得那个卖香烟的女人怎样?"

"说!"

"她呀,哼!'你们不能死,你们为国家打仗,我是一个没有用的,你们争我不值得!'——砰!一枪自杀了!"

话音突然停止,有两秒钟,屋子里紧张着沉默。以后,便爆发了一个尖声的叫喊,所有的人嚣张地议论了起来。魏海清底儿子急剧地、悄声地,像一头野猫一样,奔了过去。

"高你妈底瘟兴!"在昏黯寂寞的这边屋子里,呆站着的魏海清咒骂。当他重新坐到床板上去,抽起烟来的时候,郭素娥底丰满的、淫恶的肉体底形影就开始在焦闷的烟雾里浮幻地一次一次地闪现,使他惶恐、痛苦。血液升到他的皱做一团的长脸上来,使它灼烧,但在他底内部却有一种冰凉的东西不时震颤着,逐渐扩大。在拼命地吸了几杆烟之后,惶恐和痛苦就被对过去生活的绝望的悔恨所代替了。这时候，他攫得了浮面的安静，清晰地回忆起几件细微的事来。

这些事，遮盖着积年的灰尘，早已不被他想起。现在却放射着全然新异的光芒，刺目地、赤裸裸地呈显了出来。在一个山峡里咆哮着苦寒的风的冬天底黄昏，他为了女人没有在他勤苦地劳作之后替他热好饭，暴戾地捶打了她，使她底头碰伤在灶角上。她是一个丑陋、极能忍苦的强壮女人，无论挨着怎样的毒打，都不呻吟，不反抗；但现在，在六七年之后她却在魏海清底悔恨的心里呻吟、反抗了！那个晚上，魏海清能够极明亮地记得，从风声里，隔壁穷苦的线贩子底凄凉的笛子声呜咽地传来，再隔两天便是送灶神过年的时候了。

"那年娃儿才一岁。我点三根草的灯，成堆的红薯……过得还算……"他寒战了一下，重新地急剧地抽着烟，竭力摆脱这个回忆，但立刻他又落到另一深渊里去了。

……赶场回去的郭素娥，穿着不怎样干净的青布短衣从石板路上粗野地、性急地走过来，在他家门前的一棵老黄桷树下停住，和他坦率地谈了几句话，咒骂她底穷苦、她底抽鸦片的丈夫……这就是全部。这怎么样会有让人回忆起来的魅力呢？但这鳏夫现在回忆起来了。他记得，郭素娥底脸庞，在那棵树下，是粗野、年轻而且异常红润的；她底乌亮的头发垂在颈上，又是柔顺的；而拿在她底肥腴的手里的一块黑布，是细致的，闪着愉快的光的……

郭素娥底穿着新黑鞋的脚，好几年前走过那棵树下，没在草丛里的最后的一步，现在绕着奇异的光彩，像踏在他眼睛上一样，使他眩晕！

164

"她那时候就是那样一个女人了！"从桌子上移下手，他站起来，"嗬，人一生作多少孽啊！"

从隔壁房里，传来一个低嘎的兴奋的声音：

"啊嗬，那女人生毒的！"

"二块五一斤肉，便宜呀……你们都去试试看。"老郑毛说。

魏海清蠢笨地扬起拳头，向灯光扑击着，终于不能忍受地冲出门去了。在土坡上抱头蹲下来，他怨恨地茫然地遥望向对面的山峦。

山峦带着黑暗的威胁，站立在厂区底绚烂的灯火背后。在灯火密织的中心，在远远的两端完全漆黑的山峡中间，厂房底宏大的轰响，大烟囱上面的浓烈的黑色烟带，煤场后面的焦炭炉底猩红的火舌……这一切，以一种雄伟的狂乱，在山峡底顶空上严重地升腾着大片繁响的浓云。

魏海清无法理解这庞大的劳动世界的秘密，在它面前感到惶惑，体会到恶意的嫉恨。在繁密的灯火底摇闪里，在滚腾的浓烟里，张振山底粗壮、强力、凶残的身影浮幻了出来，大步地向前踏走；而在他的臂弯里，郭素娥淫贱地、快意地颤抖着。

"去你们……"他抓起一块小石子，盲目地砸过去；石子落在坡下的水田里。

幻象一瞬间消失了，就仿佛被他底石子砸碎了似的。他伸直酸痛的腿，站了起来，向伙计们底房间走去。

"把我苦伤了。一个……女人啊……"

淫荡的、感到疲劳的歌声和低劣的叶子烟的烟雾一同从狭窄的门框里漂流出来，当歌声中止的时候，跨进门框的魏海清听见了老郑毛底豪迈的、慈和的大笑。

八

张振山和郭素娥偷情的新闻，像饥饿的乌鸦一样，从多嘴的杨福成的嘴里出来，翔遍了矿区的每一个角落，寻找它底食粮。

在工人们里面，它受到了恶意的欢迎；但这欢迎并不持久，仅仅经过一两个钟头的叫嚷、咒骂、嘲笑，它就变得枯燥无味了。然而在那些喜爱闲谈底材料的年青的职员们那里，它却不但被款待得持久，而且还染上了丰富的色彩。他们把它带到饭厅、篮球场、厕所里去，有两个星期当它做问话的礼节，比方：

"你好，二十块钱八回！"

"我们去看看那个二十块钱八回去。她还在摆摊子么？"

郭素娥又开始摆摊子，这次在煤场前面，而且生意异常好，但张振山却一点也不知道。因为忙于火车头底完工，他好些时候没有到郭素娥那里去了。在机器底鼓噪里，逐渐让心里面的对于郭素娥的暧昧的情感淡下去，是他所乐意的。

"我张振山不喜欢那些又甜又酸的呀！快要完事了。"他在肉体底愉快的疲劳里对自己说。但这新闻传出来，却异常合他底胃口，使他觉得，事情将要另一样地完结。但听到这消息底内容的时候，他就让自己坦率地挂念起郭素娥来，一变往常的态度，对周围变得阴沉而愤怒。

当他走近杨福成，预备责骂他时，后者正和伙伴们一起坐在石坡上，努力地读一张报。

"喂喂，你来好！念大声我们听；苏联怎样呀！"杨福成招手，哗哗地抖着报纸邀他。

张振山阴郁地望了他一眼，但立刻就把目前的心情按下，接过报纸来。

"基辅城郊激战中！"他粗暴地念，咳嗽，坐在伙伴们中间；往下念的时候，他的声调明亮起来了，"苏军曾一度被迫后退……随即坚强反攻，夺回重要村镇共三处。……"

"基辅在哪里？"陈东天认真地问。

"在你屁股上。"杨福成跺了一下脚，转身向他。

"在苏联南边，"张振山瞪着杨福成，一面用手比画着，"你看地图就找到，有一条大河，……就是这个尼泊河。"

"它会失么？"

"难说。"

"德国哪这凶？"

"凶楗子。隔几个月看吧。"

"说中国底消息。"

张振山伸开腿，抽着香烟，向阴沉的天空瞥了一下。

"中国？自然顶呱呱啦！"他油滑地说，摔掉报纸，笨重地走开去了。

他自己也不知道为什么要离开伙伴们，究竟要走到哪里去，他只是衔着烟，在锅炉房后面的堆着灰渣的空场上慢慢徘徊。因为某种难于解说的理由，他现在又极不甘心回到自己底阴沉的心情上来；所以，当看见几个小伙子在愉快地向电杆上投铁镖的时候，他就走过去。

"喂，看我的！"他用和读报同样响朗的声音说；他自己也没有料到他底阴沉竟已经消散，发出这样大的声音来。他从一个小伙子手里抢过铁镖，狠狠地舞动它底细绳索，一面咬着牙齿，从齿缝里咒骂着。

但他没有投中。

"唉，真蠢，还是看我的！"

这小家伙投中了。他拉开嘴，露出他的向外突出的黄门牙，骄傲地微笑，摇着头。

张振山摩着手心，不同意地皱起眼睛，含着一个恶意的微笑确信地说：

"你明天一定要跌掉门牙！"

"哎呀！"小家伙回答，"跌到二十块钱八回上面去了！"

"看准，不要开心！"他懒洋洋地说，接着便阴郁而严厉起来，"你快活得很！"

他离开他们，摇晃地向煤场走去。他现在真的变得阴沉，而且竭力在持续这心情了。当他意外地发现了郭素娥底摊子的时候，他便抱住手臂，准备打架似的站定。

女人在摊子后面垂着头，背脊弯曲，显得异常疲倦。她不伸手拿东西给她底顾客，也不收起放在摊板上的毛票。当人们好奇地望着她的时候，她就懒惰地、直率地用眼睛对着他们。她无希望，像一个不能谋生的女人。那在山峡上空悬挂着的干燥的白云，煤场上的劳动的喧哗，人们底有毒的眼睛，都显得于她全无干涉。

张振山开始，用他自己底话来说，摔开自己，让对女人的怜恤在他心里生长起来。因为这怜恤，他就更恶意更狠毒地看着周围，看着在女人底摊子前面走过的人们。

两个穿制服的年青的职员走近摊子，买了一包烟，在给钱的时候故意逗弄郭素娥。

"多一毛钱不要补了，送给你。——就是她。"戴眼镜、脸部浮肿、嘴唇鲜艳的一个转向他的朋友说。

"嘻嘻，便宜呀！"

"尼采说，到女人那里去的时候，莫忘记带鞭子。"

"莫忘记带二十块钱。"

郭素娥突然倾斜着身体站了起来，在胸前握着手，愤怒地叫：

"滚开去！"

"哎呀呀，这凶法，有钱就不凶了。"

女人推开凳子，俯下腰，抓了一把煤灰向两个欣赏者摔去。

"叫矿警赶她出去！"没有戴眼镜的一个挥着手喊，闪出他手腕上的表。

张振山底阴沉的咆哮从摊子后面响了过来：

"我来替你们赶！"

一瞬间，他跃过来，挥着他底巨大的拳头击在戴眼镜的职员底胸膛上。从煤场的两端，工人们向这里奔来，发出粗野的呼啸。在这同类底呼啸里，张振山抽搐着面颊，成了不可抵御的狞恶的野兽。他底隆隆的咆哮震撼着低空，从工人们底冒热气的脏头上滚过：

"你们吃饱了！看吧，老子不用带鞭子！"

两个职员狼狈地逃开了。

张振山穿出人丛，向郭素娥吼：

"回去，不要再摆摊子！"

郭素娥沉默地、十分安详地望着他，把手举到头发上去。

"你等会儿来，我跟你说话。"她苦楚地、确信地说，接着便弯下腰，露出刚刚觉醒的猛力，收拾了花生和香烟，背起门板来。

"这女人好大力！"一个老头子说。

　　张振山把手抄在衣袋里，用鸭舌帽遮着眼睛，下坡向厂房慢慢走去。二十分钟后，他便被喊到总管马华甫底办公室里去了。

　　总管底胖脸严峻，闪烁着青灰色。当张振山进来的时候，他放下手里的修指甲的剪子，转动头颅，戒备地望了他一眼。张振山走到离大办公桌两步的地方站住。

　　"你打了职员了！"好久之后，总管望着地面，在喉咙里说。

　　"对。"

　　"你做错了。"

　　"我？"他慢慢地摇头，一面望着在窗外窥探着的伙伴，"我不错。"

　　总管马华甫移动了一下椅子，锋利地瞧向他。

　　"你说说看。"

　　"那是两个狗一样的东西！"

　　总管突然歪过难看的脸去，向贴在窗玻璃上的陈东天的鼻子叫：

　　"走开！"接着他向张振山说，"你太无礼貌！"

　　"要怎样才叫有礼貌，一个工人？"

　　"你连我也不尊敬，你蔑视一切，忘记你底本分！"

　　"我底本分是什么？"

　　"听你底长辈底话！"

　　"我在这世界上从无亲人，谁是我底长辈！"

　　为了抑止自己底尖锐的愤怒，总管马华甫倚身到桌子上去，翻了一下卷宗，随便地取出一张信笺来，读着那上面的字。其实，字在他底眼前浮幻成小黑虫，他什么也没有看到。

　　"喂，张振山，"他把声音放低缓，"你不听我底话么？"

"听的。"

他又开始读信笺，这次镇静地读下去了。

"现在你听我说，你以后绝不能这样。因为是你，我们才这样处置的。"

"我？怎样处置？"

"不怎样的。"总管停顿下来，抓起桌上瓷盘里的一根香烟，点燃，"矿长底手谕，要开除你，我底意思不是这样。你懂不？……"

"说啊！"

总管喷着烟。

"罚你包工的钱。"

"多少？"

"全部。"

张振山底手痉挛地抬到胸前。

"不重吧？"总管的粗眉头在锐利的眼睛上面覆压了下来。但出于他意料之外，张振山在屋子里粗笨地走了两步，镇定地站住在壁前，开始抽起烟来了。

"啊哈！"他在椅子上震动了一下，挥着手，用愤怒的、儿童的声音叫，"你……怎样？"

"现在是这样，钱是我做苦工得来的，还我！把我开除！"张振山张开大虾蟆似的手，蛮横地走上一步，脸上有假装安详的笑容。

"不行！"马华甫站起来，用手攫住公文，仿佛张振山要来抢劫一样。张振山咬着烟，严厉地望着他。

"我揍他们错了吗？你未必会知道我和他们究竟谁无耻。你从前也做过工，但现在不同了。看哪，他们这样可怜、无耻，侮辱一个孤苦无依的女人！"他扶住桌子，声音洪亮，充沛着一种雄浑的激动，"告诉马先生，我们工人知道得是很简单的；但给我们吃甜吃酸，想挑拨也不行。我们是生命之交的朋友！"

"你底行为最不规矩！"

"规矩？养胖的奴才最规矩！"

"住嘴！"总管击桌子，厉声叫。

张振山把灰白的脸朝向窗外。他底眼睛发红，喷射着可怕的光焰；在他底胸膛里，滚动着一个压抑住的、残酷的哮号。最后，他摔去烟蒂，使整个的房间颤抖地跨着大步走出去。

在铁工房前面，少年的陈东天磨擦着手掌，气喘地向他奔来。

"老张，你有种！……"

昂奋地、狂喜地跃上来的杨福成，紧紧攀住张振山底肩头，一面挥着手打断了陈东天底话；但是当他开始自己说的时候，他就倏然变得奇异的严肃。

"老哥，你究竟……"

"老哥，你预备怎样？"吴新明弯着长腿，在两步外挂虑地问。

张振山闭紧嘴，瞪大眼睛望着伙伴们，最后向前跨了一步，战栗着下腭回答：

"兄弟们，我终归要走了；带那个女人——"

九

刘寿春在黎明时候就出去了，一直到现在，到郭素娥背着木板提着箩筐回到小屋子里的时候，还没有回来。郭素娥感到微微的眩晕，鸦片鬼的不在正好使她不被骚扰，自由地休息一下，等待张振山，等到命运底最后的判决。她在床沿上坐下来，垂着头，开始咀嚼刚才的事，尤其是张振山底行为所给予她的印象。下午的山巅上很寂静，风眼厂的机器底有韵律的鼓动声在杂木里昏昏地波荡着。

一种丰裕的狂喜，首先雾一般地在她里面浮动，使她惶恐，随后就坚实地燃烧了起来，将她底面颊变得柔软，红润。她底眼睛发灰，她底呼吸幸福地急喘了。

"'回去，不要再摆摊子。'"她咀嚼着，"他今天一定会来；恐怕就来了，要不然，晚上……哦呀，我这个女人！"

她底眼睛里浮上了泪水。她喃喃着站起来，察看自己底打了好几个小补丁的干净的蓝布衫，然后走近桌子，向屋子的光徒的四壁凄楚地注视着。由于一种不可思议的激动，由于平常总是用劳动来稳定颠簸的心绪的强的习惯，她从桌棱上拖下抹布筋，到门前的水沟里去沾湿，开始专注地擦起桌子来。

在擦桌子之后，她底身体温热，萌生了一种要把整个屋子全收拾一下的欲望。她铺床，以细致的心情扫了泥地。她把破扫帚举到头顶上去，擦着墙壁上的灰尘底波痕和蛛网，就像在这生霉的穷苦的屋子里即将进行一件体面的大事似的。几年来，郭素娥在饥饿穷困里变得粗野而放肆，从不曾有过这样细致的心情；几年来，女人无抵御地跌在险恶的波浪里，所有的一切全溃烂，声音也成为昏狂的，从不曾在心里照耀过这样像田园底早晨阳光似的温煦的光明。一种简单的柔和的音乐在心底深处颤动，把多日的暴乱、淫恶、毒辣全淹没；她底身体浸着汗，她底灵魂浸着善良。一个稀有的欲念攫着了她，使她想立刻冲出屋去，向她一切认识她的人招供一切，宣说她的屈辱。最后她掷下扫帚，扑一扑衣服，眩晕地吸了一口气。

"这屋子里要只我一个人就好，没有那鬼……"她坦率地想，走近窗洞，以一个长长的凝视迎着烟雾似的落山阳光。在山巅上面的低空里，两只翅膀闪耀着乌蓝色的鹞鹰，把锋锐的头向着阳光，骄傲地翔过蒙烟的林丛。风眼机器底颤动声和平地传过来，此外，还可以听到山峡里上行煤车的笨重的震响和它底汽笛底挑战的吼叫。当郭素娥跨出门的时候，一个中年的庄稼汉正荷着牛轭经过石板路，下到另一边山峡里去。他仔细地将起他的衣裳，望着下面的安详的田地，牡牛一样慢慢地磨着下腭。一经过削壁，他就吐出了嘴里的什么，扬起尖利的嗓子，唱起山歌来：

"天晴落雨不要埋怨天，
　天干米贵甲子年；
　十字街头无米卖……"

把搁在轭头上的手放下来以后，他依石壁站住，猛烈地昂起头，在声音里充满了烈性的悲愤：

"饿死多少美姣年！"

没有多久，从昏暗的峡谷底下，冲破梦境似的沉郁和疲劳，另一个更锐利更昂扬的声音应和着飞扑了出来，使得黄昏的空气似乎在破裂，在猛烈地闪灼。在这声音划然中断之后，是工厂的汽笛底五点钟的怒吼。

傍着一株扁柏树，站在草坡顶上的郭素娥，被这锐利的歌声逗得焦灼起来。她不安地搓着手，歪着褐色的颈子，微微张着充血的唇，向底下的厂区渴望着。在她后面，从邻家的毗连的屋子底门洞和窗口，浓烈的干柴烟带着盛夏的气息喷了出来，凝滞在草坡上。现在，郭素娥淹没在自己底欲求里，升腾在这平常的晚餐的辛苦的柴烟之上，对自己底邻人更冷淡，而且因为他们永远在臭泥沼里面爬，障碍自己的幸福，对他们怀着骄狂的憎恶。她仰视着对面蓝黑色的山峰，和山峰后面天空上悬挂着的深紫色的云柱，希望在这仰视里，张振山会不知不觉地走近她，向她伸出允诺的手臂。

但她失望了。两只乌鸦掠过她底头顶，做着低旋，向扁柏林里栖去，它们底突发的尖叫把她惊醒。显然的，张振山在晚餐以前没有来的希望了。但刘寿春今天一整天到哪里了呢？他还有什么地方可以骗钱用呢？

"他总要有诡计的。这样的人也能在世上活……"她喃喃地说，用来安慰自己奇异的焦灼，走进屋子，在黑暗里摸索，煮起包谷羹来。

但她没有吃一点点。她底心绪变得险恶，那些在一点钟以前她为了使她底幸福的自觉持久所做的努力，现在除了疲劳以外，什么效果也没有留下。她感到周围的一切，这黄昏，这山巅，那风眼机底昏沉的晕响，那喜爱人家不幸的邻人，都不给予一点呼吸的空隙似的，向她不吉地迫来。她从窗洞茫然地向外面张望；那升浮在山岙里的厂区的灯火的眩晕，在她，仿佛是一场无声的火灾底映照。不幸决不会离开她这样一个女人的，她想，同时感到不幸正在像凶横的军队似的向她围拢来。她紧紧地扳住窗洞的木柱，就像一个落水的人情急地攫牢一根枝条似的；仿佛这世界是这样的迫害她，她除了这一根窗洞的木柱就别无所依似的。她在锐烈的失望，不，被摒弃的打击里，发出痛苦的呻吟。

她不大清楚她是怎样挨过这几个钟点的。她焦苦地坐着，守着油灯，张振山没有来，现在已拉过九点钟的汽笛了。她开始盼望任何一个人来，不管是魏海清或是刘寿春，由他们的来，她会更感到那种绝望底希望的变态的欢乐；她会奋身哭号、咒骂，声言她要永远脱离这种生活的，不管到哪里去，纵然去死，去了也就算了。但现在，埋在屋子底荒凉的空虚里，由焦急而糊涂；她逐渐不能明白自己底处境了。

"人家骂我，管我屁事；——这样才受不了啦！"好久之后，张振山的思想，以她底声音在她嘴里不可捉摸地浮荡了起来，"一个人活在世上，一生总在挨骂、遭打，这是凭啥子！为啥子要挨下去呀，我恨煞他们，这次再不成，吃不饱，挨穷，我就杀死……哎哟，我的姆妈呀！"

门板轰然的碰响，惊得她跳起。接着是短促的寂静。

"啊，他——来……了！"

她奋力扬起手臂，像挣脱什么东西似的，然后跃到门前。但当她看见跨进门来的是刘寿春和别的几个镇上的人的时候，她就浑身凉却了。

刘寿春用手里的灯笼照着门槛，恶毒地俯身向地下张望着；轻轻地跨进门之后，他把灯笼提到嘴边，从肮脏的短须里吹熄。

"进来！"他向站在门口的人招手。

顶前面跨进门来的，是绰号叫黄毛、黄色的眉毛在扁平的额上联起、在粗黑的胶粘地下垂的眼皮底下闪出一对含着恶意的窥探神情的眼睛的、场上有名的光棍。第二个是刘寿春的高大的年轻的堂侄，一个简单的长工，他到这里来，并不起什么作用，只纯粹地探听一下，看这个被所有的人憎恨的漂亮女人究竟是怎样，以确定自己底飘摇不定的道义心。第三个，是保长陆福生，当他跨进门来的时候，他庄严地除下他底新礼帽，把平板的黄脸仰一仰，露出两颗金牙，向主人带着毫无意义的严肃说：

"就这吗？"

刘寿春狡猾地转动一下眼睛算作回答，同时，他挺直身躯，用手在空中划了一个大圈向郭素娥狠恶地说：

"替我跪下来！"——在说话的时候，他顺着手势吃力地俯下腰。

女人动着失色的嘴唇，摇着头，明白了自己底绝望。在喉管里震响了一下之后，用一个郭素娥这样的女人在最后的绝望里所能有的愤怒的一击，她以一种充满不可侵犯的尊严的声音叫：

"哪个敢动我！"

黄毛展开阔肩，抖着手里的绳索，就像郭素娥底话是一个邀请似的带着惬意的微笑走近来：

"对不起！"

女人跃向桌子，攫着盛满冷汤的大碗。

"我是女人，不准动我！"她伸直嗓子狂喊，接着就将大碗猛力砸过去。这碗击中了刘寿春的脑部，使他呻吟了一声，带着汤水和碗的碎裂声一同向壁角翻倒下去。

黄毛扬起胶粘的眼皮，跃过来，用绳索鞭打郭素娥，在保长和长工底帮助里将她紧紧地捆起。在捆绑的时候，不管他底颊上怎样被抓破，他把大手伸到女人底衣襟下去，使劲地、狠毒地捏着她的乳房，以至于使她疼痛得厉叫起来。

"你们是畜牲，你们要遭雷殛火烧；你妈的屄，我被你们害死，你们这批吃人不吐骨的东西！"她底惨厉的、燃烧的吼叫从小木屋子里扑出来，冲过围在屋前的邻人们底头顶，在黑夜里，在杂木林上回荡。"好些年我看透了你们，你们不会想到一个女人的日子……她捱不下，她痛苦……"最后，她侧身向刘寿春底堂侄，"哦，你是怎样的人呀，你也变成这样……"

在屋外的土坪上，一个老头子从嘴上拿下烟杆，在众人底沉默里批评："好厉害的女人啊！……确实，确实如此！"

"我早知道这手哩！"那个郭素娥曾经向她借水的新媳妇说。

"岁月坏，尽出这些事；要是不穷苦呢，这女人也不坏。"

"黄毛一来就无好事！"这是一个中年男子底奋激的声音，"陆福生专门顶王八。刘寿春尝得吗？"

而在屋子里，当女人的叫声裂断了之后，临到了一个仅仅一瞬间的紧张的沉默，可以听到昏暗的空气的颤动。刘寿春底堂侄，那单纯的长工，从黄毛捏着女人乳房的时候她底号叫，尤其是她底最后的一句话里，体会到一种不属于目前这毒辣的小屋子里的世界的，使他底心冷凝的东西，惶悚地把手从她底发烫的手臂上移下来，然后独自走到屋角去，蹲下来抽着烟。从此他不曾触动郭素娥一下，而在以后的日子里，当郭素娥事件的真相明白地被宣露出来之后，对于他底简单的道义心他就变得疑虑。

女人正叫骂得激烈的时候，因昨夜底热病而衰弱的魏海清爬上了山巅，挤在观看的邻人们中间。就在今天下午，他从一个路过这里的亲戚那里，知道了鸦片鬼受着黄毛和陆福生的怂恿，要抓郭素娥，假若她不答应把她卖给一个因为一种生理病态，死去了四个女人的绅粮这件事的话，就要以家族底名义，仿照上一代的残酷的实例来惩罚她。这事情后一步可以公开，但前一步，即出卖，是守着秘密的。

魏海清，听着这不幸的消息，在起初，是异常快意的，但到了晚饭之后，很快就变得苦涩。他睡下去又爬起来，苦闷地在煤渣路上彷徨，思虑这件事底各方面，思虑他底内心；他对女人的怨恨是不可战胜的，但更不可能战胜的是他对那他曾经在他家里做过工的绅粮、对保长陆福生和地痞黄毛的憎恨。最后，他不再让自己继续想，懵懂地拄着木棍爬上山巅，决定向郭素娥告发。

怀着一种暧昧的激动奔上山来的魏海清，现在是落在失望里了。他挤在一个抱着手臂的男人背后，从后者底肩上探出他底紧绷的长脸，向屋子里愤怒地凝视。在郭素娥底叫喊中止之后，他排开前面的人，尊严地提着木棍走进屋子。他底直视的长脸上战栗着愤怒，显得坚决、丑陋。

"告诉我，你们做啥子！"他低而急迫地问，拄定木棍。

从屋角里，年轻的长工坦率地望着他，当保长陆福生把手抄在大衣里，朝他走来的时候，向他做了一个切断的、但不是他所有暇理解的手势。

保长仰着平板的黄脸，屈尊地拍了一拍魏海清的肩头。

"一向好？"他低低地说，吹着气，"你顶晓得这个女人的，这是地方上的事，我们负责在身，不能容许。"

"她做了一些啥子事？"

保长望望坐在床沿上抱着头的刘寿春，微微显出困窘。同一瞬间，被绑在凳子上精疲力尽的郭素娥，以一个悲愤绝望的凝视向魏海清投来。

"这明明是家事，保长，怎么是公事呀！"魏海清粗壮地跨上一步，叫。

保长陆福生把礼帽从头上取下来，威胁地望着他。

"地方上一直如此，你不懂。"

"她是我底亲戚！"

"哎呀，不要这样甜！"黄毛冷冷地插进来说。同时，刘寿春奋舞着手臂，喷着口沫，在床铺那里毒喊起来了：

"我不承认你们，你们平常不认得我。……我要重整她呀！我要叫你们全看看……"

"不要叫吧。"保长严肃地转向他说。但他在吞了两个字之后，还是继续叫完：

"看你们以后欺不欺我。"他转向女人，"看你，哼，你可朗个办我！"

"做鬼也杀死你！"郭素娥咬着牙齿回答。

黄毛侧身走向她，从眉毛底下瞟着她的脑部。

"我们走！"

魏海清在窘迫和孤单里挣扎着，横着木棍走到门口，突然向门外咆哮：

"各位看哪，天下有这种事！他们要把这女人卖给绅粮吴朗厚；我在他家干过活，我知道底细……"

当门外像狂风啸过森林似的，腾起一阵兴奋的、惋惜的呼喊的时候，郭素娥从凳子上跃了起来，把身体疯狂地击向刘寿春，和他一同滚在地下，发出她底最后的、令人战栗的厉叫：

"我们都可以死了！"

同时黄毛走向魏海清，险恶地扬起左眼皮，喷着恶臭的酒气说：

"还有话说吗？这与你何相干——不卖给你吗？哈，改天请你喝一杯！"

魏海清抑制着自己，倾斜着身体握紧拳头站住。但他底身体还是摆动的，就像他立刻就要摔倒一般。他昏迷地告诉自己，他已经尽了最大的力，不要再干涉下去了，但是当郭素娥底含着明显的要求的眼睛射向他时，他就为自己的这样的想头战颤起来，退到门板上。

"要我去喊——张振山吗？"他在心里怯懦地说，"我不……来不及了，那要闯多大的祸！"

郭素娥失望地望着门外的人群。当保长命令黄毛拖她走的时候，她迅速地退了一步，倚在桌子上，使劲地在绳索里扭动丰满的肩膀，像在替决心和杀戮找寻力量似的。走过门边，她给了她底邻人和魏海清以仇恨的一瞥。这一瞥在魏海清底以后做苦工的日子里，将永远从内心怨毒地照耀，不曾被忘掉。

女人跟着刘寿春的一群，走上石板路，走上她十年里梦想着从它走开去的石板路，下到峡谷里去了。在他们后面远远地跟着，不停地吸着烟的，是那年轻的长工。

一个老头子走向呆站在落了锁的门板前面的魏海清，愁虑地问：

"究竟朗个回事，你说说看！"

"他们卖她，她不肯就杀死她！"魏海清举起木棍，以麻木的大声回答。

"可以报官吗？"

"官今天就来了一个！"

“狗肏的！”

邻人们逐渐走散了，吮吸着烈性的痛苦，魏海清拄着白木棍在落了锁的门前，在黑暗的土坪上蹒跚地徘徊着。以后就抱着头，把木棍夹在膝盖中间，坐在枯树桩上。

“要是张振山那混蛋来了会怎样呢?”他自己问，接着回答，“不成的。张振山也不是比他们好一些的人。况且他一个人有棰子用！……他们是贱狗狼群，可杀！”

他倏然站起，望向黑暗的山峡。

“那是一个瘟臭的地方，我魏海清决不回去，宁愿在外面饥饿而死，啊！”他摊开手，喘息，想起女人底刚才的惨叫来：“‘你们不晓得一个女人底日子，她捱不下去，她痛苦！’……啊，确实如此！”

十

从酒铺的茅屋的矮门上端，透过窒闷的油烟，可以看见远远煤场上的灯火底绚烂的环节。坐在伙伴们中间的张振山，用手支着面颊，把肌肉狠狠地挤到眼部，使眼睛显出一种沉思的半闭神情，尖锐地穿过对面吴新明底高耸的肩头，射向门外，射向隐在煤场底灯火背后的、郭素娥所在的山巅。

当伙伴们举起酒杯来的时候，他急剧地从颊上松下手来，俯头到自己底杯子上去。贪婪地吮光，以后，他咂嘴，又回复他底姿势。

“老弟们，不用心焦！”吴新明舐一舐嘴唇，用老练的激越的声音开始说，“哪个都不在乎这狗地方的！我们湖海漂泊，是到处可去的人！……"他吹了一口气，继续说，"他们先前说待遇如何之好，但一来了，也还是如此。我们难道会被高帽子压碎么？哈！"他得意地笑，"我们底脑袋并不小！老张，我比你岁数大些，你此去的时候，我劝你心要放宽……"

张振山放下手耸一耸肩，把变暗的眼睛从烟雾里瞧向他。

"为什么？"

"一个人生活了几十年，总要看透一个真理的。老张，我把我底经验奉劝你。请酒？"

所有的手在萎顿的灯光底下晃动着。但是当吴新明愉快地擦了一下嘴唇，正要继续往下说的时候，张振山底深沉的、洪大的声音震响起来了。

"老哥，我不想和你讨论真理。"他把眼光向伙伴们扫了一圈，"我谢谢你们替我送行。这是我底光荣。真的我很惭愧，对大家这两年毫无好处……我想说，"顿了一下之后，他把脸锋锐地朝着他底对手，"看吧，我的真理和你的，一定是不同的东西！真正的我们的真理是怎么样？那当然是：一个工人要认识他自己，他底朋友，他底工作关系；他不要单独一个人捣鬼。他们要发展工作关系，自己团结，休戚相关。你底真理如何呢？你要第一，吓，讲义气，讲尊严。义气一空，你就可要到老婆肚子上去歇凉了！"（话在几声抑制住的大笑里中断了一下）"至于我，我是一个会犯规矩的。我明白一切，老弟们，只是我心里面有多少坏的东西呀！……时常说不要这样，不要这样，结果又这样了……多糟，我希望你们过得好，不像我这样！……"

"我不是说的这些空意思呀！"吴新明带着显明的不满，说。

"你说的是？——"

"待人接物，机警理智。"

张振山站起来，吞下嘴里的嚼烂的肉片，打了一个狂妄的呵欠。

"买一本《酬世大全》看看吧，喂，你们也相信我老张么？"他抓住身边陈东天底手，又把它摔开，他底浓眉头在凸出的额上游动，向眼睛覆压了下来，"我这回是定准又要做一件坏事了。真不甘心呀！"

"你从哪里不甘心？"吴新明露出企图再试锋芒的样子，站起来，在凳子上踏着一只脚。但他底话被嘴里包满了酱肉的杨福成底嗡嗡的大声遮没了。

"你是先上城去……明天，一早？"

"打算这样。"

"你那三百块钱够么？"陈东天仰着脸问。

"不够也只有这样。看吧，马华甫刚才敢不拿出两百来么？什么费什么费，你扣吧，做工的总是做工的，我们……"

"我们一共同要求，他就没法了。"

"记好这个教训，老哥们！……"

吴新明从柜桌那里端了一壶酒过来，站在杨福成身后，尖利地说：

"就是你自己会忘记这个教训，刚才说过的。"

"我认错！不，我并不这样无理智，这样糊涂！"张振山底大脸灼烧，当他扭曲着颈子往下说的时候，可以看见他底尖锐的大喉核底可怕的痉挛。"我一下有点事，要走了。我想再说几句话。我在这里做了两年，干了不少叫人恨的事，这叫我高兴，但是最后，我自己要笑我自己，恼火……无聊……带走一个不相干的女人!"他底粗肥的大手指在烟雾里比画着，"隔几年我们又可以相见了？那时候你们看我姓张的究竟是怎样吧。够不够朋友。我会倒霉，看不见……"他在眉毛底下愤恨地凝视，"但是……兄弟，我们是不会倒霉的！"

"你还要说什么？"一个沉默了好久的伙伴问。

张振山严厉地、带着深深的藐视和坚冷的热爱，从鸭舌帽底下凝望着在他底前面变得像黄色的斑渍似的山坡上的灯火。

"你还要说什么？"

张振山把大手急剧地扬到和鼻子一样高。

"你还有什么话说？"

激昂地，悲痛地，张振山把鸭舌帽狠狠地从头上撕下来。

"你就走么？"

"是。"

"再喝三杯！"

从俯头在膝盖上的杨福成嘴里，像在夜风里缓缓拉动的二胡底弦音一样，歌声和谐地，凄楚地，带着向渺茫的远方的深的倾慕，流了出来：

"哥子呀……

你不必再回来。"

当他甩着头发，把头猛然抬起的时候，在昏疲的油灯的映照下，他底平常老是浑浊的眼睛是明亮的，潮湿的；另外两个声音渗了进来，歌声起着奋激的波浪，拍击着烟雾，掀到茅屋外面去。

　　　　灾难遍地黎民苦，

　　　　家乡的疮痍呀——妹难数！

　　张振山把鸭舌帽紧紧捏在手里，嘴唇尖着，含着一个坚决的、慈和的微笑，在墙壁前面张开腿凝然站立着。歌唱的半途，郭素娥底丰满的形象在他眼前浮现，使他体会到辛酸的屈服和稀奇的悲凄。

　　"我做错了吗？"

　　他微微摇头，脸相变得乖戾，不自觉地涌出一个自恕的微笑。

　　"兄弟们，"他亲切地说，声音温暖，"我先走一步了！"

　　所有的人从凳子上站起来，发出一阵惋惜的喧哗。

　　"祝你得胜归来！"

　　"明天早上我们送你！"

　　他大步跨出酒铺的茅屋，跃下土坪，把鸭舌帽摔在头上。在铁道旁边微微凝了一下神之后，就匆促地向煤场奔去。

　　他预备把女人夺出小屋子来，立刻赶煤车离开这里，到江边的镇上去下宿，明天黎明搭船下城。这个念头是在走出酒馆之后才突然决定的。——他现在不得不这么决定了；他现在终于不能以恶毒的翼越过一个女人底爱情，预备带走她了。这屈服，这温情，在以前，他是以为决不会在他底险恶的世界里出现的，所以使他感到苦闷和极端的焦躁。

　　在奔上山巅的时候，酒精底力量发作了起来，使他微微地昏晕。他扒开胸前的绿工衣，露出凸出肌肉底山峰的多毛的胸膛，跃到一块巨石上去，转身凝望着山下的、他即将离开的精疲力尽的劳动世界，猛烈地吐了一口气。

"不要追我!"从内面迸发的一个无声的咆哮使他自己的耳鼓鸣响,"我还要——再来!"

失去了惯常的镇定,他跨着蹒跚的步子走近了小屋子前面的土坪,但一个突然从土坪侧面升起来的长长的黑影使他惊愕地站住了。

"谁?"把拳头掣到胸前,他低厉地问。

黑影响着木棍静静地、骄傲地走近来,不回答。

"谁?"他把声音变得深沉,恢复了镇定。

黑影踱到离他一步的地方站住,弯下腰,怠慢地察看他。

"是张振山吗?"

"魏海清!"张振山残酷地喊。

"来找她吗——?"魏海清底手指着屋子。

"对!"

"你打算做什么呢,老哥?"

在灰色的微光里,可以看见张振山的眼睛的愤怒的闪光。

"那么,"魏海清依然骄傲地说,但声音有些颤抖了,"请去找吧!"

一瞬间,张振山无理性地跃上去,给魏海清的下颚以猛烈可怕的一击。木棍从手里飞落,它的主人无声地张开手,翻跌到枯树桩背后去了。在这使力的一击里,张振山全身震动,被盲目的毁坏欲望所鼓跃,向屋门冲去。

但是,他底猛扑过去的坚硬的大手落在更坚硬的黄铜锁上。

"魏海清。"停了好久,他凶恶地叫,但显然的,这声音里含有强烈而苦楚的失望。

回答的是从山坡上的杂木林里呼啸而来的寒凉的夜风。于是,

187

他在烈风里倾斜着大身躯，向魏海清从那里倒下的枯树桩跨去。

"喂，魏海清！"他俯下腰，伸出手。

魏海清痛楚地呻吟着，用手在空中抓扑，抱住了他底粗腿。奇异的是，他除了向这被自己伤害的人更凑近身体以外，没有想到别的。

"说，魏海清，发生了什么事？"

魏海清咒骂着，用一种吮吸的声音在风里回答：

"她——完——了！"

"什么？"张振山失望地叫，同时弯下腰，把大手扶住了对方底战悸的肩膀。

在张振山底帮助下站起来的魏海清，突然在风里掀动着手，发出了儿童的、冲动的哭泣。

"她完了。……她怕再不会回到这里。十几年，一个女人……好难捱啊！"

张振山在这哭诉里战栗。他的大脸灼热，胸脯麻痹而寒冷。他开始抽烟，焦急地在土坪上徘徊。

"这有屌用！……"他责备地嚷，接着又以抚慰似的大声加上说，"你讲吧，怎么一回事？"

于是，魏海清制止了哭泣，坐到树桩上去，把跟邻人说过的话夹着咒骂重说了一遍。说完了之后，他感到疲劳和寒冷，逐渐糊涂，什么情感也没有遗留。当张振山抱着膝盖坐在门前石块上恶意地思索着的时候，他站起来，寻到了白木棍，预备走开。

"慢点。他们带她到哪里去了，你知道吗？"

"不知。"魏海清大声回答，"你去寻她吧。"他说，用白木棍指着山峡底下，"我作难些什么呢，我决不……告诉你，那些全是贱狗狼群，不讲人性!"

"他们有些什么把戏?"

"他们比你还贱毒!"

张振山跳了起来。

"什么，我贱毒? 这是真的吗?"他嘶哑地叫，笨重地转动他底躯体。"看，我不是完全失败了! 我失败，并不是我……"他的腮部可怕地战栗。"好，她会怎样? ——会从不会?"

"她? 不会的!"

"为什么?"

"她会死的!"

一阵风猛扑过来，将魏海清底痛苦而甜蜜的叫喊挟带到漆黑的山峡里去。这叫喊像一个胶质的实体似的碰在山壁上，发出强韧的，在中间被风击断的回声来。

张振山耸一下肩膀，走近来，递给魏海清一根香烟，但魏海清严正地拒绝了。

"我去了，老哥。……我想告诉你，你有很多地方是坏透了的。"

"你说得对!"张振山无表情地回答。当魏海清的身影艰难地摇晃着，隐没在土坡后面的黑暗里之后，他衔着烟，把手抱在胸前，在土坪上急剧地踱着。

"现在完了。狗禽的，你自以为行，你满意吧。你可以奔开去，没有责任，一个人炒辣椒吃。……你现在说你同情这个女人，又说她靠不住，你究竟说些什么? 终归，她牺牲了! 在你底笨手里……你无知狠毒，你胡为……为什么这样说?"他大步跨走，晃动拳头，"啊，活了二十五年的张振山，你底苦痛就在这里！……"他站住，向风眼厂那边的光晕凝视，发响地咬牙，"好，走吧，向前向前，……她葬身在那边了，为了自由的生活……你也要在机器底下灭亡吗？向前去吧，领受你应得的报酬！……再来一次，为什么不!"

他拉了一下鸭舌帽，转身向低矮的小屋子。一瞬间，像面对着仇敌似的，他底喉咙鸣响，白色的大牙齿在卷缩的唇皮间突了出来。……

于是，向前面阴险地望了一望，他奋身跃近小屋，搬开屋门，进到里面去。

一刻钟以后，这阴湿、矮塌、破陋的小屋子在山风的煽炽里狂烈地燃烧起来了。火焰从树丛里涌出来，昂奋地舞踊着。火灾照亮了两个峡谷，以完全不同的感奋给予了两个峡谷里的居民。

十一

这是一个位置在房屋旧朽而麇集，人烟相当稠密的五里镇镇尾的张飞庙的积满灰尘的后殿。插在神座背后的墙壁缝里的一支红蜡烛，从仿佛溃烂的肌肉似的烛头里，流下胶黏的泪，在布满蜘蛛网和垂挂着乌黑的烟尘絮的顶板下，摇闪着昏晕的黄圈。正对着神座背的厚笨而腐朽的后门被大木柱牢牢地顶住了，但通到那黄毛底巢穴，一间阴森的房间的门却洞开着，里面浮动着诡秘的人语，不时从炉灶底被拉开的膛口里闪出熊熊的、猩红色的火光。

郭素娥躺倒在神座侧面临时搭的板床上，一只手蒙着眼睛，一只手则恐惧似的在胸前扭曲着。她底头发在木板的边沿披散，像是一大绺陈旧的干燥的黑纱。她底软软下垂的腿不时在轻微的抽搐里颤动；只有这颤动，表示生命尚未离开她。

从侧房里，送出来刘寿春的堂姐、一个阴鸷、猥小的老寡妇底像砂粒似的干燥的声音。

"不能再捶打她……我说些……好哪，"声音在这里变得决断，"你去再问一道！不要打！"

刘寿春底干瘦的身影在门框中出现了。他拖着烂布鞋，发出粗涩的声音，兴奋地用猛力佝偻着腰，慢慢向前移动，一面神秘似的向烛光窥察着。他底阴毒的、蕴蓄着陈旧的力量和新异的决心的面容使人家感觉到他现在已不再是一个无能的、好哭的鸦片鬼，而是一个替郭素娥底命运安排下的，一直都被掩蔽着，到现在才显露出本相来的最刮毒、最贪婪的幽灵。当这幽灵无思想地考虑着，走近女人，在她底脸上使劲地摇着他底手的时候，小眼睛里就爆射着一种在暑热里快要倒毙的人底昏狂而猩热的光芒。

"怎样，装不装？"他从齿缝里说。

在被小老人移开的手底下，郭素娥底憔悴可怕的脸在烛光下显露。浮肿的眼睑无知觉地半合着。

"瞧打二更以后，最后……说！"

"进来，老刘！"房里黄毛大声喊。

刘寿春狞笑了一声，走进房去了。这狞笑仿佛得意他现在竟然也发现了自己底权威和用途，发现了自己除了是一个渺小的鸦片鬼以外，还是一个有价值的、被自己的一群所重视的人，仿佛向这以前践踏他的人报复似的。

"你怪叫些啥！"堂姐严厉地责备，闪着残忍的呆钝的小眼睛，把干瘪的胸膛压在桌沿上，"朗个，她不肯？……"

"哎哟哟，以我底见解，明天清早送她去，干干净净！"保长陆福生烦闷地说，摇着收拾得很干净的头，一面把左手掌抬到鼻孔上，狠狠地嗅了一下。"问呀，打呀不中用的；这个女人吃软不吃硬。"他又嗅了一下仿佛有女人的肉体底暖气的手掌，缩起短上唇，把金牙齿露出来，并且习惯地用舌尖舐一舐。显然的，现在即使他自己也明瞭他不是在办公事了。在办公事的时候，他是决不用这声音说话，这样的姿势表情的。他现在的确很坦率，敢于承认他所以参加在这里，是因为这里需要公家底力量，从而他可以得到够给他底美貌的女人扯一件绸衣料的酬劳。

虽然房间异常小，但四个人挤在里面，各人打着各人自己算盘的时候，还是显得空虚。默默地相对了一下之后，黄毛用发怒的大步一步跨到灶边，打起一盆热水，烫得嘘着气地洗起自己底手来。在这瞬间，老太婆底薄嘴皮被凶恶的决心所扭曲，鹰一样地耸起肩头，望定刘寿春说：

"我去！"

于是，她迅速地、像飞扑一般地闪晃着她底重重叠叠、长短不一的衣服，走出门去，坐到郭素娥旁边。有两分钟工夫，她眯起眼睛，在耸起的肩上侧着头，仔细地端详着毫无防御的郭素娥；最后，她用尖锐的小声开始说话了。

"你醒一醒，女人，听一听，是我这个老人对你说话。"她摇着郭素娥的肩膀，"往常老人底话是不能不听的，现在可好，把老人都丢开了，我说一说，看你听不听。我是再明白不过的人了，在我们刘家里头。你自己作歹，又有啥方法呢？"她微微仰起头，咳嗽着，"你自己触犯了菩萨，人不能做主。"

郭素娥的胸脯震颤着，像有一个疼痛的叹息在里面回旋；当她突然睁开眼睛来的时候，她就以一种绝望的愤怒的目光射向像玩偶一般在指画着空气的老女人。

"说，朗个主意？"收回干枯的手，老女人说。

郭素娥又闭上眼睛。她底嘴唇微弱地颤动，发出无声的诅咒。

"你算狠，你败坏门风的女人！"老妇人挺起胸膛，残酷地扬高了声音，"刘家自然不要你，哼，有吃有活你不去！……"

突然，一个恶魔出现了。这恶魔甩着头发，喷着口沫，张牙舞爪地扑在老妇人的颈子上，扼住她底脆弱的喉管。

"哎哟！……你们！"她窒息地喊，"这贱屄造反了。整她整……她！"当三个男人奔出来把她解救回来之后，她哭泣似的蒙住眼睛，跳着小脚怪叫，"不让她活；整死整死她！"

跃起来去夺蜡烛的郭素娥，被刘寿春一拳头击倒在门板上。

"现在？……"刘寿春急迫地问。

"不行的，她一定要闯大祸，先整她，隔几天再看风！……"老妇人呻吟，奔到房里去，一分钟不到，擎着预备好了的烧红的火铲奔了出来。火铲碰在门框上，迸出鲜红的火星。

这是他们底家族用来惩罚犯罪的女人的刑法中间的一种。它是在郭素娥一被推倒在床板上的时候就预备好了的；不过，在这一瞬间以前，他们除了把它当作恐吓的方法以外，并没有想到它有，而且也不希望它有实际的用途。但现在，那里是被捆起手脚的犯罪的女人，这里是不知多少年以来就擎在严酷的家长手里的火铲，在火铲底暗红的灼热的光焰里，族人们和不是族人的外人们都迷失了理性，甚至迷失了利欲打算的自身，变得疯狂了！

黄毛剥去郭素娥底衣服，用它包裹着她底头，塞住她底嘴。在她底赤裸的胸膛上，她底巨大的、丰满的乳房恐怖地颤抖着。

刘寿春平举着火铲，伏到木板上去，磨着牙齿，他底长长的从乱须间垂下来的唾液，落在女人身上。在火铲底灼烧的热力里，女人的陷凹的黝黑的腹部收缩，一直到胸口浸着汗液，显出黑色的纹路和棱角。

正当火铲晃动，将要落到郭素娥底胸膛上去的时候，老妇人磕响牙齿，残酷地叫了出来：

"不行，这里不行；大腿！"

黄毛带着难看的庄重与喜悦混合的神情，望了望矮得只到他胸部的老妇人，然后把呆钝的贪婪的眼光落到女人底乳房上去。刘寿春转侧了一下身躯，手臂在过度的紧张里神经衰弱的颤抖着，猛烈地从腹部下面拉下女人底裤子来。火铲在他手里起初慢慢降落，有些闪动，最后就迅速地贴到女人底大腿肌肉上去，使丰满的肌肉嘶嘶发响，变黑，冒出一股混着血的焦气。女人无声地痉挛着，每一块肌肉浸着汗，像石子一般可怕地突起。

保长陆福生嫌恶地吐着唾液，极端严厉地皱起短眉毛。

"呀，不要烧焦那地方！"歪着嘴的黄毛，在身侧勾曲起手指，以一种苦闷的声音说。

……刘寿春从短髭里喷着气，摔下火铲，奔进房去了。当陆福生摸着制服底纽扣冷冷地走进房来的时候，他正昏迷地扶着桌子耸起肩膀，向积着烟尘的屋顶张开小黑洞一般的口，接连吞下三颗烟泡。

"这事情……"沉默了好久之后保长说，声音缓慢而阴冷，含着不可思议的权威，"我看你们弄糟了，你们能养她一辈子吗？"

刘寿春崛出肮脏的尖须，忘记把吞烟的手收下来，用呆钝的眼睛望着他。但不一会儿，他底眼睛忽然直直地转动，他把手臂伸直，带着可怜的假装的兴奋叫：

"她伤不了。……死也算，我姓刘的在五里场不在乎……"当他把手收缩到扁平而多毛、给人以一种溃烂的印象的脸上来的时候，他就打了一下喷嚏似的，冲动地哭泣起来了，"我对不起祖宗，……我对不起姓刘的祖……你们看，你们看我……"

老妇人用手抵住桌角，阴鸷地向他凝视着。

"你这狗贪不要脸的！"她突然跃起，凌乱地奋舞着手臂，"看你不要脸的怎么办！这样一大笔……"

"是你要我用火的呀……"半蹲下身体，跺着脚，刘寿春号啕大哭了。

"我是尽我老人底心。我走了。"

保长假装愤怒地望了刘寿春，转过身子，在殿堂口追上了老女人。

"不要紧，隔两天就成，她会答应的。"他在黑暗里大声向她说。

"陆保长，这门槛我看不见，你拉我。"

"讨厌！"保长用同样的大声回答，把手伸给她。

"保长，你借五块钱给我；我想扯……"走出张飞庙，老妇人用甜甜的小声要求保长，但保长没有回答，喷了一下鼻息，便向场口烦躁地走去了。

"这些雷劈火烧的！"她骂，酸毒地狞笑了一声。

人一走光，刘寿春在嘶哑地喊了两声之后，就不想再哭了。他望着打开的灶门里的熊熊的火焰，呻吟着，躺到黄毛底床上去。

"我们这家人……从此完了……"

而在房外，在神座背后，蜡烛已经熄灭了。郭素娥昏晕着，全身冰冷，在烧伤的地方淌着血水。但黄毛的大手却从血水中间，在她底赤裸的身体上摸索着。他带着一种胆怯的昏狂，注视着她底肌肉的白色，一面向自己说着暧昧的话，但当他突然想起什么一件东西来的时候，他就伏下身子悄悄爬到她的身体上去。

没有多久，刘寿春底瘦身影在门缝间出现，停留了一下，又移开去。但黄毛没有注意到。

十二

在农历一月初旬，强劲而潮湿的山风三昼夜地吹扑着，使天穹低沉，变得铅块一般阴郁，风止息了的时候，云底蠢笨的大帐幕覆盖了天空，峡谷里又灰茫茫地飘起冷雨来。在雨里嗅不到春天的尘埃底气息；土堰上的柳树摆着细弱的光枝，没有抽芽的意思，鸟雀也飞不高，只是在灰绿色的竹丛里凄苦地抖擞着稀湿的羽毛。它们召唤春天，但春天还得隔一些时候才会来！

人们在整个灰暗的、狡猾的山地底冬天里给弄得异常疲劳，生活变得更重，像装载了五吨煤的小车子；脸丑陋下去，青下去，憔悴下去了。即使那些顽健的、怠慢的机器工人，也沉闷地抖着肩膀，忧郁地诅咒着。酒和烟消耗得很多，因此，像郭素娥所摆的那种摊子现在繁衍起来了。矿工们几乎睡完了一个冬天；在做工的时候他们打盹睡，在不做工的时候他们就无论在什么地方都贪婪地睡眠。但他们底睡眠是惊悸的，发着谵语，就仿佛他们再得不着睡眠了，一只大手正立刻要把他们攫到另一个可怕的世界里去似的。到处生着火，在卸煤台上，筛煤机旁，矿洞口，煤火底小堆积冒着青烟，人们在冷风里偷偷地聚在一起，擦着鼻涕，拼命地抽烟。而在夜里，无枝可栖的临时工，那些异乡的或本地的流浪汉，就把他们底从破裤子里露出来的屁股向着猩红的火苗，在岚炭炉边沿上睡觉。当女人底惨厉的哭泣突破劳动底颤音，突破死板板的天空从山坡上飞扬开来的时候，人们就彼此交换一下麻木的眼光，表示说："你知道吧，她底丈夫昨天在炉子里烧死了；一不小心，连蓑衣一起滚下去。但他是一个很老成、很能做的人啊！"

很老成、很能做的人的薄木棺材被抬到工人坟区，其实是乱葬坑去。

一到十二月底，人们就忙碌一些了，就仿佛在生活底怠惰的外表下，原来就存在着某种秘密的力量似的。穷人和单身汉用他们底眼睛忙碌着，从这个厂房卖力地踱到那个厂房，望望天空，嗅嗅鼻子又望望地面，似乎在等待奇迹发生。除夕的夜里，很多单身汉在酒醉之后拥在一起不害羞地哭泣。哭泣也是用力的。这时候，厂区上笼罩着安详的烟云，鞭炮在每个山坡上轰响；这时候，异乡的蜡烛闪晃在祖先底旧画像面前，老祖母虔诚地跪拜，孙儿则扬起拳头向天空诅咒。最后，哭泣完毕的流浪汉们开始在破陋的屋子里豪兴地跳跃起来。他们唱着，变得悲伤——唱着生活的无穷的痛苦和希望底美丽，农村底荒凉、战争底创伤和姑娘底忧愁……

黄昏，天就开始落雪。初一黎明，雪止了，迎接戏班子底特派车，倾斜地、迅速地、喜悦地从覆雪的轨道上滚过去，喷出鲜丽的浓烟。天空是晴朗的，阳光闪耀着；人是喧嚣的，在融雪的辉煌的寒冷里，他们呼叫、歌唱，把雪踏成泥浆。彩娘船、化装高跷队、机电工人底武术班，他们拖着撒野的群众，红红绿绿地在雪地里流去，一面招展大衣袖，做媚眼尖声地叫：

"看哪，幺妹来了！"

"幺妹在家里想哪，明年回去！"杨福成吼。

"幺妹替日本人养儿子呀！"

最后，特派车载来了汉戏班。好几年来都是如此。好几年来都搭起松柏牌坊，挂起写着"春节劳军游艺大会"的红布档，在装置得颇为华丽的芦席棚子里，由高级职员领头敬太上老君，然后点戏谢神。但是在台子上唱起《苏三起解》，人们踮脚吼叫，批评着青衣的时候，太上老君，除了有两个矿警不耐烦地守卫着以外，就被所有的人遗忘了。虚伪，恐惧，最后，属于那些老矿工的微微的一点虔诚，落在泥泞里，踩得稀烂。

公司当局是庄严的。他们底脸每每变得那样严峻，像窑子里着了火或是发了水的时候一样。但工人们晓得，他们是等候大老板底来临。……

以后是工人演高脚狮子给大老板看。以后是每个大职员和本地大地主住宅底欢迎，让工人演员们在雪地里翻滚，流汗。但最后，终于来了狂妄的风和悄然的冷雨。

冷雨继续了一星期了。过年的情热扫兴地完结了。人们把手抄在裤袋里，懒懒地向工作走去，偶然地把今年和去年比一比，想起去年的事，想起放火的张振山和摆摊子的好看的女人来。

曾经被刘寿春的邻人疑为放火者的魏海清，在整整的一个冬天，衰老了十年，落在自愿的寂寞和孤伶里，仿佛负荷着什么重大的隐秘的痛苦似的。在他底长方形的脸上，黄色的疲倦的皱纹向呆钝的眼睛聚拢，胡须从下腭暴躁地突出。他说话很少，声调每每阴沉得像一个怀疑一切的人。从特异的温柔变得神经衰弱的愤怒和从卖力的劳动突然变得疲懒的次数一天一天地增多了。他也偶然跟伙伴们一起喝酒，也笑闹；但他底笑声是被扼住的，令人难堪的。在笑过之后，他底眼睛里就流露出悔恨和盲目的愤怒来。

当人们看到这个刻板而又贫穷的人怎样宽纵他底横暴、狡黠的儿子的时候，他们是多么地惊奇！他时常望着他温和地笑，不再责骂一句。在过年的时候，他花去一个月工资底伙食以外的剩余，八块四角，替他买了糖糕和鸡蛋；当他在煤场上打伤了鼻子回来的时候，他用颤抖的手替他揩擦，不说一句话，仅仅自己在事后捶胸，悄然地叹息。

"日子是他自己的。"他说明他底理由。

有一个晚上，孩子探索地望着他，晃动自己的包在破棉袄里的脏手臂向他大声说：

"爹，你变种了！"

"你说什么话？"父亲尖细地回答，瞪大眼睛。

"你不是不想做工？"孩子在腰上叉起手。

"小冲！"

小冲霎了一下突出的眼睛，严肃地、像大人一样地跨到桌子旁边，把手举到肩膀高，搁在桌沿上。

"你钱不够用，我来下井！"

做父亲的沉默着，眯起眼睛。他的胸膛痛苦地收缩起来了。

"少说胡话，下年我……"但他没有说下去。他歪过颈子，从溃湿的冒烟的眼睛里望着黑暗的窗洞外。

"我不在乎！"小冲敏捷地翻身，用颈项抵住桌角，一面抡着拳头，"他们骂你哩。我要逞强！"

魏海清看着他底头顶，严肃地命令：

"过来！"

小冲走近两步，叉开腿停住。

"你想做什么？"

"做工。"

"答得好。"魏海清站直，在手里敲着烟杆，"答得好，儿子。"父亲底嘴唇战栗，眼睛变细，里面藏着病态的狂喜。"我们也是无家无地的人，你懂不？你懂的！你要争气，你要替人家敲石头，替人家挖地，替人家……折断筋骨！"在他底瞪大的眼睛里浮上了热烈的、忿怒的泪。"你答得好。你走你底路，我过我底桥！"他底声音突然猛力地扬高，转成激越，"老子吃亏一生，有你这个儿子算……好，你说你记着我底话？"

儿子被他底暴烈的状态所惊吓，长久地抱手站着，带着单纯的敬畏望向他。最后，他使劲地挥了一下手臂；跃起来，向他奋迅地叫：

"爹，有便宜油你买不买？"（谁也不知道他怎么会叫出这句话来的）但随后他就用同样的声音加上叫，"你说得对！……你说得不差池，你说得……"

过年以后，杨福成曾来访问过他底木屋子一次，说及张振山，主要的是探问郭素娥的结果。

"他托我告诉你，"杨福成庄重地说，面孔拉长，坐到床沿上去，把鸭舌帽（他也学张振山，戴起愈油污便愈好的鸭舌帽来了）在手里微微挥了一下，"他讲：'告诉魏海清，我问候他；那个女人，他帮点忙吧；我不管了。'他在失火以后就走了，背一包东西，我一直送到江边；他不叫我送，我说不送不行，就是这样。"

他停住，把鸭舌帽摔在桌子上，凝想着。"他说他并不曾对不住人，打了你老哥一拳，也是一时气急。打职员倒顶乐意。"他放低声音说，直视魏海清，眼睛变亮。"不过他认为他有时候也不挺对，像流氓……这可不容易呀！"杨福成气喘，在鼻子前面摆着手。"他，承认一个人向一个人里面钻，做不出事来，反而碍大家。……以后大家穷朋友要互相帮忙。"他结束他底话，像卸脱一个过重的负荷似的，站起来，抖着肩胛。

"他怎么样了呢？"魏海清搓着手，困惑地问。

"他？无消息。走了。"杨福成失望地说，又坐下，"他这个家伙是有些火。"隔了一下他说，用粗涩的、兴奋的喉音，在"家伙"两个字那里拉长，并且点缀着一个贴切的微笑。这两个字把他和张振山拉得很近，因此使他底年青的、因为过年刚刚修饰过的脸上闪耀着神经质的鲜明的快乐。"但是他是一个很能行的人。"他挺直腰，严峻起来了，"有知识，敢作敢为，不责朋友！"

"请烟！"魏清海递过烟杆来。不知为什么，他底脸上牵动着一个虚伪的微笑。

"女人怎样了？"

魏海清在半途缩回烟杆，皱起脸，变得难看。

"她遭惨死，死了！"他大声说，竖起耳朵听自己底声音。

"瘟天气，看你下到哪一天！"在临走的时候，杨福成望着门外的浸在雨里的峡谷说；并不是真的诅咒天，只是为了说一说。"这个年过得好呀！肉是人家吃的，戏是人家看的。老哥，我跌伤了腿。"他急剧地笑，牵起裤管来让魏海清看他底腿。以后，他就蹒跚在泥泞里，用拳头威胁着天空，向坡下走去了。在坡底下，不知遇到了什么事，使他发出了假装的惊呼和一串冲动的大笑。

魏海清知道郭素娥是怎么死的。在张飞庙那个可怕的晚上底第三天，她苏醒，向殿门外摸索走去。她走，因为她觉得张振山在等她；因为她觉得自己还可以活，最后，因为她饥饿。但她刚摸到院子里，便惨叫了一声，腹部以下淌着脓水倒下去了。魏海清也知道刘寿春是怎么活着的。他失去了一笔横财，招惹了祸患，被所有的人摒弃，弄得连栖身的洞穴也没有。当他被黄毛从小房子里驱走，到别的什么地方游荡了几天又在五里场上出现的时候，他就提着篾篮，哭哭啼啼，开始沿街讨饭。

魏海清所不知道、也不想知道的，是张振山。他对他的态度是暧昧的。他嫉妒他，痛恨他，惧怕他，也乐意他，钦佩他。前者，因为他截断他底路，无情地夺去他底希望；后者，因为他明白自己只会一味地守着自己底偏狭和软弱，永不能在郭素娥周围扮一个严重的角色。但不管是嫉妒，痛恨，或是钦佩，都带着无比强烈的热力，不像他过去所经历的那么迟缓；相反，却像在夜风里被点燃的不幸的小屋子底鲜明的火焰那样蓬勃。

杨福成为了探知郭素娥所带来的话，他是竭力使自己不相信的。机器工人，外省人底话，他认为是没有可信的理由的。但这些话却给他以极深刻极难忘的印象，竟至于到最后他自己都不能辨别他究竟相信了没有。但无论如何——虽然女人已经死去，再不能帮什么忙，他觉得他应该回五里场去转一趟了。

正月十五底早晨，天气放晴。新剃了头，穿着干净蓝布衫和新草帽的魏海清，黯然地越过山巅上的陈旧的瓦砾场，回到五里场去。他奔走得很急遽，很匆忙；越过田坝中间的水沟的时候，他扭动腰，忿怒似的高扬起手臂。

镇上正当场。在镇口底土坡上，一条破旧的龙在锣鼓底疲乏的喧闹里懒惰地胡乱地翻舞着，人们密密地围住它成为一个大圈。

魏海清心情紧张地站住，向人群，和人群两侧的他所熟悉的水田凝视，把手掌展开在短眉毛上。随后，他怀着秘密的不安，跃过被阳光暖暖地照着的石桥，挤到人群里去。

两分钟后，他的长长的躯体暴露在人群中间的空场上。曲着长腿，在额上喜悦地闪耀着滋润的阳光，他向龙头走去，抓住了偶然被他发现的他的朋友底肩头。

"你不行。"他底眼睛微笑着说。

"那么看你行。"这朋友兴奋地嘲弄地回答，把木杆高高地在手里举了起来，一面眨着单薄的、汗湿的眼皮。但是当他从濡湿的眼皮底下看见了对方是魏海清的时候，他就跳着脚，痛切地欢呼！"啊哈，你鬼儿子呀，你过另外一种日子了！你怎么……喂，你们看，"这兴奋的朋友用儿童的尖音向街坊叫，"这就是魏海清。他是崭新的呀！看他的，他顶会耍花门的！"

"呜呜——呀！"人丛里有人尖声无意义地叫。

魏海清佝偻着腰，长脸上充血，浮着一个歉疚的、自觉有罪的微笑，但却毫不犹豫地把长衫解了开来，向舞龙的伙伴和人群确信地鞠了一个躬之后，他把龙头底把柄接过来，高擎在手里。

"来，敲起来！"朋友拍手，带着无邪的欢乐嘶声叫。

魏海清向太阳雾了一下眼睛，仿佛决意牺牲似的绷紧脸，咬着嘴唇，转动了强有力的、习于做苦工的手臂。于是，在锣鼓底喧嚣里，破旧得成为黑色，而且失去了一只蛋壳做成的眼睛的穷苦的龙昂起来，忍耐地、兴奋地翻舞起来了。它逐渐迅速地缠绕着舞着它的汗流浃背的汉子们，冲上炫耀着阳光的天空又滚在地下，搁起春天底醉人的尘埃，从远方望去，仿佛在骚乱的斑烂的群众上奔腾着一团紫黑色的、风暴的、狂响的浓云。

"着力呀，魏海清！"

"晚上等你斗空柳。呀花呀！"

"嗬嗬，这就是我们底魏海清！"

使平静的明亮的阳光颤抖，喝彩的春雷轰滚过人群。

十三

魏海清红着脸，坦率地幸福地微笑着，用长衫底襟服揩擦额上的汗珠，从人群里，从众人底闪烁的目光里挤了出来。从这他凄苦地，带着孤儿亡命出去的乡镇，他意外地得到分内的迎迓了。他又被淹没在他的同胞、他的朋友们底热烈的欢呼里了。没有什么比这更使他幸福的。他的三十几岁的胸膛为了欢喜而像少年人一样慌张地颤抖着。

带着深深的热切的注意，他挤过沸腾喧闹的乡民们，在街上走着，向四面看望。似乎他所以要回到五里场来，只是为了受迎迓，然后再这样善意地向一切他所熟知的、所热爱的看望似的。那些低垂的蒙着烟尘的屋檐，那些闪耀着颜色的货摊，那些残破的石柱、石碑、烧焦的店家底门板，最后，那些叫嚷的、脸上愠怒或带着并无目的底昂奋的和他同一类的人，对他是多么亲切呀！他们让路给他，像他让路给他们一样，彼此都满足，毫不妨碍；彼此都有着过多的精力，对极细微的事物都给予注意，彼此都互相从属，争吵仿佛是假装的，或者唯其争吵着细微的事物，所以就像家庭里一样。魏海清几乎想叫喊了，他想叫给山那边的那些异省工人听，现在，在五里场，所有的颜色、跃动、光彩，都是属于他贫穷的魏海清的。这一切不要一毛钱去买；什么人都买不到。

他在一个脏臭的毛厕巷口站住，让开挤到他胸膛上来的一个卖灯芯草的老妇人；所有的地方都可以去，因此他不晓得到底怎样处置自己才合适了。

最后，他带着异样和善的安静（面孔却是严肃的），走向壁角的皮匠摊。

"红瘤，近来生意好？"他低沉地问，狡猾地但善意地眯起眼睛，望着佝偻在膝盖上的老皮匠的眉峰中间的一个深红色的大肉瘤。

皮匠迟缓地抬头望他，像望着一个刚才还见面的人一样，用锤柄敲敲手里的鞋底算作回答，同时快意地、报复地歪了歪干枯的嘴唇。

魏海清仔细地捋起长衫蹲下去，摸着皮匠手里的鞋底，嘲弄地问他做好多钱。

"我的小鞋（孩）当壮丁去了。"皮匠对起眼珠，望着自己底肉瘤说，并不直接回答魏海清。"瘟气得很。这场上多背霉呀！"他咳嗽，把手背抖索地移到唇边。"你怎么混这多久还穿草鞋？"他用钻子指着魏海清的脚，嘲笑地诙谐地说。"你这草鞋倒不错；不比布鞋贵我不信。"他猛烈地咳嗽，喷出绿鼻涕。

"真的贵，你不姓红。"魏海清讯笑，用粗手指按着鼻子，"你做多少钱？"他认真起来。

"一角半，老弟。"皮匠懒惰地回答，随后便艰难地仰起脸，让满脸的黑皱纹迎着光变得明亮，从肉瘤底两侧庄严地望着毛厕巷上面的狭窄的天空。"唉唉，太阳不在这边，人不能知道时辰——几点钟了呀?"他动着嘴,慢慢地说。

"有十大十点。"

"这巷子真臭。"

魏海清突然也觉得真臭。他转头向侧面,发现一个穿破制服的小学教师在不远的地方丑陋地小便。

"我要骂绝五里场!"皮匠说,"杀人谋财,包庇壮丁。不给老子地方,说老子不缴捐,赶到臭巷里头来!"

"要缴多少捐?"

"还是你们轻一些啊!"皮匠摇头,同时迅速地回到他的工作上去,在鞋底上锤,恨恨地磨着钻尖,仿佛突然觉得时间已经不早,他还一味偷懒,连一件活都没有完成似的。但不久,他又不赞成地眯着狡猾的眼睛,伸直瘦手臂,放下了工作。"那个女人,听说你知道得详细,有些关系。"他诡秘地说,叹息,浮上一个枯燥无味的笑,"她死得惨,大十五连烧香上坟的都没有。"

凝了一下神之后,他又俯下脸上的肉瘤,工作起来,不再理魏海清。

魏海清痛恨地望着老皮匠。嘴里变得苦涩。当他悄然地离开对方,往臭巷底腹部走去的时候,他的脸拉长,成为难看的、不幸的、呈显着黑绿色的斑点。

啊,五里场的确是可憎恶的,无望的,他不该回来!

似乎为了证实他底悔恨似的,当他走到菜场前端的土坡上的时候,他看见了一件令他痛苦得颤抖的事。

保长陆福生和另外一个穿着短得只到胸口的黄制服的、像壮丁一样的人,凶横地、猥琐地从菜摊底排列中间走过,向每一个菜箩伸手,像取自己底东西似的,攫取里面的蔬菜。他们每一个人手里提着一个大篾篮，在篮子里，绿色的菜叶和从去年冬天贮藏下来的红萝卜闪耀着潮湿的光泽，像在淌汗。

"你不能拿，你不要拿，保长，我捐你别的，捐你六把莴苣。"一个矮小、丑陋的农妇叫，招唤着陆福生手里的五个鸡蛋。"鸡蛋，它们一冬天才四十，你打捐打多了，保长，保长，它们八块钱十，它们……"她急剧地挥手，跨过蛋箩，绝望地跺脚。"保长，菩萨看见好保长，今天大十五，我捐莴苣添一把。……五个……我男人要打死我呀，保长……捐……呜呜呜……"她哭，用手盖住已经哭枯了的脸。

整个菜场寂静。保长和他底伙计走近一个在阴沉地等待着的强壮的老头子。

"你这里好多豆？"保长用自己也料不到的焦急的声音问，仿佛他正处在极危险的境地中。

老人在石块上盘起腿，阴鸷地、安闲地望了他一眼。

"七斤一两三钱差一点点吧。"他嘶哑地说，望着篮里的黄豆；他应该报几升几合的，但他装作蠢笨，故意报一个下江人（他以为）的量法。

"打半合。"保长愠怒地命令，挥手。他的伙计弯下腰来。

"保长，十斤才打半斤，你算多了！"老人向左右睐眼，仍然说斤。

"胡说，你有十斤。量一量。"保长吩咐伙计。

"没带合子。"

"那就称一称。"

"也没秤呀！"伙计说，四面张望。

"不带秤，保长，"老人说，半阖起眼皮，在健康的折皱的脸上露出强有力的、明亮的讥刺，"你可用手抓不准。你们手大，一抓就八两。……"

"借一个合子，借一个秤来！"陆福生咆哮，单薄的脸涨红了。

所有的农妇底合子和秤都藏到菜箩底下去了。

陆福生奔向捐鸡蛋的女人，因为他曾经见到她底放在莴苣堆上的秤。但她低着头，凄苦地、仔细地、丑陋地数鸡蛋，没有看见他。

"嘘……太婆，收起秤！"邻摊底姑娘捣她底背脊，压抑地叫。

但保长的手已经伸向莴苣堆了。女人恐怖地从鸡蛋上抬起头来，对陆福生底白手发出了尖利的叫喊。于是，开始争夺秤。

"我底秤，我底……"

保长说不清楚话，脸战栗。这时候，魏海清乖戾地，愤恨地、违反本意地走进菜场，掏出钞票，向邻摊的姑娘大声喊：

"买两个鸡蛋！"

活泼的姑娘代接了钱。魏海清拣了蛋，搁到保长和已经夺回了秤的女人中间去。

"陆保长，我请你吃蛋。"他阴惨地笑，说。但保长愤怒地喘气，不回答。

"回镇公所找一杆秤来！"最后，他跃了一步，向他的伙计叫。

但在这争秤、叫骂、回去拿秤的一段时间里，那卖黄豆的老人，却不知道以哪一种奇异的方法，把黄豆藏起了一半而在篮子里的另一半里面掺进了足够的砂土。眼睛闪得更狡猾、更明亮，他伸直腿抽烟，愉快地等待着愚蠢可怜的保长。……

魏海清，像有什么紧要的事似的，伸直腰，大步跨出菜场。他在场外草坡顶上的一块石碑上坐下，把两个鸡蛋放在被踏平的黄绿色的草上，开始抽烟，收缩面颊，向鲜明地闪耀着颜色、飘浮着烟雾的菜场痛恨地凝视。在他不远的后面，破烂的龙拥簇在人流上，响着疲乏的锣鼓，隐到一个富裕的庄院底竹篱里去。

"我跑来做什么？吓，看看老人底坟！死了早就算了，死去……"他在心里大叫，使他底起皱的扁额冒汗，想起了郭素娥，"呀呀，造孽呀！这叫作什么，这些混蛋！"

他站起，望着在紧紧编织起来的草上互相可爱地挨着的两个圆润的、干净的鸡蛋。

"她擦它多洁净呀！她哭，那样丑！一冬天，有两只咯咯母鸡。"他歪着嘴，眼睛皱起，变得深沉而湿润。"狗肏的，老子走！"他突然叫，咬牙切齿。

但狗的恶叫使他止住。一个瘦小、衰老、狼狈的形体从菜场中间被狗逐了出来。他跌踬地在石板路上旋舞，摇闪着他身上底布片，在地上急促地敲着一根下端破裂的竹竿，等到这也无效的时候，他就用膝盖爬跑着逃上草坡，在地上抓了一大把草根和泥砂向狗们摔去。他在草坡上昂奋地、仇恨地旋舞，最后仰首向天，唱着破败的歌，号哭了起来。

"啊呜……狗肏的陆福生，我底篮子，我底肺呀……"他狂叫。显然的，丢失在菜场里的他底破篮，尤其是刚偷到的猪肺使他痛苦。

魏海清拾起鸡蛋，严峻地可怕地从他底侧面走过。但乞丐忽然在眼睛里露出迟钝的喜悦，拦住了他。

"走开！"他气急地叫，望着对方底垂挂在肮脏的胸前的一块鲜艳的、奇特的三角形红布。

乞丐则贪婪地望着他手里的鸡蛋。

"鸡蛋……鸡蛋……老哥！"他仰头向他。

"滚开！"魏海清大叫，忘记了自己也能够走动。

"哎呀呀，我今日是落在冤府里了……"乞丐微弱地、模糊地说，抽搐着肩头，装得更可怜，"我刘寿春活不得，做了坏事，做了坏事。……"

魏海清不看他，退了一步，预备绕开。

"不看僧面看佛面，小哥，"刘寿春一只手按着胸前的红布，一只手按着赤裸的肚皮，弯下腰，吃力地转动着狡猾的、凄苦的眼球，"看我可怜的女人面上，给……鸡蛋！"

魏海清站住，带着安静的愤怒望向他，随后跨向前，脸色发白，向他的胸上阴鸷地击了一拳。但同时，刘寿春向前冲跌，挥落他底鸡蛋。

当他痛恶地、失望地走到草坡下面的时候，他听见刘寿春欢乐地骂：

"鸡蛋，鸡蛋……你们这些狗贪的鸡蛋呀！"

他告诉自己今天不吉利，应该迅速走开，不要掉头，但还是掉了头。刘寿春在太阳下撅起屁股，用手在地上抓爬，舔吃鸡蛋。

他又进到场里，而且又走到毛厕巷口来了。老皮匠还坐在那里，在膝盖上异常严肃、异常勤奋地忙碌。发觉他走近，他微微抬头，发出一种无意义的鼻音招呼他。

"我就收摊了。"以后，他庄重地说，用老年人的声音，"老弟，我们好些年不在一起了。"他说，一面在手里熟稔地工作。"今天大年，我们等下喝一杯，稍午后我得去还债，看女儿。"他说，缓缓地揩擦发红的鼻子，停止了工作。

"大妹过得还好？有包谷……"魏海清向巷口张望，声音晦涩，脸涨红。

"她男人脾气倒好！"老人简要地说，咂嘴，带着看透一切的人底表情嘲弄地摇头。"喂，你看什么呀！"他望着不安的魏海清，从胸膛里喊出强壮的、讥讽的声音，似乎突然间把对五里场、对整个世界的讥讽和对魏海清的讥讽混淆在一起了。

魏海清在追瞧一个闪过布摊的漂亮的女人。脸色狼狈。

"我看到一个朋友。"他向老人懒懒地说。

"一个朋友，那是万成宏，对吗？"红瘤快活地说，用响朗的声音笑，仿佛所提到的名字要求他这样。"旁边还有一个，那是谁？"他突然把手指间挟着钻子的手举到小耳朵上，歪嘴，做了一个丑陋的歪脸，"你底鼻子掉在场口，你快捡回来！"

"红瘤，我今天请你！"魏海清走近摊子，艰难地说。

老皮匠俯下头，又锤了两下。"我早知道你要请我。"他用古怪的声调说，拧一拧自己的耳朵，仿佛这声音是从耳朵里出来的。"你现在好了，不一钱如命了。"红瘤叹息，声音又转成老年人底。"做工究竟哪些好，我说……"但他没有说下去。把鞋面摔在篓子里，他开始用一种假声唱起歌来。

"天圆地方，五里场的皮匠啊……儿子呀……"他佝偻着老年的腰，一件一件地仔细收拾东西，但为了不妨碍唱歌，他又不时把脖子鹅一般地伸直。"儿子呀，泪汪汪……"他嘶哑地快乐地叫了出来，"他娘走进尼姑庵……"

望着他底滑稽的、多精力的姿态，魏海清想起二十年前的那个闹事、酗酒、嫖女人、被外省的军队抓到一千里外又勇敢地逃回家乡、一个人能做十个人的事、但常常不去做事的红瘤来。

"红瘤红瘤，"他大步跨上去，牵动脸颊和眼角，甜蜜地笑，像十岁的魏海清奔近二十六岁的红瘤向他报告好消息一样，"郑毛说会来看你。他记挂老朋友。"

"哈哈哈，我们穿连裆裤的老朋友！老朋友，他偷媳妇不带我，让我老子光屁股。哈哈哈！"

十四

下午一点钟以后。场上停滞着温暖，昏倦，烟尘在从互相垂头拉拢的屋宇中间直射下来的耀眼的阳光里迟钝地回旋，有小苍蝇在中间盲目地飞舞，发出可嫌的、粘腻的小声。魏海清在红瘤之后不久从小酒铺里昏晕地撞了出来，经过疲劳的、无期待的人群，走向菜场所在的场口，在那里犹豫地站定。他底两颊发红、松弛，下腭战栗，眼睛眯细，朦胧地闪着贪求的野光。

他摸索着裤腰，带着朦胧的屈辱感，懊恼他花去了借来的钱里的最后的十块。懊恼红瘤，红瘤底女婿蔡金贵比他生活得好。他现在特别地感到自己底生活糊涂，特别地感到自己无依归，是没得家的人。他原想去看看家坟，看看几个亲戚，但现在因为买不起香烛，因为不必要，所有的亲戚都不欢迎他的穷苦，立意不去了。但他也不想回转，仿佛在这块土地、这些人里面，他还有某些徒然的期待，或者，还有什么细小的东西遗留着似的。他在午后沉寂的菜场里走，绕过几株蒸发着暖香的槐树，无力地爬上草坡底土路。遇到几个熟识的人的时候，他和他们慌乱地、昂奋地打招呼，那样子，就仿佛他企图掩藏他袖子里的什么东西似的。

他为自己底糊涂、迷醉而恼怒。

"今天十五，有龙吗？你妈底尻，我为什么要来呀！"

在草坡后面，他看见一条向张飞庙走去的，破烂但却快乐的龙。快乐，因为今天是大节日，因为舞龙的都是心胸赤裸的少年人。这条老龙魏海清是认识的。十年前，他在龙头底下欢乐地打滚，烫焦皮肤，博得全街坊底喝彩；十年前，他修饰它，望着它笑，敬它三杯老曲酒。但他突然觉得，这一切隔得并不远，像昨天和今天。舞龙的不都还是少年人么？龙也并没有旧。

他被吸引，向张飞庙走去。在半途，他不断地提醒自己，郭素娥是在那里死去的。

龙在庙前的大黄桷树下歇息，等待最后的装饰，少年们快乐地吼叫着。当魏海清怀着戒备和异样苦涩的心绪走近的时候，一个披着短衫、包着蓝头巾的青年起先显得犹豫，最后便带着坦率的欢乐跃近他。他认得他是刘寿春底堂侄，那长工。

"魏叔，有空来！"

魏海清变得阴沉。

"今天晚上不走吧。"长工说，歉疚地望着他底眼睛。他想拉倒，但因为现在谁都快乐，又变得不相称的活泼。"我们刚才在讲你，这条龙……"他叉着腿，做手势，"今天晚上斗空柳，有五条，三百朵花。"

魏海清被抬举，望望倚在庙墙上的龙，嘴部不动，在眼睛里闪着一个迷惑的微笑。

"太少。"他摇头，故意叹息，"那年子有一千。"

"什么时份啊！"长工快乐地感慨，"一朵花五块钱，那年子就几个铜元……"

魏海清和善地向少年们点头，迅速地跨进庙门，企图在不知忧愁的人们面前表现出他有多么急迫的繁重的事。

但他有什么事呢？经过几个月前郭素娥在那里惨死的院子，他有昏狂的兴奋；经过烟雾迷蒙、人影杂沓的殿堂，望着粗暴的神像，望着磕拜下去的女人底鲜艳的腰，他有迷惘和锋锐的痛恶。他笨拙地跨过殿堂，在侧门底旧朽的门框上倚着肩膀阴沉地站住，向面前的摇摆的人影注视。似乎他所以要到这里来，并没有别的事，除了用这样的姿势看一看。

他微微张嘴，口边上留着黯淡的表情，半闭起变绿的眼睛，显得苦闷、焦灼。那个肥胖，在苍白的脸上抹着黄胭脂、穿着红色的新颖的绸旗袍的女人从蒲垫上爬了起来，在肩上偏着洁白的颈子，向两边虚荣地看望。他认识她是保长陆福生的女人。

通过女人的肩膀，他望了一下布满阳光的院落，嘴唇颤抖，似乎在喃喃说了些什么。

"放他妈火……"他底脸歪曲，露出凶横，"一样……一样……"

女人转身，扭着腰走出，但这时候，从魏海清背后，一个兴奋地大声叫了出来：

"陆太太，走了么，嘻嘻……"

女人回头，骄傲地、诱惑地微笑，仿佛回答："他在等我！"

黄毛露出猩红的牙花，手里捧着一大堆花爆，出现在魏海清面前了。迎着魏海清底恶意的视线，他底脸怪异地歪曲了一下，肩膀耸起。

"喂喂，老哥，这叫作有缘才相逢。有空过来耍的？"他跨过门槛，站住，声音含着压倒的轻蔑，"这一阵子好？"

魏海清想和他敷衍一下，但立刻又改变了主意，在长而尖削的脸上难看地浮上一个艰难的冷笑。

"你好!"他威胁地说,忘记把眼睛从对方底大鼻子上收回来。

"听说你在厂上加了钱了!"

魏海清突然离开门柱,站直身躯。

"你今天来得巧,大十五。"黄毛响朗地说,让殿堂里的人都听见,露出所以还要和这不值价的人说话,只是为了逗弄他一下的样子,"你来烧香吧。……我近来……"

"你近来肥。"魏海清替他说。显然的,在他底热烈的声音里,鼓跃着不可抑止的冲动,虽然在他底脸上还僵凝着同样难看的冷笑。

黄毛向香桌走了一步,放下花爆。魏海清底容颜改变,露出可怕的决心。

"我说过我要请你一杯。你太不懂礼。你……"黄毛高叫,一面捋衣袖。

魏海清伸出战栗的手去,指着院落。

"就是,在那里……死了一个人!"

两个中年妇人屏息,从香桌的另一端向这边看望。

"今天大正月十五!"黄毛叫。

殿堂紧张。魏海清一瞬间冷却,明白了自己现在所处的可怕的绝壁。但迅速地,复仇的烈火在他里面燃烧了起来,毁去了他底恐惧。

"你怕鬼!"他吼,声音极端昂奋与冷酷。

"你上坟去吧。"黄毛甩着头,走上一步。说底下的话的时候,他每个字中断一下,同时有节奏地在左手心里敲着右手底食指,"她、葬、在、草、场、坝!"

魏海清底脸转成青灰。他闭起眼睛,仿佛凝想了一下他底生活，仿佛下了一个艰巨的决心向缠绕着他的什么东西辞别。他遇到在世界上他所最怕的东西了。这就是黄毛，这就是殿堂里的这种兽性的紧张。但他底本能鼓跃他向前。

"你们害死一个女人……卖她！我看着你底下场！"他用闷住的声音回答。

"看着，对！我该你妈十块钱你要不要！"黄毛愤怒地颤抖，狂妄地张开手臂，"十块钱一个老屄，她也葬在草场坝。……"他在脸前拍手，像拍到一个蚊子似的。他底声音波动，失去了它底强旺和平稳，"你上坟去，有油舐。……"

魏海清立意先下手，破裂这根难堪的紧张着的弦。但他不能从站立的地方移动。他向四面张望，眼睛里闪出困苦的、绝望的黑光。他吼叫了一声。黄毛扑上来了。

殿堂里的妇人们奔近来又恐惧地逃开去，发出难于理解的尖叫。一个老妇人在供桌被翻倒的时候给打伤了脚，在地上爬滚哭喊，好久不知道怎样才能逃开去。竹凳跳过空中，蜡烛和烛叉横飞，生锈的铁香炉猛烈地颤抖，最后从香板上跌下来，摔在地上。在火辣的烟雾里，两匹野兽互相追逐，挥着拳头，闪着流血的、青灰色的脸。

当舞龙的青年们和别的一些男人涌进院落来的时候，殴斗已处于绝望的境地，无法接近，无法排解了。起初，两个人还互相咒骂，希望用咒骂来占去殴打的工夫，但现在已完全沉默。只彼此用眼睛里的血腥的光相望，渴望着对方底生命。他们奔突、旋转、冲击、撕破脸上的皮肉，彼此努力不让对方抓住，而渴想抓住对方。

咆哮又起来。一瞬间，两个人各抓住一片从对方衣服上撕下来的破片，躬着身躯，隔着被推倒的桌子互相交换了疯狂的一瞥。

四只眼睛移开去的时候，同时发现了殿角的那曾用来灼死郭素娥的火铲，于是，它们突然在血污的额下明亮，爆射出黑色的、狞恶的、欢乐的光焰。

"不要给他抢到，魏海清！"殿门口人拥进来，努力迫近，一个壮年的声音叫。

"嗞……拉开他们，狗黄毛！"老郑毛在人丛中间挤着，挥着手臂。他喘气，向周围所有的人发怒。显然，他刚刚偶然走到这里。

"哎呀……好惨，"一个农妇尖叫，"他们——打——死——了呀！……"她啼哭，掩住脸。

但正在这些吆喝发出来的时候，两个人已经同时向火铲奔去。在中途，魏海清因为急迫，在一张四脚朝天的凳子上绊倒了。黄毛夺到了武器。

三个青年，那长工也在内，在这之间绕着圈子奔了过去。人群里滚过一阵失望的、恐惧的、痛苦的呼喊。火铲发出沉闷的残忍的声音，击在正在挣扎爬起的魏海清底脑门上，同时也从黄毛手里震落；在殿门这里，一个小竹凳从郑毛手里猛力地摔了过去，击中了黄毛底脸。跟跄欲倒的黄毛被一个阔肩的青年从背后抱住。

"捆他起来！"老郑毛吼叫，敏捷地解下了有四尺长的布裤带，把裤腰卷好。在他底发绿的左腮上，那一丛微褐的长毛映成黑色战栗着。人围拢去，察看着血泊里的软软的魏海清。青年底猛烈的拳头落在黄毛底从灰色破衣下赤裸出来的、生着稀疏的黄毛的胸膛上。

"他作恶为歹，占镇公所底势。你们见死不救！"郑毛发怒，磕响着结实的大黄牙。

沉默。

"他强奸了十几个女人!"

"天哪天哪!"女人的惨厉的声音,她舞手,跺脚,"整死他!"

黄毛迷糊地睁开粘血的眼皮;一种眩晕的、无人性的笑哭一般地在他脸上爬过。他向人吐口沫,痛恶地用含血的嘴嘶声叫:

"黄毛生来吃人,从来不怕! 你们打死——他?"

"陆保长,人命案子!"一个青年从人丛中伸直脖子,眼睛奇特地放亮,向走进殿门来的陆福生压迫地嚷。人群底骚扰低抑了下去。

"什么……什么?"保长问,用一种微弱的大声,一面向四面窥探,仿佛他另有目的,为了这个在这里达不到的目的,他的装出失望的神情来的眼睛表示,他即将走开。

"打死人了?"

"黄毛……"

陆福生底脸收缩,左腮不住地发颤。他走近,骇异地观看。

"陆保长,你,陆保长……"黄毛抬头望他,声音突然颤抖,无力,含着失望。"我看这事,我要声明……"他在青年底手臂里挣扎。

"你要声明……"保长转开脸,不看他,露出恐惧的神情,"人命案子,要县里才办得了!"

"要县里? ……公所不行吗?"黄毛说,怯弱地战栗着嘴唇,眼睛里涌出了大粒的泪珠,"我……"

"诸位,我去报告镇公所!"保长用空洞的声音叫,低下眉毛,不看人群。

"镇公所有花头，我们自己报县！"郑毛坚决地抗议。

"陆福生是混蛋！"人丛里吼。

"他们要串通！"

走向殿门去的陆福生突然转身，下了决心似的向火辣的群众凝视，用闷住的，难堪而残忍的尖声叫，指画着手：

"我陆福生决不如此，各位。"（他的眼睛里含着卑微的乞求）"这是冤仇，我知道底细。"他努力说，"黄毛要除掉！"

"狗肏的陆福生，你变种！"黄毛重新恶叫，"老子帮你弄那个女人……他那个女人是骗来的呀，人家底老婆呀！"

陆福生张嘴，想叫喊，但是终于转身逃开去了。

"你们全是混蛋！你们霸占庙产、骗兵捐、卖女人……"

"打扁他底嘴！"

"你们亲眼看见？"黄毛仇恶地顽抗。

"我看见……"从殿角传来已经恶意地观望了好久的刘寿春底哭泣一般的叫号。他躬着破烂的小身躯，舞着手臂，昏迷地、急剧地冲过来，挤进人丛，瞪大眼睛望着在血泊里抽搐的魏海清。

"鸡蛋……魏海清，你要死了呀！"他叫，眼睛里迟钝地闪过疯狂的恐怖。"我看你这个狗黄毛，"他奔向黄毛，揪住他底衣服，"我看见，你奸死我那女人，我那可怜的……"他咧开嘴，大声号哭，击打着黄毛底脸颊。黄毛徒然地躲闪着，吐口沫。

"我，我担当！"黄毛凶横地雺眼，发出破碎的声音，"起先你们要卖她，卖给那个大鸡巴……你们烧死……有陆福生！"他喘息，多量混血的唾液从嘴角垂了下来。

人群严肃地沉默，为这意外的供述所骇异，做着兴奋的思索。但一瞬间之后，又爆发了愤怒的、深沉的、痛苦的呼喊。

"揍死他!"

老郑毛鹰一般地张开手臂。粗大的拳头击在黄毛的鼻子上。这时候,魏海清苏醒,撕去了包在他破碎的头颅上的血布,在地上痉挛,用胛肘和膝盖爬行。

"包好他底头,不能叫他动!"一个妇人急叫,四面找寻帮手。

魏海清垂下头,向地上流注着深红的热血。从齿缝里,他喷着灼热的呼吸,无声地、痛苦地哭泣着。最后,手断折了似的向外撇开,发出骨头碎裂的声音,他又倒到地上。郑毛轻轻跨向他,屏住呼吸。两个妇人,一个年老的,一个年少的——尤其在那年少的丰满的苍白的脸上呈显着不可侵犯的、有教养的庄严,弯腰向他,接了一个青年抛过来的白帕子,重新替他包裹头颅。

"魏海清,"老郑毛喊,声音深沉,"魏海清!"

魏海清在妇人底手底下睁开昏狂的、染血的眼睛。老郑毛俯腰,眉毛和手指战栗。

"魏海清!"

"你底女人死得早,好苦啊!"年老的妇人说,揩眼睛。年少的一个可怕地严峻起来,脸变得尖削。

"魏海清!"老郑毛吹气,喷着鼻涕。他底老眼充血,被泪水湿润了。

"哦……呜……郑毛!"魏海清微弱地回答,嘴唇做着狂喜的歪曲。"你来了。你看见了,郑毛……我悔……"他底手指在地上抓着泥污,"记挂小冲,让他去上工……"

"办得到!"

十五

穿中山服、眼睛烟黄而细小、两颊松弛的矮镇长带着四名壮丁走了进来，仔细地讯问了事情底始末，然后以不可侵犯的下了大决心的神情向人群声明，这事情非到县里去办不可。于是，捆走了黄毛，抬起了魏海清。魏海清被抬出庙门的时候就死去了。

以后的事情是，黄毛判了十年徒刑；因为没有亲人领尸，魏海清就以公款安葬。在举行简单的葬仪的那个明亮的春天下午，郑毛，长工，魏海清底儿子小冲，都到了场。

已经到了在西方不远的蓝紫色的五里山上闪耀着落日的金光的微寒的黄昏。人从张飞庙里散出来，向进行节日的场上去。青年们擎起了龙，起初严酷地沉默，接着开始叹息，谈魏海清，最后便恢复了正常的喧嚣。

乡民们从荒僻的山里来，沿着狭窄的田埂去，在水田底白色的、沉静的积水里，映着他们底兴奋的、愉快的、蓝色和红色的影子。在街上，人拥簇在一起，闪着烟火底红光，向亲戚致候，高声议论。女人们谈难解的郭素娥，男人们交换着对于魏海清的意见，在等待龙的行列出现的时候，有足够的时间让他们聚拢情绪，想起往昔的、他们曾在各种处境里度过的十几个或者几十个节日来。龙将要在焰火里飞舞，像往年一样；年青人将要被绅粮的火爆烧焦皮肤，愉快地高喊，然后喝完所有的酒，像往年一样；像往年一样，许多人死去，流徙开去了，刚刚成长的年青人阔步加了进来；像往年一样，有的女人要触景生情，躲在破棚屋里啼哭，有的女人要打扮得异常妖冶，向年青的绅粮递媚眼。在固定的节日，人们有着不同的命运。

烟雾滚腾到屋檐上。火爆到处发响，被孩子们掷到空中，因为没有空隙落下去，便在人们底肩膀上爆炸，引起咒骂。三个女人在街角里谈论郭素娥，其中的有胖而白皙的脸庞的一个，因为把自己底对于节日的感动误认作完全属于郭素娥，便快乐地诉说着自己的同情，流下泪来。

"我们不谈这些，不谈这些……今天打得那凶，怎么人不救呀！……"最后，她负疚地笑，抚摩着自己孩子底干净的头顶，向丈夫追去。

龙出现了。它在人群上颠簸，摇摆着它底已经被挤毁一半的巨大的头。在它前面，火灯笼引导着，上面写着暗红色的方体字：

"五里镇老黄龙。"

另外几条出现在街道的另一端。看不见灯笼上的番号。

"空柳的来了呀，后面那一条！"

"大家使劲，啊喝！"

龙旋舞了起来，火花嘶嘶发响，向街心美丽地迸射了过去，人群被冲击到屋檐下。那些手里高擎着火花筒的衣着堂皇的年青的绅粮，他们底面色严峻，仿佛并没有节日底欢乐；仿佛他们所以要向舞龙的赤膊的年青人喷射火花，只不过尽一尽与自己底地位相称的法官执刑似的义务而已。露出洁白的牙齿，眼睛在火花的强光里眯细，他们底整个的脸部有一种冷淡的甚至残酷的表情，仿佛舞龙的人果真是他们底仇敌似的。但那些年青人，他们底心就像他们底赤裸的胸膛一样，却并不曾注意到这个。他们只是注意自己，逐渐陶醉。以一种昂奋的、不知疲劳的大力，他们使自己底龙迎着另一条在身边的空中疯狂地旋绕。他们高叫，善意地咒骂，在地上跳脚抖落灼人的火星。于是，在火花底狂乱交织的白色的壮丽的光焰里，龙底大破布条带着醉人的，令人抛掷自己的轰响急速地狂舞起来了。那残破的龙头奋迅地升上去，似乎带着一种巨大的焦渴，一种甜蜜的狂喜在沉默地发笑！哦，它似乎就要突然脱离木杆，脱离白色的焰火和群众底哄闹飞升到黑暗而深邃的高空里去，把自己舞得迸裂！

……一直到十二点，人们才逐渐散去。在凉风吹拂着的黑暗的田野里，人们疲劳地走着，又开始谈及每年过年都要发生的不幸，谈及郭素娥，小屋底火灾和魏海清。但谈话兴奋不起来，它以叹息结束。郭素娥底事是去年的事，去年过去了。它将和前年的事、大前年的事放置在一起，传为以后训诫儿孙的故事或茶馆里的谈资；它将在夏天底多蚊蚋的夜晚，当人们苦重地劳动以后，由一个喜爱说话的女人增加一些装饰复述出来，使整个的院落充满情欲、咒骂，和感慨自己幸而没有堕落的叹息。

几朵火把底猩红的光焰在山峡的黑暗里摇闪，迟缓地隐没在林丛背后。

最后，两个青年底黑影从镇口的菜场出来，在草坡上的石碑旁站住。其中的一个向草坡下摔去烟蒂，用说服的大声叫：

"哪里，你喝醉了！"

"哪里，……你知道魏海清想那女人想了好几年么？"后一个用泄露秘密的口气说，但违反本意，他的声音是响朗的。这是刘寿春底堂侄，今天舞老龙的长工。"我们坐一坐。老弟，我做了怎样倒霉的事啊！"他底声音朦胧而奋激，"我悔我上了当……"

"你喝醉了。回家去。"另一个说，但显然的，他也并不像自己底声音那样坚持。

"不。我今天臂膊烫破了。魏海清想那女人，所以怀恨。他是一个厚道人。……就是这样，打死了。黄毛是恶性的。"

"郑毛哪里去了？"

"跟到镇公所做证，闹了好久，转去了。说是要到县里去探底细。"

"郑毛偷媳妇。……"另一个说，怪异地笑，一面坐在草地上点烟。"你抽。"他笨拙地递烟给长工。

"今天真是想不到，魏海清就死了。"长工说，望着奔驰着黑云底队伍的天空，不变声调，"他少跟人家闹的。这半年变些，耐不住。"

"死了也痛快，这些日子……好吧，我就要入队，当壮丁，到下江去打仗。……我今年二十一岁……明年我不得在家过年了。"他放低声音，努力地冷笑了一声，"吓吓，什么时候才回来！"他叫。

"在家里也没得好蹲头，一个人总要在外面跑。"

"对的。当兵我一些也不在乎。只要有得吃，有指望，哪些不好，强于在家里遭瘟。瘟呀！"他举起手臂，在变得潮湿起来的空中使力地划了一个大圈，"没田没地，没钱做生意，没得老婆，没得……"

"我也要去。"长工性急地截断他。

"哪里去。"

"……我要去做工。"

"堂客也带上？"

"哎——过日子艰难，物价涨，米谷贵，你自然比我轻多了。"长工停顿叹息。"哪个问黎民疾苦呢？把人烧死、奸死、打死、卖掉……这一批狗种！……"他咬牙切齿，"我倒了多大的霉啊！魏海清怕还要怨我呢。"

"那女人也不好。"这一个说，突然下决心站起来。

"哪个又好些？"

"走吧。你喝多了。"

"没有。天怕要落雨。……"

"他要是死在战场……"这青年人说，指魏海清，"倒划算些。……唉，走吧。"他急躁地说，在黑暗里皱起脸。

"看不见星星。我们赶上那个火把。"长工突然站起，指着张飞庙侧面的一朵火把底迸射着火星的光焰。"赶上它。它一定也到弯里去。快些。"他向自己催促。

春天真的到来了。在农历二月初旬，有过一次持续了三天的气候底骤然的转变，意外的寒冷侵袭着峡谷，使人们重新翻出了脏污的冬衣，但随后天气便又突然辉煌、明亮、和煦了起来。太阳每天确切地从山谷左边升起，射出逐渐强烈的白光。在峡谷上空高远地行走过去的白云，是轻淡而透明的。鹞鹰在云片下停翅，傲慢地凝视峡谷，然后猛然高飞，没人云片里。从山谷底年青的怀抱里，槐花底幽暗而强烈的香气向工厂飘过来，充满引诱。地主底庄园里有桔柑花的暖香在蒸腾；桑树叶油绿。在工厂水池畔的土堰上，柳枝丰满了。芙蓉开始含苞。芙蓉丛后面的水田里，鸭子们成天吼叫，追逐伴侣。

工人底老婆在水浅的堰塘里用篾篓捕鱼。她们高卷衣袖，把手臂浸在水里，用赤裸的、强壮的腿在泥水中跃走，一面彼此愉快地泼水，尖叫。从山坡上，男人们底粗野的、放肆的笑声掷了下来。爬上坡顶的时候，他们唱着女人底歌。……

在机器房里，电灯一直亮到深夜。马达咆哮，油烟滚腾，人们在赶做又一次的火车头包工。

魏海清葬后，小冲，如他所渴求的，被送到窑子里上工，管理风门，拿三块半钱一天去了。因为父亲底死，他哭泣了一次。但这哭泣是凶横的，愤怒的，他捶打跑来安慰他的老郑毛，把凳子踢翻。此后，他便充满兴趣去上工，和小伙伴打架，晚上回来住在老郑毛床边的地上。他剃光了头，脸部长得浑圆。在肮脏的眼眶里，他的突出的小眼球闪着惊愕的戒备的光。

在这孩子底早熟的容颜上，时常呈现出不正常的狂喜和难于理解的对一切的敌意。他酷爱窥探一切秘密，已经知道了很多工人男女间的猥亵的故事。……

在一天早晨，在一个太阳特别荣耀地升起，每一个人都用大声说着并无特别的意义的话，甚至想高喊的早晨，带着他底年轻、丰腴、一向忧戚的面孔因新奇的环境而活泼，穿着起皱的蓝布衣的女人，那瘦长、面孔俊秀的年青的长工，刘寿春底堂侄，来到矿区里了。用乡里人赶路的方法，他们是二更的时候就离开五里场的。

年青的夫妇脸上淋着汗，男的卖力地担着簸箩，前面是一口旧锅，几只碗，后面是一床红花的沾着煤污的（这是在经过煤场的时候被弄脏的）刚刚洗过的旧被盖。在女的所艰难地背负着的箩篼里，放置着日常的农民衣服。当男的用兴奋而严峻的脸望向蹒跚行走的女底的时候，女的，回答他底"你背得动吗？"的目光，摇一摇手，皱起淡黑的短眉，仿佛说："我自己有数，不要管我！"

他到土木股里来当里工了。介绍的是老郑毛。老婆是从顺的、生命力强旺的女人，为了离开她底可留恋的五里场，她独自向她底妹妹哭了一次，但丈夫底暴躁的坚决，使她和眼泪一同充满了新的意向。她向她底和蔼的、未出嫁的妹妹说：

"那里也一样过生活。一种不同的生活……他说，我们每个月都可以拿到钱。不愁年岁……"

老郑毛从山坡上迎下来，身后跟着魏海清底儿子小冲。

"你……来了！"他低沉地说，站住，仿佛吃惊他真的会来。

长工严肃地笑，不自然地看一看脸颊红润、眼光乞求的女人。

"我来了！"他大声回答。

小冲跨到郑毛前面，望着年青的夫妇，像在考验他们是否合他底意。

"那就成，带他去报工！"他老练地说，挥动手臂。

郑毛底多皱纹的、憔悴的太阳穴在阳光下战栗着。战栗停止，他底脸变得洗练而坚决。腮上的黑毛异样地发亮。

"成。你们先把家伙，"他说，呷嘴，迅速地瞥了一眼他们底行李，"放在我那里，以后要分宿舍，得出一些租。"

"得租吗？"女人嘶哑地说，放下箩篼，望丈夫。

"你们是有家眷的。就是这个规矩。"小冲痛恨地叫，在这点上，他像他父亲。

走进老郑毛所住的宿舍，观察了虽然给人的感觉全然两样，却也并不比自己底佃来的棚屋坏多少的房子，而且被丈夫底突然的温和所安慰，年青的女人又竭力在老人和小人面前做出活泼的面容来。她谈话，问老郑毛伙食怎样，夸赞小冲底结实，最后挥着手，脸红地宣说要老人和小人以后都在她家里搭伙食。

"你家里！"郑毛弯着阔腰，用老年人底低声说，脸上浮起愉快的、讽刺的笑。

"你今年好大?"长工问小冲。

"哼哼,不比你们吃的盐巴少!"小冲喊叫。

"你想爹?"

"不想。"思索了一卜之后,小冲回答。

"他一点也不像他爹,一点也不像……只有一丁点儿像,……不,小冲,他不像,是不是?"妇人转向丈夫,又望望自己底堆在郑毛床上的行李,眼睛里浮上了晶亮的泪珠,"哦,他要行些呀!"

他们就要和面前的这顽健的老人与结实的小人一同开始他们的新生活了。他们就要投入这不可思议的、庞大的劳动世界里去了。在她底含泪的单纯的眼睛里,她看见死去的魏海清和郭素娥,她丈夫底强壮的手臂和坚持、冷淡的面容,她自己底善良的心地和污黑的窗洞外的辉煌的天空。"我们会好些的。"她想。

第二天,年青人开始上工了。

一九四二年,四月。

在铁链中

路翎

【关于作品】

  《在铁链中》是一篇描写底层人民在苦难中挣扎反抗而不得出路的小说。小说中的何德祥老人刚正不屈，独自起身反抗恶霸刘四老板，但他的反抗如同以卵击石。何老汉被捕后接受劳动改造时，他的女人何姑婆带着红苕来看望他。性格为仇恨所扭曲的何德祥将愤怒转移到何姑婆身上，他先是感到这种温情有辱他的反抗而厉声拒绝红苕；当何姑婆跪下乞求刘四老板放过何老汉时，不堪屈辱的老人竟然拿碎瓦片砸向自己的女人。从何德祥后来的哭诉可知，他对自己的行为以及贻误何姑婆一生的罪过悔恨不已，但反抗无门的他以这种近乎自戕的方式，残忍地伤害怜爱和照顾他的女人。在沉闷氛围中发生的病态反抗，扭合成人物"精神奴役的创伤"。如作者自述，小说表现"残暴的封建统治下的人民和加在他们身上的重压相搏斗的壮烈的状况，因此，也就留下了阴暗的朦胧的痕迹"（《在铁链中·后记》）。

  小说对灵魂搏斗之下心理深度的挖掘，达到一种震颤人心的力量。然而，小说并未显现一丝光明，并未提出反抗的出路。反抗者已被惩罚，而那些麻木懦弱的群众，面对势力强大的刘四老板，或谄媚奉承，或噤若寒蝉。他们仍旧如同鲁迅笔下围观同胞被杀戮的看客一般，毫无反抗的思想与力量。个体的反抗如入无物之阵，陷于一种令人窒息的漫无边际的黑暗。我们不能忘记，这种黑暗背后恰是无数人切身体验过的抗战现实。

　　何姑婆在雾里走着。太阳开始照射到雾里来了，雾的边缘变成了明亮的淡红色。空气是潮湿、寒冷、新鲜的。各处的凌乱的声音听起来很是愉快，这些声音也潮湿、寒冷、新鲜。街道两边的店铺的门都已经打开了，各处有扫地和搬东西的声音，显得所有的人在这晴朗的寒冷的早晨都是很振作的。远处有一只军号在嘹亮地吹着，后来附近的地方又有敲锣的声音和紧接着的一串鞭炮声，埋葬死人的悲哀而又无情的小小的人群穿过了雾中的街道。接着又传来了在广场上搬运木料的工人们底呼吼声：在一声强大的呼吼之后，就有一块木头落在地面上。人们的影子是模模糊糊的，饱吸着太阳的红光的雾团包围着他们。何姑婆急急地走着，她是一个很难看、样子很刚愎的老人，两只眼睛红烂着快要瞎了，一件破烂的黑布棉袄一直拖过了她的膝盖。这时一群被铁链锁着的，挑着石块的囚犯走过她的身边，她站下来注意地看着；这些囚犯的样子是很可怕的，每一个人的身上都生着烂疮，无论他们年老或者年青，他们的表情都一律是麻木而冷酷的。两个荷着枪又拿着鞭子的兵士跟在他们的后面。何姑婆，看见了她的男人何德祥老汉果然也在这里面，就大叫着跑上去了。

"何老汉，何德祥啊！"她喊。

看见他锁在铁链中挑着石块的样子，她异常地可怜他，哭了起来。但他却并不动情。他是一个瘦长的老人，蓄着披在两边的长头发，他的神情和他的同伴们一样是非常冷酷的，他只是简单地看了她一眼，就走了过去。囚犯们被兵士驱赶着走进了镇公所的大门。老头子连头都没有回，挑着石块消失在门内了。

何姑婆慌乱地朝里面看了很久，听着从雾中传来的兵士们的叫骂声，在附近的一堆乱石上面坐下来了。她坐了下来就一动都不动了，显出了非常的忍耐，闭上了她的眼睛，两只手抄在棉袄里。

镇公所正在建筑门楼。这本来是一座古旧的大庙，现在，由于镇上的绅士们和镇长的积极，正在改建成新式的、庞大而威严的建筑，所以门前堆满了砖块和木材。一个在这晴朗的早晨显得愉快而活泼的青年警察，在建筑物的架子下面走动着。看见了何姑婆，就向她走来了。

"何姑婆。"他温和地笑着说，"你又来啦！"

"我又来啦！"何姑婆抬起头来伤心地说，"我有什么办法呢？我是没有吃的啦！他给拉来了一个多月，我什么办法都想尽了！我真是想不通世界上有这种人，为了三五万块钱的债，刘四老板就下这种毒手，把人抓到劳动队里来，王顺明，你想想，"她做着手势激动地说，"我那个老头子快六十岁的人了，哪里能做得下这种苦工呀！王顺明，我看着你长大的，你是一个好娃儿，你的心又好，今天你出了头了，你的爹妈要是活着才不晓得会怎么欢喜呢！"

王顺明温和地笑了一笑，异常舒畅地抱起手臂来在她的旁边走了几步。当他停下来的时候他的腿自以为很优美地颤动着，这时阳光已经照耀到地面上来了，但还有稀薄的、愉快的、活泼的雾在空中飘浮着。

"何姑婆，这些人本来就是这样的啊！"王顺明半闭着眼睛，抱着手臂忧郁地说，好像是把一切都看透了，把一切痛苦都宿命地、冷淡地忍受下来了似的。"在这条街上，刘四老板作的孽是不少了，没有哪一个奈何得了他！他是又包税银，又包公产庙产，又还能弄得动县里的一两连兵，前两年他还动不动就杀人！我们这乡里头人呢，说句实话，心里头虽然明白，面子上却又不得不奉承他，据我晓得的，这些年来敢跟他闹的还只是你们何老汉一个人！你怎么会闹得过他呢？"他闭着眼睛感动地小声说，"不过我总相信，有一天自然会报应的！我们家里还不是吃过他多少苦，我就在等着！我就不相信一个人有了钱就该作恶！你看隔不上三五年，只要他老头子一死，那几个游手好闲抽大烟的儿子自然就会把家产败掉的，说不定那时候还不如你我呢！"他说，霎着他的感伤得潮湿起来的眼睛。"何姑婆，你也不必太气狠了，我总想，天总是有眼睛，不管我怎样倒霉，我心里怎么难受，我总想天是会看见这一切的！"他说，闭着眼睛，抱着手臂，搐动着他腮部的肌肉，高兴地颤动着他的伸出来的左腿。

"儿啊！"何姑婆动情地喊，"我听得懂你的话！我听得懂，你说得真好呀！别个一当了警察这些的就变了，你就一直都是这样！儿呀，你要是记得的话，你小时候还跟着我们过了大半年呢，何二太爷教你学泥瓦匠！……我们又没得儿女！"

"姑婆！"王顺明弯下腰来亲爱地说，"那我都记得的，一个人是不能够忘本的，上有菩萨，下有鬼神，一个人的一生都是清清楚楚的，我们祖上都是庄稼人，我不会忘本的！何姑婆，我总是想到你是一个好心肠的人！我总是想，没有什么关系，别人得罪我，陷害我，抢我，都没得关系，反正什么都是注定了的，该是我的总还是我的，所以什么时候我都不怕！……何姑婆，我会替你照应何二太爷的，就好比他是我亲生的爹，你放心好了，他就不过是脾气坏了一点！"

"年岁大了呀！"何姑婆说，"年轻的时候，学这个，做那个，自己还是有几个钱的，一上了三十岁，就年年失意了，什么都搞光了，心也冷了，好跟别人闹气！好做缺德的事情；不是说的话，又没得个儿女！你看，他们这些时叫他做苦工，又说他做过泥瓦匠，叫他砌城墙，"她指着镇公所的修了一半的门楼，说，"他哪里做得起呀，他是一个直爽的人啊，儿，他的那堂房弟，小时一块走的，都做了小铺子老板了，他却一生就是不遇！……我请你先替我拿这点东西进去给他吃！"

她从怀里摸出一个潮湿的布包来，取出了里面的两个煮得很烂的大红苕。王顺明看见了这两个红苕就有趣地笑了一笑，因为他好久就注意到那难看地鼓在她底的胸前的一大团了。特别因为天气是这样的好，王顺明是异常的感动，快活，善良，接着红苕就跑进去了，他的枪支在他的肩上碰击着而发出清脆的声音来。

但不久他就又捧着红苕跑转来了。他的一个敞着衣服的同事追着他，和他抢红苕吃，大声地怪叫着，拿砖头砸他，说他弄了红苕来不请客。这个家伙显然地也是因晴朗的天气而快活。王顺明就更快活而感动了，和他叫骂着；在这个时候，他对于何姑婆是觉得有多么亲爱啊！

"没有关系，你们吃好！"痛心的何姑婆站了起来客气地说，

"这位贵姓啊!"

那快活的,敞着衣服的警察呆住了,先是睁大了眼睛,接着就不好意思地和愤恨地红了脸。

"你吃呀!"何姑婆说。

"哪个吃哟,我肚子里早就装满了,"这警察酸酸地说,接着就跑过来抢走了王顺明手里的一个红苕。"这穷老太婆!"他说,咬嚼着红苕便走进去了。

"姑婆,"王顺明忍住他的高兴地笑说,"何老汉说他不要吃!"

"他怎么不要呢?"姑婆失望而痛苦地问。

"他跟我瞪眼睛,他说就是不要!"王顺明突然冷淡地说。

何姑婆眼圈发红了。她默默地接过了剩下的一个红苕,重又把它们仔细地包好,于是又在台阶上坐了下来!

"姑婆,他马上就要出来砌墙壁了!"

何姑婆没有回答。但王顺明又显得愉快,感动,悲伤了,怀念着不可知的什么似的,在她的旁边站着。这时雾气已经完全消散了,太阳满满地照耀着地面,但空气仍然很是寒冷。泥瓦匠们已经在建筑物的各处工作着了,那一群囚犯重又出发去挑石块了,发出杂沓的脚步声,慢慢地经过何姑婆的面前。她站了起来,没有找到她的亲爱的、可怜的人,但她转过身去,看见他在门楼的木架下面出现了。因为需要在高架上劳动,铁链已经解去,两条腿厉害地颤抖着,从一块木板的下面钻了出来。何姑婆以为他是向她走来的,但是他却连看都没有看她一眼,拿起了一个簸箕和一把砌刀,爬上了那个沿墙壁搭着的高架,和工人们并排地站着,开始做他的苦工。

他的神情是冷酷、无觉的。他一直爬上高架,站在空中,太阳照射着他。他的腿最初颤得很厉害，但后来他站稳了，毫无犹豫地，然而慢吞吞地，工作了起来。他的头上的长而灰色的头发垂在两边，只要他稍稍动一动，这两股头发就会在阳光里飘曳了开来。

"何老汉！"何姑婆去到架子下面去慌乱地喊，"你怎么看都不看我一下呀！我来看你了，这里是两个红苕！送给里面那警察兵吃了一个！"

"告诉你我不吃！"何老头子突然地在上面暴怒地喊，"你自己吃去，滚！"

这个打击使得何姑婆完全狼狈了，她的脸发起烧来，那种羞辱的感觉，连同刚才损失了一个红苕的痛苦，像一把锋利的刀一样，一直刺进了她的心里。

"你吃！"她又喊，希望使别人知道何老头子原来是和她很好的，"我早上起来跟你煮的……我自己吃过了。"

但是老头子不再回答。她站着而呆看着他，看着他怎样拿起砖块来安置在潮湿、新鲜的泥灰上，怎样地用砌刀在泥灰上划着，怎样地在手里敲着砖头，全身都发着抖。她看见他仍然穿着离开她的时候的那一套油腻的棉袄棉裤，裤子都破了，发黑的棉花翻了出来，草鞋也没有穿，是赤着脚。她重又觉得非常可怜他。他站得那么高，就好像孤零零地悬在空中似的；就好像天空、墙壁、地面都在排挤他。她替他觉得眩晕、吃力、害怕，她忽然觉得这么多年来他都是这么孤零零地，没有温暖地，冷酷地吊在空中的，于是她发出了急迫地啜泣的声音，哭起来了。

但是他仍然不理她，就好像不觉得她的存在似的。

"何老汉，你就接住这一个红苕吧。"王顺明抬起头来喊，他的脸上有一个讥刺的善良的笑容，显然的他只是觉得自己的快活，他觉得何老头子这样生气是只会自己吃亏的。

"我不要！"何老头子在架子上跳着脚叫，"我讨厌死了她，丢老子的脸！叫她滚！"

何姑婆于是悲愤地大哭了。

"我是要滚的，何德祥！这些年我没有得罪过你！你这没有良心的，你总是对我这样！你总是骂人，打我，几个月都不跟我说一句话！你好，你有种！出了事情，不怪自己得罪人反而怪我，我说你这也像个人呀！成天地喝酒，"她愈说愈委屈，愈说愈愤恨了，用更大的声音叫着，"几个钱都叫你弄光了，人家刘四大老板那里去赔个不是不是就完了，你偏偏硬要闹，又把人家三少爷打伤了！我看你没得良心地硬到底就好，我看你死了有哪个来可怜你！"

"你滚！"老头子在架子上面转过头来叫，"我死我的！……我不要看见你这种女人！"他喊，同时悲痛地无助地举起了他的拿着工具的两手。

"算了吧，何老汉！"王顺明笑着说，他们两人这样吵使他轻蔑他们。太阳晒在他背上有点痒了，他就把枪换了一个肩膀背着，弯过一只手去在背上搔起痒来。

"好哇，好哇！"何姑婆拍着手疯狂地喊，"你自己不怕丢人你就当着大众说说看！你从前做过多少烂事情我都不说，你本来就不是好甘蔗头，你叫我嫁给你，你拿我的钱花，你又想要骗别个二姑娘，想把别个二姑娘带进城里去，你说你要包水泥做了，叫我不要吵，月月给我钱，你骗我，两个月不到，你害了那场病破破烂烂地回来了。是哪个一句话不说地服侍你的？是哪个当东西卖衣服跟你请医生的？你就反倒把我恨倒了！天总有眼睛，莫说你这回坐五个月的监，就是坐五年十年我心里都快活！我心里头还痴，还拿红苕来给你吃！"

老头子在她的叫骂下沉默着，他紧紧地闭着他的嘴，他的下巴很厉害地发着抖。这种叫骂是叫他太痛苦了。同时，何姑婆自己也觉得是骂得太可怕了，但仍然忍不住她的悲愤。这两个老人是背负着他们的这些创伤走了一生了，无论是时间或是新的患难都不能治疗它们，直到现在，它们还要爆发出来，给他们以可怕的打击。

这时太阳已经升得很高了。很多过路的人都站下来看着他们。这些闲人们，因为美丽的阳光而愉快，津津有味地站在那里看着。王顺明是已经没有兴致再来替他们调解了，靠在一根柱子上晒着太阳，快活地、懒洋洋地闭着眼睛。这两个老人之间的争吵，在大家看来都是平常、无味而无关紧要的，但是因为阳光是这样地美丽，大家仍然看得很有滋味。

忽然地有一群显赫的人们从镇公所里走了出来，其中有年青的、文弱的镇长和那个著名的、威严而瘦长的刘四老板。王顺明赶快地跑过来拉开了何姑婆，然后肩着枪跑到门楼下面去准备向他们行礼。刘四老板走出门楼就站下来了，靠在手杖上，和镇长谈论着他对于这建筑的种种意见，镇长笑着，两只手合在胸前面，高兴地听着。看热闹的人们在阳光下愈聚愈多了，但大半的人并不知道大家究竟是在看什么。于是有的看着囚犯们和工人们在默默地工作着的门楼，以为那上面大概是发生了什么稀奇的事情，有的则看着捧着那一个红苕而畏怯地站在角落里的何姑婆，以为她一定是闹了什么事情被抓来的；有的则看着刘四老板和镇长，仔细地听着他们的谈话，希望从他们得到什么新鲜的材料。所有的人都静悄悄的，都有着一副紧张的、茫然的面孔。而在这所有的时间里，那个何德祥老头子是在高架上和工人们一起站着，慢慢地敲碎着他手里的砖块；看起来他似乎在工作着，但其实他是在紧张地听着下面的声音。他一块砖头一块砖头地敲着，一面睁大着他的两只昏花的眼睛凝视着前面。他的嘴边是有着一个痛苦的、冷酷的笑纹。听见了刘四老板所说的什么，他就用力地摆了一下披在两边的长发，举起砌刀来又敲碎了一块砖头。

刘四老板议论了一下之后就转过身来。他是穿着蓝色缎子的皮袍和紫色、团形花的马褂。一对小眼睛发黄而明亮，生着一部飘洒的灰色胡须，这一切都使他显得似乎是慈祥而威严。看见人们都恭敬地对他笑着，他就点着头快活地微笑着回报他们。这威风的恶霸的这种微笑，使得很多人都陶醉了。

"刘四老板，你今天有空出来走呀！"一个肥胖的、戴着两只金耳环的女人兴奋地说。

"你们早啊！"老头子笑着说，"都是为了街上的事情！你们都在看这个新房子吧！"他用手杖指着门楼说，"我刚才跟王镇长说，建筑费我有办法，县里面的几家铺子我要他们捐几百万来，我说，要赶紧修，限这些臭工人囚犯下个月就修好，不准他们偷懒！"

"是啊，刘四老板！"那个女人说。

"刘四老板，你老人家功德无量！"一个老板娘说。

"本分！本分！"老头子点着头说，"都是王镇长人精明，事情办得出色，好！我刚才还说过，"他迅速地转过身去看镇长，"我刚才还说过，王镇长是热心为地方上的，你们各人今后要听镇长的话才对；这个镇上，"他举起手杖来划了一个圈子说，"都是一家人，镇长就好比父母!"

老板娘这一类的人们的脸上都有着热情的、陶醉的笑容；镇长，在胸前紧紧地合着手掌，弯着腰，愉快地笑着，两只明亮的眼睛生动地闪烁着。于是刘四老板不住地对大家慈祥地点着头。人们，那些老板和老板娘，保甲长，小流氓和游手好闲的男女们，都觉得心里有一种幸福的冲动，他们是这样地爱着这个刘四老板，感动得差不多快要流眼泪了。刘四老板没有什么话说了，但同样的非常感动，不住地笑着站在那里。于是，在温暖的、明媚的阳光下，就到来了一个寂静的场面，所有的人都张着嘴笑着，好像在这一小块地面上是发生了一件什么奇异的、幸运的事情似的。架子上的那些工作着的人们，则有几个向下看着而静静地冷笑着。

背着枪站在门楼下面的警察王顺明，同样地张着嘴天真地高兴地笑着。这时他是已经完全地抛弃了刚才不久的他的沉痛的宣告，而整个地投身在对于刘四老板的热情里去了，在刘四老板点着头慢慢地环顾，而和他的充满着幸福的热望的眼睛相遇的时候，他是笑得更天真更热情，他是如此的纯洁!

而在这个幸福、热情、奇异的亲昵之海里，站立着冷静的工人们和寂寞的何德祥夫妇。何德祥老头子已经停止了敲砖头的机械的动作了，但仍然呆呆地站在架子上看着前面。他是这样的倔强，看都不曾朝下面看一眼，然而他的腿渐渐地很厉害地发起抖来。他想到他这些年来所住的那一间破烂、潮湿的屋子，想到后山上的他的父母的坟地，想到坡下的他的一块菜地，又想到他坐着船在河里航行着，往城里去；他的头脑里凌乱地交织着各种悲痛的印象，他渐渐无力抵抗他下面的那个以刘四老板为中心的热烈的场面了，他软弱了，一阵心酸，他流下泪来。但这时他听见了他的女人的可怜的哀告的声音，他迅速地转过头去，看见警察王顺明狠恶地一伸手拿去了她的一个红苕，随即他看见他的女人跪倒在刘四老板脚下了。

他寒战了一下。他听见何姑婆喊："你可怜可怜何德祥，他是快六十的人了呀！"同时他遇到了向他投射过来的刘四老板的恶毒的眼光。他有点昏迷，但是他觉得他冷笑了一下。接着他听见刘四老板向镇长说："何德祥这个人，是我们镇上顶不规矩的了！"于是他又冷笑了一声。

刘四老板，听见了这冷笑，突然地用手杖在地上戳了一下，耸起肩膀来，全身都紧缩着，靠在手杖上，一面闭紧了嘴唇哼着，严厉地看着他。他胆怯起来了，但这时他看见他的女人跪在地上哭着向刘四老板爬着，并且看见了所有的人都在看着他，于是他重又冷笑了一声，而一股辛辣的力量从他的心里冲出来，弥满了他的全身。他迅速地拿起手边的一块碎瓦片来对准着他的使他屈辱的女人砸去，击中了她的肩膀和脖子，使她恐慌地号叫起来，抱着头翻倒在地上了。

他心里有残酷的情绪，他复了"仇"了！即刻他就转过身来重新开始工作。但下面腾起了一阵惊异的叫声，接着刘四老板就指着他叫骂了起来。

"你骂好了！"他回过头来，用微弱的声音说。

"混蛋！混蛋！抓他下来！"

他突然地翻过身来站住了，他的脸是死白的。他轻蔑地、迷糊地笑着看着刘四老板，镇长，人们，以及那在地上呻吟着的他的女人。

在迷糊中他十分可怜她，他差不多不明白她究竟怎么会倒在

240

地下的。他流出了眼泪。

"何德祥。你糊涂了！你歇息吧！"站在他附近的一个工人说。

"不，不行！"何德祥大声说，这大声使他自己都惊异，"没得关系，你刘四老板杀死我好了！我不管那些没得良心的人在你跟前磕头！还有那种没有志气的，我的女人不争这口气，我何德祥是连脖子都不会弯一下的！你刘四老板有钱，有人奉祀，走到哪里有人下拜，我何德祥五十九了，还是要站在这里！"他捶着胸口喊，"你姓刘的杀人千万，造孽千万，无恶不作，敲诈小民，我今天都要说出来，我站在这里！你将来会被捉住的，你不得好死的！"

"抓下来！抓下来！"镇长喊。

"镇长，对不起，请你让我把这一口气说完。"他痛楚地按着胸口说，"诸位，人生在世是求生活，求不得生活被剥削啃剥就要大声讲话了。我今天又得罪了你刘四老板，看你要把我怎么样？……你万恶的刘四老板！"他叫着，痛苦地颤抖，喘息着，"其实哪一个不晓得刘四老板作的恶呀！只不过少有人说出来罢了，不对，大众都在说！你不要得意，阎王老子会替我算账的！我不是人穷没志气，我要硬到底！"他对着人群悲痛地叫，"我是不会怕哪个的，怪只怪我这个人自己一生许多地方走错了路，各位，我走错了一些路：害了……对不住我的女人！"说到这里他完全哽住了，非常的伤心，在一阵剧烈的颤抖里大哭起来了。

他哭着无力地在架板上坐了下来，把头埋在膝盖间。刘四老板又开始对他骂着，但镇长吩咐了王顺明好好地看守他，说明将要对他严加惩处，就非常温和地把刘四老板劝开去了。

看热闹的闲人愈围愈多了，但发觉了再没有什么可看的，便渐渐地走散。但仍然有几个后来的人，几个同情老头子夫妇的和几个流氓，在那里等着，何姑婆已经在地上坐了起来，靠着一堆砖头，闭着眼睛呻吟着。在架子上，工人们疲乏地劝了何德祥一下，就又开始工作了。太阳静静地，温暖地照耀着。

"何德祥老汉！"王顺明背着枪走到架子下面来，说，"我看你又何苦哟，不是我说的话，你这不是拿鸡蛋碰石头么？……何姑婆，"他迅速地走到何姑婆面前来，说，"你脖子上还有血呀，你也不要生气了，你回家去歇歇吧！"

"姑婆！"忽然地何德祥抬起头来，向下面悲痛地说，"是我不好，是我错了，你今后也不要再来看我吧！"

但何姑婆沉默着。她的脸有一些发抖，脸色非常难看。这时有一个不甘心的好奇的人，一个穿着一件破大衣，两手拢在袖子里的家伙走到她身边来对她看着。然后又绕到她背后去看着，有一些人也跟着他。终于他忍耐不住了，伸出一只手来推动她的头，仔细地研究着她脖子里的伤痕究竟是怎样的。

"有一个大血瘤！"他向站在路边的几个人报告说，"不要紧的吧！没啥可看。"

"何姑婆，你究竟怎样呀！"王顺明看看周围的人，狡猾地说。

"我没什么！"她冷冷地回答。

"何老汉，镇长叫你下来，我看你还是下来吧。"王顺明说。

何德祥慢慢地从架子上面爬下来了。他有些飘摇，满脸都是眼泪，向他的女人走来了。他慢慢地走到她的面前来，跪下了一只膝盖接着又跪下了另一只膝盖，下颚颤抖着，看着她。这时架子上的几个工人都停止了工作，紧张地看着他们了。太阳静静地照耀着。

"姑婆，我把你一生害了。"何德祥说。

何姑婆睁开眼睛来，静静地看着他。

"我也没有什么话说，"他说，"我们都是受苦的人，只怪我一生有几回错，我不该的。我也没有什么办法报答你了，不过上天是不会忘掉你的。你跟我苦了一生，没有得着我的好处，你都是为了我，姑婆！"他激动地指着天空说，"上天是会报答你的！"

何姑婆扶着砖块慢慢地站起来了，没有感觉地、迟钝地看着他。这时王顺明，由于他的夺红苕的动作引起了一些人的注意，这时又似乎很同情何德祥夫妇，心中不安，便把一个大红苕从荷包里拿出来了，递给何姑婆。何姑婆望望地便接了过来，用颤抖的手将它递给何德祥老头子。

"这个你拿去吃了吧！"她安静地说。

"我不要吃，姑婆！"何德禅恳求地说，仍然跪在地上，"我一生有你对我好，我受恩不知报，这么多年了……"

"你拿去吃吧！"她弯下腰来把红苕放他身边，"我下回方便的话也还是来看你。"她小声地、安静地说，"没事我就不来了。"

"你不来了也好。"何德祥说，突然站起来了，恐惧地看着她。这时一个兵士拿着铁链从门楼里走出来了，何德祥看了她一眼，慌忙地抓住了她。

"姑婆，告诉我，你的伤怎样了，你真的不来了？"他可怕地睁大着眼睛，紧张地问。

"看样子……我真的怕不来了。"

"姑婆，"他说，那样的痛苦，又向她跪了下来，但即刻又爬了起来。"……是了，你不来了也好！这回他们怕要谋害我，那就是，姑婆，我们算是分手了，可怜我们两人一生。"他流着泪说，贪婪地看着她，这时候那个兵士已经走了过来，用冷淡、疲倦的神情，给他手上套上了铁链。于是那个背着枪站在旁边的王顺明发出了一个深长的叹息。但是何德祥是在挣扎着，仍然希望抓着他的女人跟她说话。那个兵士拖着他，终于他慌忙地拾起了地上的那个已经被压烂了的红苕。

"这个我还是拿去吃了，姑婆，"他哭着说，同时何姑婆从痴呆的状态中惊醒，大哭了。"我进去了……你不来了也好！"他继续说，"要是你自己有办法，你自己想点办法活下去吧！你一生辛苦，对人慈善，姑婆，我今生不能报答你，我来生会报答你的！"

"我……还是要来看你的，何德祥老汉！"何姑婆说。

何德祥老头子被那个冷淡的兵士牵着走进去了。铁链在他的身上发出清脆的碰击声来。很久之后都还可以听见他在院落里的悲痛的叫声："我将来报答你！……"

"我还是要来看你的，再跟你带来红苕！"何姑婆在门外大声倔强地叫着，"你好好的，来年春天你还是要种菜地！"

一九四五年